シンガーソングライター
清水まなぶ

追いかけた77の記憶

信州全市町村 戦争体験聞き取りの旅

信濃毎日新聞社

プロローグ

2014年、秋深まる冬のはじまり、訃報が届いた。

「えっ？ まさか…」。そんな気持ちで車に乗り込み、南信の下伊那・阿南町の斎場へ向かう。これまでに何度もご本人の前でも歌わせていただき、数ヶ月前には一緒にトークライブもさせていただいたばかりだったので、耳を疑うほど驚いた。

「残留婦人の母」とも呼ばれ、60年以上にわたり中国からの残留者受け入れに尽力されてきた語り部、泰阜村の中島多鶴さん。僕も満蒙開拓団の苦難を経てきた中島さんの体験談をそのまま曲にした『沈まぬ夕陽』を歌わせていただいている。

その中島さんのあっけない旅立ち。もしかすると、このことも、あらためて全市町村での戦争体験聞き取りを始める一つのキッカケとなったのかもしれない。


今から七十数年前、日本も戦争に参戦し、ここ信州の田舎町でも様々な悲しみや苦労があった。そんな戦時中の体験を聞き取り、伝える活動「回想プロジェクト」。祖父の戦争体験談を曲にして歌ったことがキッカケで、講演などを始めて9年ほどになる。少しその始まりを振り返ってみます。

長野出身の僕は幼少期を除き、高校卒業時まで両親そして祖父母と一緒に暮らしていた。共働きだった両親の代わりといってはなんだが、帰宅するといつもやさしく祖父母が迎えてくれた。俗に言う「じいちゃん、ばあちゃん子」だ。モノ心ついた頃には、その祖父も隠居して菊づくりなどしていた姿が記憶にある。腕前は賞を取るほどで、トロフィーや賞状が家に並んでいた。

いつも周りに気を使い頭を下げているような「じいちゃん」。そんな祖父の口から時折、戦時中の体験を耳にしていた。優しい姿からは想像も出来ないような人間爆弾、陸の特攻の体験談。ただ、学生時代の僕はそれほど戦争というものに興味があるわけもなく、大切で貴重な話さえほとんど聞き流していた。高校を卒業し上京してからは、年に数回程度だったかもしれないが、祖父は親戚などが集まった時に軍歌を歌ったり、戦争体験の話を口にしたりしていたように思う。

その祖父が92年間の天命を全うし旅立ったのが２００５年。葬儀などでバタバタする中、遺品の中の手記を目にする。文字をたどってゆくと、学生の頃聞いていた戦争体験が綴られていた。すぐにペンを取り、体験をそのまま歌詞にしてメロディーにのせた。この歌が『回想』。祖父への感謝の気持ちで作った曲だ。

中島多鶴さんと

法事の席で歌ったところ「おじいちゃんは喜んでいるね」「他の場所でも歌ったら」と言ってもらえて、ライブでも披露してみることに。そうするとライブ会場やイベントで聞いてくれた方から「この曲のＣＤはないのですか？」などといったリクエストの反響もあり、ＣＤ制作や講演へと繋がっていった。この曲がキッカケとなり、その後たくさんの方の体験談を直接聞き、その体験の驚きや学びから作った何曲かをCDにもさせてもらってきた。

始まりは祖父への感謝の気持ちから。一人の人生のごく一部の戦時体験を歌ったことからだが、いろんな方から戦時体験を聞いていくうちに「その過去を風化させずに伝えていかなくては」とも感じるようになり、通常の音楽活動や芸能活動と並行し、ごく自然に回想プロジェクトという活動を行うようになっていった。

時の流れとともに仕方ないことだが、ここ数年で体験をお話しいただいた方々が次々に旅立たれてしまい、限りある時間を目の当たりにした。そんな焦りもあり、戦後70年という節目の2015年に、あらためて一人でも多くの戦争体験談を直接聞いておきたくて、自分の故郷、長野県の全市町村での聞き取りを決意した。

ここに綴られている言葉は、まさにその時代を生き抜いた方々の体験であり、生きた証だ。伺った体験や皆さんの願いには、故郷、日本の未来をより良く輝かせるための大切なことが詰まっている。ぜひ、その言霊を体で感じ、充実した毎日を過ごすヒントにしてほしい。そして何より、一人一人が、平和とは何か？　幸せとは何か？　夢や希望は忘れず胸にあるか？　そんなことを考えるキッカケになってくれたら嬉しいです。

自由も平和も、みんなで作り上げてゆくもの。いつまでも戦争を起こさない平和な日々であってほしいという願いを込めて、2015年から2016年に聞き取った証言をまとめます。

目次

本書を読んでいただく前に

・本文で年齢が書かれている方は、2015年4月から2016年10月にかけて行った取材当時のものです。

・市町村の人口は、各市町村がホームページなどで公表している2017年8月1日または9月1日現在の数字を基準に、概数で表しています。

・証言していただいた方々の市町村名は取材当時の居住地を基本とし、一部、太平洋戦争前後の帰省先などを出身地として表記している方もいます。

・聞き取りは長野県全市町村で居住者または出身者を対象に行い、本書の編集にあたり、公表に了解をいただいた方のお話だけを収録しました。

・手記などの引用では、読みやすくするため一部を現代仮名づかいにしています。

・現代では一般に使われなくなった用語や外国人に対する呼称が出てきますが、太平洋戦争当時の状況を伝えるため、原則として証言者の語りに沿って表記し、一部はカッコで注記しています。

・掲載している話は、著者によるブログや活動報告会などで公開された内容を含み、本書の発刊に当たり、加筆、修正しました。

はじまり

信州、長野県は今、いくつの市町村があるかご存知ですか？　よく講演会などで問いかけさせてもらいます。

昭和や平成の大合併もあり、ここ10年の間にも少なくなっているので、会場ですぐに答えられる人はあまり多くないのですが、北海道に続き全国２番目の多さ。77（19市23町35村）です。また、村の数35は日本一なのです（でも、終戦時の昭和20年には約３８０市町村があった！）。

「長野県全市町村を巡り、戦時中の話を聞き取る」。そんな目標を掲げ、白地図を広げる。わかっているつもりではいたが、広い。いったいどこから聞きに行こうか。北信から南下？　南信から北上？　そうは言っても、ちょっとついでにと行ける距離でもない。

じゃあ、まずはアイウエオ順でいこう―。ということで、２０１５年春、各地で桜の開花が宣言され出した４月６日から、聞き取りの旅は始まった。

第1章

遠い青春

軍隊でみたもの

空から機銃掃射、仲間を失う

朝日村 **清水修二さん**

70年前の記憶を追う「信州77市町村巡り」のスタートは、長野県中西部、朝日が昇る東筑摩郡朝日村から。およそ4600人が暮らし、レタスなど高原野菜の栽培が盛んな朝日村。田畑が広がり、道路沿いには変電所も目立つ。まずは役場に行ってみる。お話を聞けそうなお年寄りはいない。

近くの桜の名所や、お年寄りが集まっていそうな場所を聞いてみる。そこで行き着いたのが地元のゲートボール場。何人もの方がゼッケンを胸にボールを転がしていた。「今は赤と白に分かれて、ゲートボールで争っていますよ」と皆さん。試合の邪魔にならないようにお話を聞く。

その中の一人が、大正15年（1926）3月生まれの清水修二さん。7人きょうだいの4番目で育ち、朝日村の尋常小学校を卒業後、東京電気（現東芝）の川崎工場へ働きに出た。地域から3人ほど一緒だった。会社の待遇は良く、学業にも励みながら過ごし、4年で中学校卒業の資格を得た。

昭和20年、徴兵検査に合格。村に戻り、4月1日、皆に送られながら出征。東京の部隊へ工兵として入営した。15日ほどいた後、千葉県の茂原《もばら》へ移る。学校の体育館で寝起きし、九十九里の海岸に出て「敵が上陸したら破甲爆雷を持って突撃していく」なんていう訓練もした。「その時は負けるなんて思わないし、死ぬなんてことも怖いとも思わなかった」と当時を振り返る。そして8月15日、終戦。

突然の敵機の空襲にも遭った。外にいた兵隊は防空壕に隠れたが、その時、同じ部隊の戦友が機銃掃射に撃たれ、亡くなった。

連合軍の戦車も見た。「それは大きかった。家くらいあったんじゃないかなぁ」と記憶をたどる。無事故郷へ帰ってきたのは10月11日だったという。

そんな戦争体験をされた清水さん。その目に今の世の中はどう映るのでしょう。また、若い人たちに伝えたいことは、どんなことでしょうか？

「時代が変わった。若者は若者なりにやってくれればいい」「戦争は起きないと思うが、各国話し合いながら、軍備もこれ以上拡大しないようにしないと」

清水さんのご自宅周辺は清水姓が多く、お隣には「しみずまなぶ」さんという僕と同姓同名の方がいらっしゃるそう。すごい偶然ですね。突然にもかかわらず、休憩所でお茶やお菓子にお漬け物までいただきながらの貴重なお話、ありがとうございます。

さぁ次の街ではどんな出会いがあり、どんなお話が聞けるのか？

しかし、70年前の戦時中の話が聞けるということは、年齢も80代90代という方々。なかなか接点はなさそうだ。毎回アポもなしでは空振りが怖い。そんな希望と不安を胸に、次の街へと向かいます。

戦後も苦しめられた戦陣訓

阿智村　松木英雄さん

長野県の南信、岐阜県と隣接する下伊那郡の阿智村。春、国道153号から256号にかけて沿道にハナモモが咲き誇る。今では「ハナモモ街道」などと親しまれています。一本の枝から赤や桃色、白といった2色3色に咲く珍しい種類。実は、一人の男性が広めたことから始まったそうですが、この育ての親が戦時中のお話を聞いた松木英雄さん、ご本人でした。

松木さんは、自宅のハナモモが観光客の方に「綺麗ですね」と言われたことがきっかけで、村中をハナモモで桃源郷のようにしたいとの夢がわき、苗木を育てて皆さんに差し上げるようになったそう。それから、かれこれ二十数年。そんな松木さんも、70年余り前は、徹底的に戦陣訓を叩き込まれ、国のために命を捨てることを教えられた軍国少年だった。

昭和3年（1928）2月生まれ。学校で勧められていたこともあり、何の躊躇もなく海軍志願を決意した。当時16歳。志願を親に伝えた時のことも歌に残されている。

「夜なべする 母に海軍志願伝えるも 黙して厨《くりや》にたち去りゆきぬ」

お母様も、長男を送り出さなければならないなんて、つらかったでしょうね。しかし、「行くな」とも言えない時代。お母様は何も言わず、聞かないふりでもしたように台所へ向かった…。

海軍時代の松木さん（上）

昭和20年1月、松木さんは村の小学校の校庭で行われた壮行会で盛大に送り出された。飯田駅から出発する時には、叔父さんがひとり見送りに来てくれた。汽車が出て、その姿が見えなくなったら、涙があふれた。

2月1日、横須賀の武山海兵団に入団。3ヶ月間、海軍特有のスパルタ教育を一身に受け、練成に明け暮れる。

5月3日、沼津の海軍工作学校へ移る。炊事担当の主計兵として働き、その沼津で8月15日、終戦を迎えた。

戦争が終わっても、叩き込まれていた戦陣訓が頭から離れず、苦しめられた。「恥を知る者は強し。常に郷党家門の面目を思い、愈々《いよいよ》奮励してその期待に答ふべし。生きて虜囚《りょしゅう》の辱《はずかし》めを受けず、死して罪科の汚名を残すことなかれ…」。上官も自決したのに、自分が生きていてよいものかと。

ふるさとに戻り、郵便局を定年退職後、ハナモモを育ててきた松木さん。今では街道を埋め尽くすハナモモが、みんなを楽しませてくれています。

ここにも受け継がれている命の花。綺麗な花を見ながら、歴史も忘れずにいたいですね。二度と戦争を起こさない、平和のために。

土浦爆撃、敗戦、涙とめどなく

山形村　上條利昭さん

松本市のお隣、8800人ほどが暮らす東筑摩郡山形村でお話を聞かせてくれたのが、昭和2年（1927）生まれの上條利昭さん。兄1人、姉と妹が2人ずつの6人きょうだい。家は農家で養蚕も大きくやっていた。

昭和16年の太平洋戦争開戦時は高等科2年（現在の中学2年）。卒業して梓村（現松本市）の杏《からもも》という所にあった南安曇農蚕学校（現梓川高校）に進学。勤労奉仕に行き、学校農場で食糧増産に努めた。グラウンドも畑にし、軍需工場だった松本の芝浦機械まで、生徒の家から牛車を借りてきて野菜を届けた。

先生の勧めもあり19年、海軍飛行予科練習生（予科練）を志願し合格。16歳で出征、土浦の海軍航空隊に入る。終戦で8月27日には実家に帰ってきた。「早く帰さないと進駐軍が来て何されるかわからねえで、おめたち、へぇ早く帰れというもんでね」。兄も20年5月に兵隊検査を受け、繰り上げにより19歳で出征。海軍へ入ったが8月29日には帰ってきた。

2人が無事に帰ってきたことを親も喜んでくれた。しかし、隣近所に戦死者のいる家もあったので、「おめたち、外出て歩くな」と言われた。


―軍隊のこと、少し詳しくお聞きします。

土浦航空隊は一個班40人くらいで、班が8つ集まって一個分隊を構成し、総勢300名くらい。自分はおもに通信とか数学、物理などを受けた。通信の授業がモールス符号の送受信を主として、手旗信号なども行った。

予科を卒業して、三沢航空隊へ行くことが決まり、分隊編成までした。だが、戦局はますます不利となる中、特別攻撃隊や空戦による航空機の損耗で、自分たちの乗る飛行機もなくなり、ついに訓練も停止。20年3月末から筑波山へ行き、ヤニの多い枯れた松の根っこを掘り、航空機燃料にするための松根油《しょうこんゆ》を採る作業に従事した。傾斜地で大岩が多く大変だった。

6月10日、土浦に一時帰隊していたところをB29の大爆撃を受け、航空隊は壊滅。防空壕に入っていても爆弾で潰されたり、生き埋めになったりして300人ほどがこの時亡くなっている。その後は、岡崎航空隊や房総半島で丘をくりぬいて特攻機を隠しておく格納用の横穴を造ったり、掘った土を平らにして滑走路造りなどに従事したりしていた。

そして8月15日、千葉の房総半島で作業中に終戦。当時の上條さんの日誌が残っている。

「本日ハ山ノ作業ヲ行フ。尚敵機ノ来襲アリ。我陸・海軍機三機位墜トサル。山へ行ク途中ナリ。落下傘ニテ降リタル者モアリ。雨時々降ル。一二〇〇天皇陛下ヨリ重大ナル勅諭アリ。二種軍装ニテ校庭ニ整列、拝聴ス。スナハチ、敵国ニ対シテ降伏シタル勅語ナリ。分隊長ヨリコノコトヲ申シ渡サレ、「今迄ノ多クノ我々ノ先輩、同胞ノ心ハ察スルニアマリアル。皆ハヨク今迄働イテクレタ。コレカラモ強ク生キ抜イテ行ケ。コレカラハ今迄以上ノ苦労ガアルト思フ」トテ、戦死者ニ対スル黙祷ヲ捧グ。丁度コノ時、警戒警報解除ノ鐘鳴ル。何トモ言ヘヌ感アリ、我等皆、クヤシサノ為泣ク。熱キ涙、アトカラアトカラ流レ出テ止メドナシ。（中略）夜ハ興奮シ、目、冴ヘテ十二時過ギ迄眠レズ」

8月26日午後、上條さんは約1年生活した土浦を後にする。松本で上高地線に乗り換え、新村駅で下車。故郷は何となく懐かしく、暗くなった夜道を歩いて帰った。

今の高校生にあたる年の頃、そんな体験をされた上條さんが今伝えたいこと。「戦争なんてやっても、罪もない者がだいぶ犠牲になっちゃうからね。恨みもない者同士が殺し合いをするので、戦争だけはいやだね」。そう語り、採れたてのアスパラを出して下さいました。「凪でみんな曲がったりしてるけど、あがっとくれやね」と。

農作業のお忙しい合間、貴重な日誌とお話、ありがとうございました。

帰郷の夜、乱舞する蛍に涙

筑北村　若林雄一郎さん

平成17年（2005）に東筑摩郡の坂井村、本城村、坂北村が合併して誕生した筑北村。90歳を過ぎても、村の中はまだ車を運転して出掛けるという若林雄一郎さんにお話を聞きました。

大正14年（1925）6月、先祖代々農業を営む家に生まれた若林さん。中学校を終えると、長野師範学校（現信州大学教育学部）に入り、寮生活を送った。40人ずつの5クラスあったが、それぞれに富山の工場でアルミニウムを作る作業をさせられたり、三重の津市まで行って軍需工場で働かされたりしたという。

学生は兵役が猶予されていたが、それもなくなり、昭和20年3月に徴兵検査を受け甲種合格。学徒出陣で千葉県津田沼に行った。そこで、ソ連と満州の国境でソ連軍が入ってきた場合に備え、1人ずつ吸着地雷を持って戦車に突っ込んでいけ！と

いう訓練をさせられた。

「特攻隊とは言わなかったけど、陸の特攻だな。それを一生懸命習う。みんなやるんだから、当たり前。お国のため。そう訓練、教育されている。階級も普通の兵隊は二等兵、一等兵、上等兵、その上の下士官は伍長、軍曹、曹長、そして次は士官となっていくけど、いきなり伍長の階級をくれる。でもどうせ死ぬんだから、それほど欲しくもないが」

「位をもらって敵の戦車の腹に突っ込む訓練をさんざ受けて、昭和20年9月1日付で『お前たちはソ満国境へ行くんだ』と言われ、そんな予定でいたら、8月15日に終戦。みんなで校庭に集まりラジオを聞いた」

「よく聞こえなかったが、上官が言った。『せっかく命を俺に預けてくれて、あと半月で成果を表す時が迫っていたのに、終戦の詔勅で天皇陛下が宣言されたから、お前たちも故郷へ帰るんだ』と。正直言って、ホッとしたな。でも万歳！と喜ぶことではなく、複雑な心境だった。学徒兵には泣き崩れる人はいなかった」

「出征の時は涙なんか流さない、『勝ってくるぞと勇ましく』でした」と若林さん。その日は、親戚からご近所からみんな呼んで、どぶろくみたいなお酒をふるまい、盛大に送り出されたそうです。小学校の同級生と二人、麻績駅（現聖高原駅）を後にした。当時の日の丸の寄せ書きも残っている。

ところが、約半年後に帰ってきた時は、麻績の駅に着いても誰もいない。「8月の30日だったかな」。こっそり夜、家路をたどってきたその時、若林さんは忘れられない光景を見た。「蛍がたくさん飛んどってね。ここの川沿いに」。麻績川が流れる旧坂井村の地元周辺は、昔から蛍がいるそうです。「蛍を見たら涙が出てきた。これからどうすればいいのか、もう軍隊は用がないんだし。そう思うと切なかった。家に着いて『ただいま』って言ったら、家族がみんなびっくりしていた」


「帰って来てボサッとしてたら、学校から9月25日に卒業式をやるから来いという連絡が来たので集まった。戦死した者も3人ばかりいた」。同窓生の顔を見たら「教員をやらなければという気持ちにだんだんなって」、10月1日付で麻績小学校の教員になる。

「当時の教科書は新聞紙のようでお粗末な物。あまり大きな声では言えないけど、昔の意識が残っているからゲンコツみたいなことはやっていた」

長い年月、子どもたちの成長を見守ってきた若林さん。若者に伝えたいことをお聞きすると「今の子どもたちは幸せだと思うね」と言いつつ、「ちやほや大事にされ過ぎて忍耐力がなく、弱々しく育っちゃうんじゃないかな」と心配も。

「戦時中のことなんて体験者が年々減っていくし、風化していくのもしょうがないんじゃないかな」とも。「昔のこと、すっかり忘れちゃった」とはいえ、20歳だった当時の様子がしっかりと伝わってきます。

中国で見た残忍な度胸試し

立科町　竹花初雄さん

東信地区の北佐久郡立科町におじゃましました。旧中山道の芦田宿があり、およそ７４００人が暮らす。待ち合わせの役場まで軽トラを運転して来て下さった竹花初雄さんに、中国大陸でのお話をお聞きしました。

旧横鳥村（現立科町）で生まれ育った竹花さんは19歳の時、1年早まった徴兵検査を受け、現役兵として中国の戦地へ赴く。昭和19年（１９４４）11月だった。出征の時は、勇んで行くという気分ではなかったという。

その頃はガダルカナル、アッツなど南方の島々での日本軍「玉砕」のニュースばかり聞いていたから、「これは生きては帰れない」と覚悟。身代わりとして髪の毛と爪を切り、「遺髪、遺爪」と書いた封筒を両親に手渡して行ったそうです。

移動の軍用列車は窓に暗幕が張られ、外が見えないようになっていた。中国に着くと、屋根のない貨車、無蓋《むがい》車に乗り換え、山西省へ。そこは黄河の対岸に毛沢東率いる八路軍や蒋介石の国府（国民党）軍が、省内には地方部族の山西軍と、周りを敵軍に囲まれた最前線。ここで受けた初年兵教育で、竹花さんは「軍隊とは人殺しを育て、動かすところと知った」。

平気で人殺しが出来る人間を育てる、今考えると、戦争は最悪の人間性否定だ！と、声を強める竹花さん。そして「今でも思い出すと生きた心地がしない」と語って下さったのが、中国人捕虜を使った生体実験のこと。

入隊の前、家族と。中央が竹花さん

捕虜といっても中国兵ばかりではなく、敵対する疑いあり、つまりスパイであるとみなされた人も片っ端から捕らえられた。

「今日は止血訓練をする」「指を怪我した時は、ここを押さえれば血が止まる」…。衛生兵が捕虜の指を切り落として、止血法を見せる。「腕はここ」「足はここ」と、生きている人間を切りつめていく。やがて、捕虜が出血多量で蒼白になり、息絶え絶えになると、杭に縛り付け、初年兵に銃剣で刺殺訓練をさせる。「あとあと、前に前に、突けー、ヤー！」

気が弱くてぶるぶる震えているような新兵は殴り倒される。抵抗も出来ずに歯を食いしばって命令に従い、最後は軍刀を下

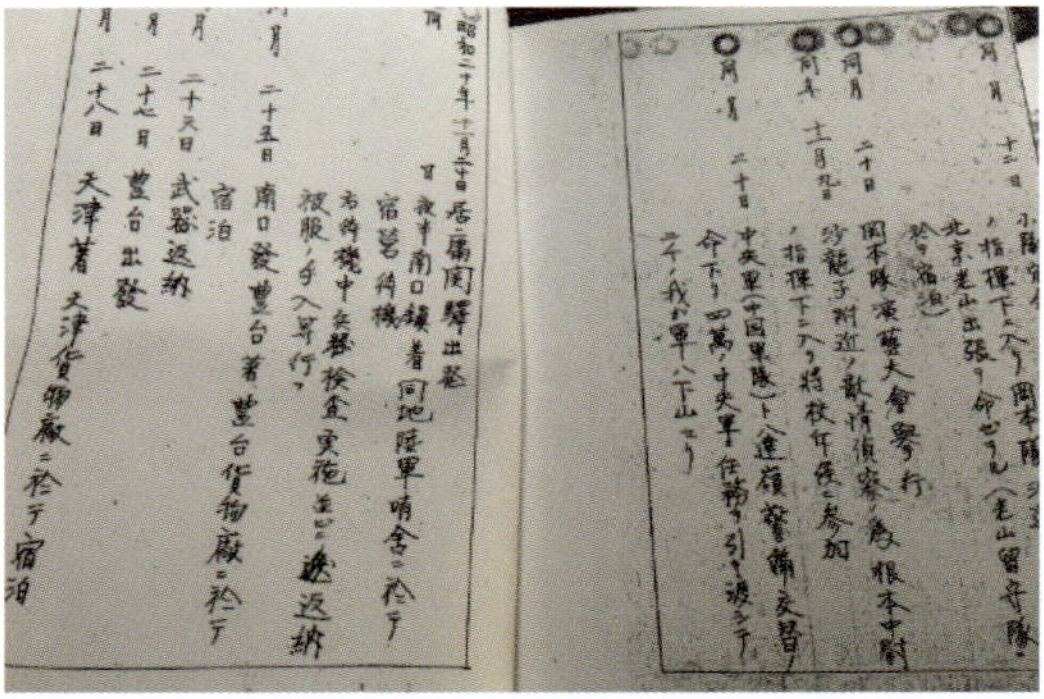
竹花さんの手元に残る行動記録

げた将校が出てきて首を切り落とす。そんな状況を、遠い城壁の上で中国人の一般市民が鈴なりになって見ている。この時の犠牲は10名ほどだったと記憶している。

別の時には、小隊だけで郊外の畑に捕虜を連れ出し、銃剣術の訓練をさせられたことも。ただでさえ切れ味の悪い銃剣を支給されていたから、厚い綿入れを来た捕虜の体に剣がなかなか刺さらない。最後は隊長の軍刀で首を切り落とされる。

「タマデスラー、タマデスラー」。目隠しをされ、杭に縛り付けられた捕虜が泣き叫んでいた。「スラー」とは殺せという意味。自分が何をされるかわかっていた捕虜は、鉄砲の弾で一気に殺せと叫んでいたのだ。

後で聞いた話では、隊長が新しい軍刀の試し切りをしたいために、新兵に「度胸試し」と称して銃剣を使わせたのだという。「つらいが、事実です。これが戦争なんだ」

竹花さんによると、軍隊の中には、こうした訓練に反対する考えを持った将校もいたそうです。でも、過激であればあるほど勇敢に見え、人はその大きな声に押し流されてしまう。「軍隊そのものが人を殺すために構成されているから」

昭和20年、万里の長城を警備している時に終戦。12月には帰国した。

「当時は上田電鉄が丸子まで来ていた。そこから徒歩で峠を越えて我が家へ。行く時も一緒だった戦友の三都和《みつわ》村（現立科町）の長坂公夫君と二人で陣馬峠（通称三反田峠）を歩いた。彼も15年ほど前に亡くなってしまったな」

峠を越え、外倉《とぐら》という辺りまで下ってくると、懐中電灯を持った父が待っていてくれた。篠ノ井で電報を打っておいたので迎えに来てくれたのだとか。「故郷に生きて帰れるとは思っていなかったが、一人息子を送り出した親とすれば、どれだけ嬉しかったことか」

竹花さんは教職に復帰し、村の図書室づくりや農産物直売所の開設に尽力されてきた。90歳を超えても、農業に精を出す。「今は百姓も肥料代やら何やらで赤字。年金は減らされ、自分も貧困ですよ」と苦笑いする。世の中は最近、貧困層が増えはじめ、昭和の初めに戻ってしまっているような不安を感じているとも。

「今の社会、若者に伝えておきたいことは、武器を持てば使いたくなる、戦わなきゃいけない。そのこと。だから武器がなければいいんだけどね。ところが今、武器をどんどん製造しているでしょ」

「中国からもたくさんの子どもたちが農村体験で立科に来るが、とても勉強熱心。日本の子どもよりやる気があるような気がする。子どもたちと一緒にいると、話し合えば、日中関係もなんとかなると思えるんだけど」

これからの課題は多そうです。つらい話でも、しっかり過去と向き合っていかないと、ですね。貴重なお話、ありがとうございます。

戦車突撃訓練に明け暮れた

上田市　清水立義さん

実家は傍陽《そえひ》村という、その後の合併で真田町になる小県郡の村、家があった所は標高６７８メートルと覚えやすかった。そう語って下さったのは、上田市古里地区に住む清水立義さん、大正15年（１９２６）７月生まれ。

１クラス55人ほどいた小学校に通い、高等科を経て小県蚕業学校（現上田東高校）へ進む。昭和15年（１９４０）のこと。陸軍から２人も派遣将校が来て、体操の一部に軍事訓練があり、ほとんど毎日匍匐《ほふく》前進や槍などの訓練をした。勤労奉仕や、食物を育てるために桑床を抜く作業も多かった。

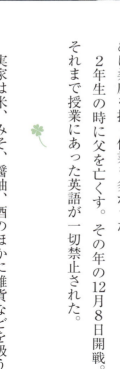

２年生の時に父を亡くす。その年の12月８日開戦。それまで授業にあった英語が一切禁止された。

実家は米、みそ、醤油、酒のほかに雑貨などを扱う商店。当時村にお店は2軒だけで、戦中は決められた物だけ置き、配給を行う場所にもなっていた。

7人きょうだいで長男の清水さんは学生時代に兵隊に志願し、検査を受けに行った。しかし検査官に「君は長男だし、年齢的にもすぐ徴兵になるからもう少し待っていろ」と言われたという。その後、年齢も達し、検査で甲種合格。20年の6月に召集令状が来て、7月20日、静岡・三島で陸軍に入隊した。夕食に赤いご飯が出され、翌日も同じ。よく見るとコウリャンだった。

「子どもの頃から『お国のために生きろ』という教育ですから、『国に尽くすことが出来る』という感覚。出征時はもう帰れるかどうかもわからず。でも、思うのは家族のことより国のことだったかな。忠義と孝行。どちらかといえば忠義の方の気持ちが強かった。教育は、人をどっちにもさせますね」

1週間ほどで海沿いの神奈川・二宮に移動。兵舎はなく、学校の体育館に入る。2班110名くらい。銃はない。何をしたかというと、毎日砂浜へ出て、自分だけ入れる「タコツボ」のような穴を掘り、中に入る。そして上陸してくる戦車の下へもぐりこむという練習。重さ7キロの破甲爆雷を背負って敵の戦車に迫り、1人1台を破壊しろという作戦。「後からわかったが、まさに陸の特攻。しかし当時は説明もなく、訓練の時に爆弾もなく、一度だけ、こういうものだよと見せてもらったぐらい」

新兵は長野県と新潟県出身が多かった。「同じ小県郡からも7人が一緒。ただ、ふるさとの話をする余裕もなく、訓練で疲れてしまい、夜は寝るだけ。敵機の空襲、機銃掃射も毎日のようにありました」。トラックの下に潜り込んで助かったこともあった。空襲警報は半鐘だが、鳴らす人も狙われる

復員の際に渡された軍隊手帳。ご家族も初めて見せられ、驚いていた

から命がけだった。

8月15日まで訓練は続いた。昭和天皇が敗戦の詔書を読んだ玉音放送は、校庭に集められてラジオで聞いたが「まるっきり意味がわからず」、兵舎で夕飯時に上官からの説明で終戦を知った。しかし、すぐにそこから復員するのでなく、逆方向の岡山へ行くことに。実は所属部隊は岡山の連隊が編成し、清水さんたちは原隊に帰る必要があった。すれ違う汽車はデッキまで軍服姿が溢れていた。

着いた岡山では、軍備品を入れておく倉庫、補給廠の一角にひとまず入る。そこで驚いた。「弾薬はある、食料はある、あらゆる物資がある。なんでこんなにモノがあるのに負けたんだ？と。でも初年兵は言われたことだけしか出来ない」。1週間以上、街の瓦礫の整理、撤去作業をした。

8月31日に復員式。初めて受け取った軍隊手帳を見たら「七月二十日現役兵トシテ 突 第一〇一三五部隊 内田隊ニ入営」と書いてあり、そこではじめて、自分がいたのは突撃部隊だったとわかった。

岡山を出て大阪で1泊。ソ連兵を警戒して北陸を回り、9月3日にやっと家に着く。「1ヶ月ほど何もやる気がせず、じっとしていた」。一億総玉砕、国に命を捧げるということ、自分の意思も通らず言われることを守ってきた教育、信じていたものすべてが変わった。

そうした経験を今、清水さんが振り返って思うこと、気がかりなこと。

「私たちは小学校の頃から軍事教育を受けた。今はもうそんなことはないはずだけど、もし戦争が起きるとなった場合どうなるだろうか。今の若い人たちにちゃんと過去を伝えられているかどうか」

「戦前戦中の教育と戦後の教育の違いがどこにあるか、軍国主義という考え方や教えは実際どうだったのか、そういったことが、今の国なりそれなりの立場の皆さんに伝わっているのかどうか。しっかり当時のことを知って、それなりの行動をしてもらいたい」

「戦後は自分の命は大事にしなきゃと思い、これまで頑張ってきてよかった。ただ自由主義、民主主義になって、責任はどこにあるのか」「責任や義務は考えないで自分の好きなことばかり自由にやってしまうのはいかがなものか。それがはたして自由なのか?と思う面もある。でも、何があっても戦争は困る」


小学生の頃は陸上の選手、クラスでもリレーの代表だったという清水さん。掃除や洗濯、漬物や畑仕事もご自分でやってしまうとのこと。健康の秘訣は、自立しながら体を動かすことにあるのかもしれませんね。貴重なお話、ありがとうございました。

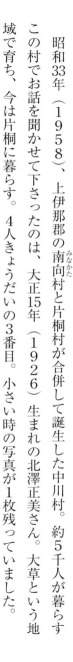

爆撃で吹き飛ばされた戦友運ぶ

中川村　**北澤正美さん**

昭和33年（1958）、上伊那郡の南向《みなかた》村と片桐村が合併して誕生した中川村。約5千人が暮らすこの村でお話を聞かせて下さったのは、大正15年（1926）生まれの北澤正美さん。大草という地域で育ち、今は片桐に暮らす。4人きょうだいの3番目。小さい時の写真が1枚残っていました。

北澤さんは、昭和19年3月で赤穂農商学校商科（現赤穂高校）卒業になるところを数ヶ月繰り上げ卒業とされ、18年12月1日、17歳で予科練（海軍飛行予科練習生）に進む。学校の同期でも5人行った。

夏服は白い「七つボタン」。当時はこの七つボタンが憧れだった。当時、帰省した時に家族と撮ったという写真を見せていただきました。

日の丸の寄せ書きも残っている。出征の際、親戚や村長など村のみんなが書いてくれたもの。「私は次男でしたから、親もあまり止めなかった。どうせ行くなら、志願して行くのもいいんじゃないかという感じでした」

三重海軍航空隊奈良分遣隊に入隊。午前中は学科、モールス信号、数学は角度、サイン、コサインなんかを習い、午後は武技、体技などをやった。そこで1年と数ヶ月、操縦の学科も受け、20年2月には下関から朝鮮・釜山の航空隊へ。中間練習機、通称「赤とんぼ」に乗るが、燃料がなく、間もなく練習中止に。

5月、本土へ帰って霞ヶ浦の航空隊へ。そこで1ヶ月、「国のためならいつ死んでも怖くない」という挺身訓練、特攻訓練を受ける。名古屋も東京も空襲でやられている中、いよいよ本土防衛へ。そのため人間魚雷などへ兵科転換させられることも。整列させられ、「目を閉じろ、転換希望するものは2歩前進しろ！」と号令をかけられることもあった。

「赤とんぼは、速度は遅いけど、木製で安定性がいい。電波感知器に感知されないということで、2人乗りだが1人で乗って、そこに60キログラムの爆弾を積んで飛ばすということも計画された」

6月には郡山へ配属になったが、空襲もひどくなる。空襲を受けるたび、隠れるため掘ってあった「タコツボ」の中へ。5、6人が入れる穴で「早く入ればいいけど、ちょっと遅れて外に出ていた者は爆風で足が飛んだり頭が飛んだりした。運ですなぁ」。その時、心の支えに肌身離さず持っていたお守りを握り締めていた。

その郡山で終戦を迎えた。以下、当時の北澤さんの記憶。

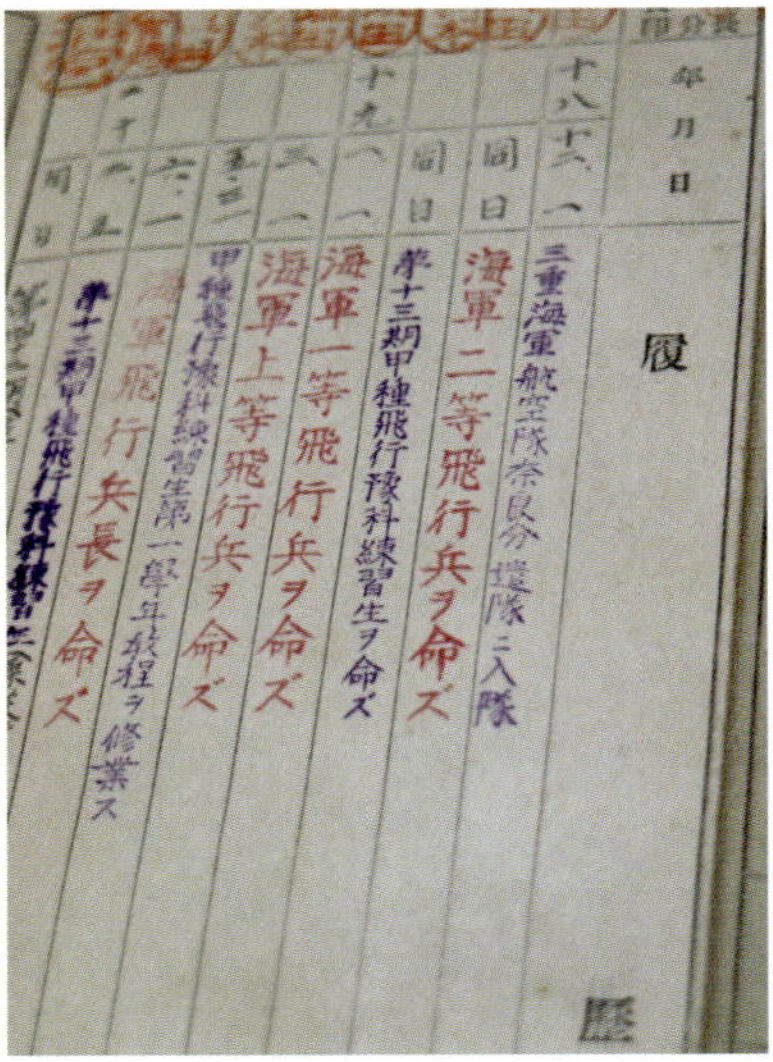

北澤さんの軍隊履歴

飛行場に集められ、玉音放送を聞くも、何を言っているのか全然わからなかった。零戦《ゼロ》の基地もあり、3~5機くらいはまだ残っていたのに、なぜ世界に誇る零戦が迎撃しなかったのか、と皆不思議に思っていた。

その頃はもうみじめなもので、炊事場も爆撃でやられていて、数日食べ物がないことも。近所の農家に行ってジャガイモやカボチャをもらい、生でかじった。カボチャが一番おいしかった。

二等兵からのたたき上げで、最後は一等飛行兵曹。米を2升と毛布を2枚、若干の手当をもらい、8月末に家に帰ることになった。帰りの汽車も人でいっぱい。窓から荷物を入れてもらい、福島駅から東京へ出て、中央線で辰野へ。飯田線に乗り換え、伊那本郷駅に着く。暗くなるのを待ち、入隊の時は集落中で送ってくれた天竜川にかかる飯沼橋を渡った。肩身の狭い思いでの帰郷だった。

入隊中に休暇を4、5日もらって帰った時とは大違い。その時は母校で全校生徒を集め、「自分もそんなに運動は得意でなかったが、空中回転が出来るようになった、みんなも頑張れ」と後輩たちに伝え、勧誘もした。飛行機乗りは短剣を持っており、その姿にも子どもたちは憧れていたようだった。短剣は支給品ではなく、予科練の時に家族が持ってきてくれた。

北澤さんが一番強く印象に残るのは、郡山の飛行場での光景。爆撃を受け、下半身、足が吹き飛んでしまった戦友がいた。農家から雨戸を借りてきて乗せ、４人で兵舎に運んだ。仮の病舎には胴体のない遺体、首のない遺体などが並んでいた。「そんなことは両親なんかにも話さなかった。つらすぎて、話したくなかった」

北澤さんが着ていた夏用の七つボタンの制服。元は白で、目立たないように草木で染めたそうです

これまで戦争体験を話す機会もなかったし、話もしたくなかったけど、戦後70年ということでメディアでも特集しており、取材にも来てくれたので、初めて話した、という北澤さん。今、若者に伝えたいことは？

「そうですなぁ…。いろいろあるが、まとめると、戦争なんて絶対するもんじゃない」

この辺りの見どころは陣馬形山がおすすめといったお話もして下さいました。また、ゆっくりと訪ねてみます。

７３１部隊で見た人体の標本

宮田村　清水英男さん

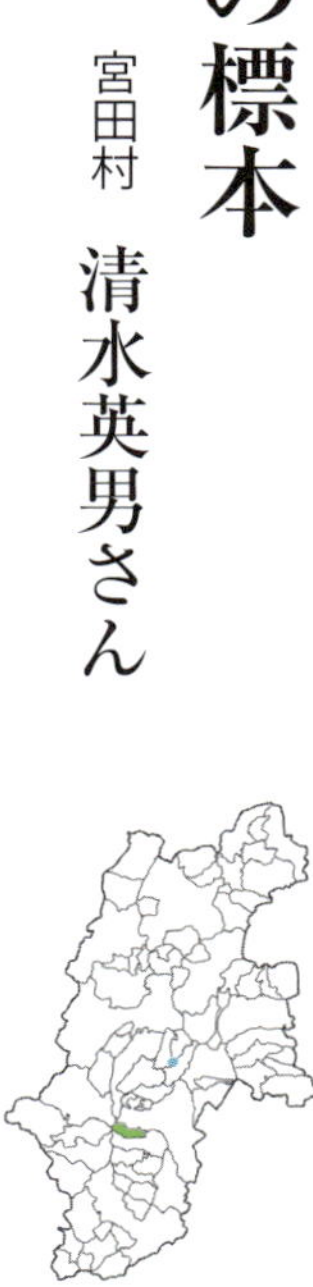

約９千人が暮らす上伊那郡宮田村でお会いしたのは清水英男さん。昭和20年（１９４５）３月に国民学校高等科を卒業。その３日後、先生の勧めもあり、満州のハルピンへ向かう。そして、14歳で見習い技術員として入隊したのが関東軍防疫給水部、いわゆる「７３１部隊」。同期は34人。上伊那と下伊那地域の出身者も清水さんを含め11人いたそうです。

７３１部隊といえば、人体実験や細菌研究などを行った機関として知られている。えっ、清水さん、あの部隊にいたのですか？　しかもこの伊那谷からの同期が11人も！　僕は資料を目にしたことはあっても、７３１部隊にいた方に直接お話を聞いたことはなかったので、いろいろと質問してみました。

清水さんは「他班のことは極秘だったので、同期生が何をしていたかは一切わかりませんが…」と口にされながらも、自分が見たこと、体験したことだけを伝えるということで、お話しして下さいました。

教育部の実習室に配属され、主にしていたのは病原菌の基礎知識の勉強。トイレなどが不衛生な生活環境の集落に行って水質調査もし、日本の兵隊がそこで戦闘状態になったとしても病気にならないか、また、細菌を利用した場合に日本軍に影響なく敵だけに感染させられるのか、そういう感染実験を野外で行っていたとのこと。

そして「人体実験を自分はしていないが」と前置きした上で、語って下さったその内容は—

陳列室を見学した際に、指導する立場の人から「外科医になるには、少なくとも3人の遺体が必要だ」と言われ、ホルマリン漬けされた人体の各部分が入った瓶を前に、「これはマルタの生体実験を行った標本だ」(マルタとはスパイ容疑及び抗日運動で捕らえられた人)と知らされた。

その夜はうなされて、汗をびっしょりかいた。一番印象に残っているのは、この陳列室の光景。標本を見る限り、12、13歳の子どもや胎児までいて、マルタだけでなく、「拉致してきた(人もいる)んじゃないか」と感じた。

感染実験は人体を使い、その数は2日間で3人、最終的には計3千人くらいに達したとも言われ、生菌による感染は隊員たちにも及び、殉職した方も多いのだとか。

「実験と効果観察は、少年隊員もその対象になっていたのでは」と言う清水さん。「自分も時々、先

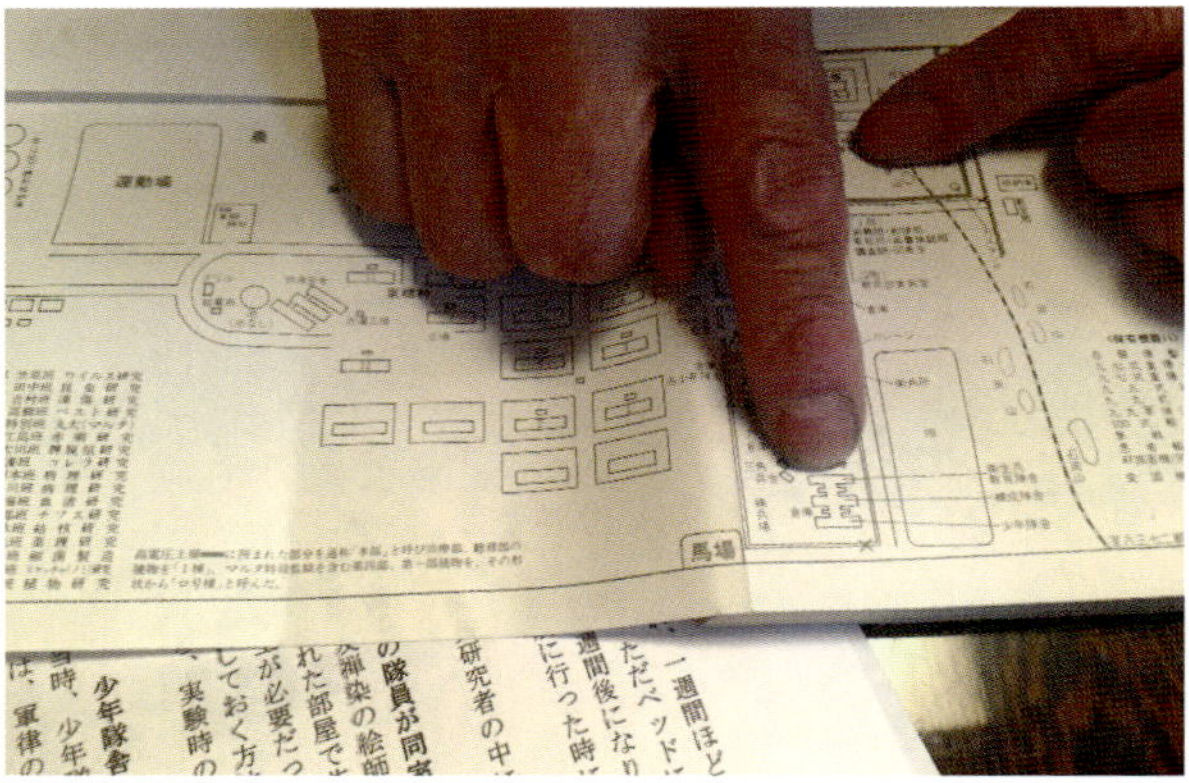

清水さんが説明してくれた731部隊施設の位置図

輩研究者から蒸しパンをもらうことがあり、一度だけ、食べた後に40度以上の高熱に見舞われ、1週間ほどうなされた。その間は特別な治療を受ける訳でもなく、ただベッドに寝かされ、1日1回体温と脈拍を測りに衛生兵が来るのみだった」とのことです。

7月頃には、少年隊員を暴力で苦しめた班長への「復讐」も目の当たりにしたそうです。銃殺刑も覚悟の上の、14歳から17歳の反乱。取り調べを受けた班長は「ポプラ並木にぶつかった」と言い訳をしていたが、顔は腫れ上がって真っ黒。上層部のはからいで班長からの降格だけで済んだという。

その後、8月9日、ソ連軍による空襲で事態は急変。12日には特設監獄が爆破され、5階ほどの建物を破片が飛び越えてきた。13日には貨車へ荷物を積み込み、14日朝に７３１部隊からの移動を知らされる。

実験室に呼び出されると、渡されたのは、自決用の拳銃と青酸化合物。万が一捕まった場合は自決するように、と指示された。14日夕、それを靴の中に入れ、荷物を持って列車に乗り込む。15日、新京（長春）の手前で終戦を知り、列車と船を乗り継いで帰国。8月30日には宮田の家に帰された。

「秘密部隊だから早く帰したのでしょう」。しかし、極秘なので、部隊にいたことの証明もされず、軍歴もない。帰っても、職に就けなかった。「ひどいですよ。国とは、そういうものなんですよ」。清水さんは憤る。

激動の時代に大変な経験をされてきた清水さんに「若者たちに伝えたいことは何ですか？」と聞いてみました。

「二度と戦争を起こしたくないし、子どもを戦場に送るなんて親の身になれば切ない」。そして「今はトップの人たちの都合や意見だけで動いているように感じる。実際どんなことがあったのか、戦争を知らない人が大臣になり、軍事と科学研究のあり方が議論に上がっているけど、何か戦時中の７３１部隊と重なる気がしてならない」と。

清水さんによると、７３１部隊内にも「人類滅亡になるよ」と口にする人がいたようです。「中にはやっぱり、反対する人もいるんですよ。でも本当のこと言って、細菌まかれたら、人類滅亡ですよ」

本当にそうですよね。清水さん、貴重なお話、ありがとうございました。

自由主義貫いた先輩の思い継ぐ

池田町　**師岡昭二さん**

童謡「てるてる坊主」の作詞者、浅原六朗氏が出身ということで、「てるてる坊主の里」としても親しまれているのは人口約1万人、安曇野の北部、北安曇郡の池田町。西に北アルプスの山並みを一望できる小高い公園、あづみ野池田クラフトパークで、70年前の記憶をお聞きしました。

「人間の本性たる自由を滅す事は絶対に出来なく、例えそれが抑えられているごとく見えても、底においては常に闘いつつ最後には必ず勝つという事は、彼のイタリヤのクローチェもいっているごとく真理であると思います。権力主義全体主義の国家は一時的に隆盛であろうとも、必ずや最後には敗れる事は明白な事実です」

「一器械である吾人は何もいう権利もありませんが、ただ願わくば愛する日本を偉大ならしめられん事を、国民の方々にお願いするのみです」

「明日は自由主義者が一人 この世から去って行きます。彼の後姿は淋しいですが、心中満足で一杯です」

戦没学徒の手記『きけわだつみのこえ』に収められた、出撃前夜に書かれた所感でも有名な、陸軍特攻隊員の上原良司さん。昭和20年（1945）5月11日午前9時頃、沖縄本島西北方面海域で敵艦隊に突入、戦死した。

「出撃の朝の楽しき一服は　わがたらちねの賜いしものなり」

母からもらった煙草の最後の一本を吸い、その空き箱の裏にこの歌を残し散っていった上原さんは、慶應義塾大学の学生で当時22歳。

安曇野を一望できるクラフトパーク

　その上原さんは池田町の生まれ。ここに彼の資料を集め、残したメッセージを発信したいと活動されてきたのが、元町長の師岡昭二さん。師岡さんたちの募金活動により、平成18年（2006）には所感の一節を刻んだ碑が公園の中に建った。同じ池田町出身の師岡さんは、19歳で軍に志願。上原さんの3つ下で、やはり当時は、飛行機に乗って戦闘が出来ることに憧れていた。陸軍特別幹部候補生という制度が出来、中学校の

３年生以上20歳までの男子を志願兵として採用し、飛行機の操縦をさせる国策が取られていたのだという。

「皆、３ヶ月の教育を受けて、飛び立っていった。私も第十練習飛行隊で訓練を受けていたが、たまたま、もう乗れる飛行機がなかったから助かった」

上原さんの最後のメモ・ノートには、こう書かれていた。

「悠久の大義に生きるとか、そんなことはどうでもよい　あくまで日本を愛する　祖国のために独立自由のために闘うのだ　天国における再会、死はその道程に過ぎない　愛する日本、そして愛する冷子《きょうこ》ちゃん」

軍国主義の中でも、本来の自分自身の生き様を見失うことなく生き抜いた。

平和な日本に生きてきた僕たちに、自由のない時代を生きた彼らから受け取るべきメッセージは何だろう？

「私たちも軍に入って、日記を書いても検閲があって消されてしまう時代に、上原良司は全体主義で戦争に勝つことは出来ないという考えや自由主義を貫いた。その思いを語り伝えていきたい」。師岡さんは、そう語ってくれました。

【参考図書】新版「きけ わだつみのこえ」日本戦没学生記念会編（岩波文庫）
新版「あゝ祖国よ恋人よ」上原良司　中島博昭編（信濃毎日新聞社）

24時間態勢で敵機を識別

木曽町　春原金蔵さん

木曽郡木曽町は平成17年（２００５）に木曽福島町、日義村、開田村、三岳村が合併して誕生した。長野県の西、岐阜県とも隣接し、約１万１５００人が暮らす。福島の春原金蔵さんにお話を聞きました。

昭和３年（１９２８）５月生まれで、終戦時は17歳。木曽福島の高等小学校、青年学校を卒業し、役場の水道部で働き出していた。男６人、女３人きょうだいの５番目。兄３人が出征し、当時、家にいたのは母と姉１人、弟２人。父は病気で亡くなっていたので春原さんが働くしかなかった。

同じ年頃では、木曽中学校（現木曽青峰高校）に行っていた中に志願兵として行った人はいた。当時について「死ぬことまでは考えなかったなぁ。兵隊に行きたいとみんな思っていた」と春原さん。しかし、兄たちが出征してしまっていたから「自分が家の百姓もやらなければいけなかった」。

木曽は軍需工場など目立つ施設がなかったことから、空襲の被害もなかったが、春原さんは「みこしまくり」でも有名な水無《すいむ》神社の近く、関山公園の上にあった防空監視哨十三番福島へ勤めに行った。松本警察署へ直通の電話機が置かれ、24時間態勢で監視し、飛来する飛行機を識別、数や行き先を報告していた。

冬の夜は寒く、毛布をかぶりストーブにへばりついて勤めた。そこに勤務していた人たちも順に戦争に行かされると、若い人が代わりに入ってくる。当時は情報が管理されていて、外からも全く入ってこない。雰囲気は「今の北朝鮮と同じようなものだった」と春原さんは言う。

以下、兄たちのこと、強く印象に残っていること。

一番上の兄がミッドウェイ海戦に参戦していたにもかかわらず、運良く帰国。海軍の戦力が既になくなっていることを目の当たりにしていた。しかし、そんな情報は当時、一つも国内に聞こえてこなかった。

2番目の兄は、トラック島で香取型巡洋艦と共に沈没し戦死、22歳だった。3番目の兄は中国から引き揚げる途中に病死、21歳。奈良井（当時楢川村・現塩尻市）の戦友が、片腕を焼いた遺骨を届けてくれた。母は何とも言わなかった。

金属回収令による供出も行われ、役場の前が金属類の山になっていた。

敗戦の日は役場にいて、皆で集まって玉音放送を聞いた。その頃は役場で水道部の仕事をしていたが、自分は何故か監視哨に走って向かった。戦後、進駐軍が来て「監視哨員は連れていかれる」とい

木曽駒高原キビオ峠展望台からの眺め。御嶽山、乗鞍岳、奥穂高岳、前穂高岳が一望できる

う噂があったので、資料などは壕に投げ込み土をかぶせてわからないようにして、建物は取り壊した。

45歳まで役場に勤務し、その後は設備工事会社を設立。地元の様々な役職や地域貢献をされてきた。そんな春原さんが今の若者に伝えたいこととは？

「自分を良く知ること、世の中を知ることが大事。就職にしても、簡単に仕事を選んで簡単に辞めるんでなくて、経験を積んで長く一つのことを続けるとか。我慢や忍耐、身の丈を知るということになるのかもしれないが、しっかり見てから物事を判断してほしい」

14歳の志願兵、殴られ叩かれ続け

池田町　**丸山善史さん**

生きているうちにどうしても、その戦争を語っておきたかったという池田町の丸山善史《ぜんし》さん。昭和5年（1930）12月1日、農家に生まれ、10人きょうだいの9番目として育った。日中戦争が勃発した12年、現在の安曇野市明科七貴にあった七貴村の小学校に入学。徹底した軍国教育を受け、「神国日本は必ず勝つ」と信じていた。

太平洋戦争が始まった翌年の昭和17年から、志願兵の年齢が15歳以上から14歳に下がった。19年10月初め、丸山さんを含む七貴村国民学校の22人が大町の国民学校で志願兵試験（学科と身体検査）を受け、「自分と友人小林の2人が合格した」。

12月の誕生日が過ぎ、14歳となった20年の正月、役場の職員から採用通知をもらう。「名誉なこと。飛び上がるほど嬉しかった！」。14歳3ヶ月で横須賀海軍通信学校へ入校。出征の日は親戚、隣組の人たちが激励会を開いてくれ、配給のため貴重だったお酒を初めていただいた。荻原神社で大勢の激励を受け、必勝祈願、万歳三唱を受けて母校へ。そこでも大激励され、全校生徒約６２０人が日の丸の小旗を手に明科駅まで見送ってくれた。

いざ入隊してみると―

一番若い14歳の自分たちは、年上の兵隊と体格や体力の違いで苦労した。１６００発の弾丸が入った箱を担がされた時なんて、重くて背骨が折れそうだった。足手まといになり、バットのような「軍人精神注入棒」でお尻を凄い勢いで殴られる。

合図を聞き漏らし、洗濯したふんどしを干しっぱなしにしてしまった時は、みんなの前に出され腕立て伏せを40回。それだけかと思えば、四つん這いのまま、ふんどしを口にくわえさせられて歩かされた。

班長の前では無駄口や笑うことさえ出来ない。どれだけ疲れていようが、10秒も返事が遅れると、また「両足を広げ手を挙げろ、歯を食いしばれ」という声とともにホームランを打つかのように思いっきり後ろから腿やお尻の辺りを叩かれる。「痛い」と口にしようものならもう一度。ただただ耐えるしかなかった。

昭和 19 年 10 月、兵隊試験の日。３列目左から３人目が当時 13 歳の丸山さん。後列は年上の青年学校生ら

通信学校では甲板掃除、手旗信号、モールス信号などを教えられ、カッター（小型ボート）訓練、海岸では陸戦隊の訓練をしたが、敵機の攻撃が激しくなる中、送信技術の習得まではいかなかった。毎日空襲があり、敵機の機銃掃射を何度も受け、海岸で４、５メートルの差で命が助かったことも。何人かは撃たれて亡くなった。

炊事当番をしていて、班長の部屋に「用意が出来ました」と知らせに行くと、「バリバリバリッ」と機銃掃射の凄い音。とっさに班長が「こんなことでは負けるかもしれないな」と口にした。直ぐに「冗談」と言い直したが、本音だったのではないか。皆口には出来ないが、頭の片隅にはあったと思う。

５月だったか、整列した時に「特攻隊志願者は一歩前に出ろ！」と号令がかかり、自分は一歩前に出た。しかし、出なかった人は「貴様、命が惜しいのか！」などと、ひどく責められていた。志願といっても半ば強制、絶対服従の世界をみた。

７月に入り、いよいよ本土決戦で、米兵が上陸してきたら「爆弾を持って体当たりするんだ」と全員、玉砕を覚悟していた。「君が代」は歌わなかったが、「海ゆかば」を毎朝夕歌わされた。「海ゆかば水《み》漬《づ》く屍《かばね》　山ゆかば草生《む》す屍　大君《おおぎみ》の辺《へ》にこそ死なめ　かえりみはせじ…」

そして８月15日、「お寺の庭に集まれ」という号令で玉音放送を聞く。自分たちの周りは喜んでいた。しかし翌日、班長や将校たちは軍刀を抜いて雑木を斬ったりして狂ったようになっていた。

Ｂ29が１週間くらい朝から夜までずっと飛んでいた。間もなく復員。手続きを取って帰る時、中隊長が１５０名くらいを集めて訓示した。「負けたけれど、また何が起きるかわからないから、自宅で待機しろ！　何かあったときはこの軍旗の下に集まれ！」と。

三浦半島を通行中、アメリカの戦車が道端に3台も置かれていたことにはびっくりした。銃剣ぐらいで他に武器もないのに、本土決戦になんかなったらひとたまりもなかった。無事家に帰って仏壇に線香を上げ、感謝の祈りを込めたのは8月26日。2年前に亡くなった母の命日だった。

「日本全国でも最年少の兵士だったんじゃないかな?」。14歳の夏を、そう振り返る丸山さん。体験を語ろうと思ったきっかけは、2013年9月の敬老の日、信濃毎日新聞に載った「戦争体験を語り継ぐ日に」と題する記事を読んだことだそうです。

丸山さんが体験から学んだこと、伝えたいことは何でしょう?

「日中戦争から始まったあの大戦。時の首脳部は1ヶ月くらいで終わらせると思っていたのだろうが、アメリカやイギリスがバックにいたこともあり長引く一方。結局、解決出来ず、大東亜(太平洋)戦争に突入していった。海軍は反対していたのに」

「戦争だけは絶対やっちゃいけない。あれほど残酷で悲惨なものはない。愚の骨頂。もし核戦争でも始まったら人類が滅亡するだろう」「今、憲法の問題がいろいろ言われているが、私は憲法九条の精神は貫いていかなければいけないと思う」

戦争を経験されている方の思い、気持ちです。当時は自由さえなかったから。しかし、教育を受けていたとはいえ、軍隊時代のつらいことをどうやって耐えられたのだろう?

そんな問いに、丸山さんは「故郷や家族が心の支えだった」と答えてくれました。

貴重なお話、ありがとうございました。

信じていたもの　すべてが変わる　敗戦で
放心状態、記憶も途切れる数か月

真っ白な制服　七つボタンに憧れて
村のみんなに送られた　しかし
負けてこっそり　みじめな帰郷
あの歓呼の声はどこへ

第2章 空襲

燃え上がる街の中で

爆風に飛ばされた人間の体

喬木村　吉川照子さん

児童文学者・椋鳩十の故郷としても知られる下伊那郡喬木村。軍事工場で武器の一部を作っていた時に体験したお話を聞かせて下さったのは、吉川照子さん、91歳。早くに父と弟を亡くし、幼い頃は母と二人、村で苦労しながら生活をしていたそうです。

学校を卒業し、15歳で働きに上京。夜学にも通いながら安立《アンリツ》電気で給仕の仕事をし、その後、電話交換手もした。３年ほどで喬木に帰るも、こんどは愛知県の豊川海軍工廠で挺身隊として働き出す。

日増しに空襲が激しくなる中、昭和20年（１９４５）８月７日午前、当時東洋一の規模と言われた豊川海軍工廠は大空襲に遭い、工員ら２５００人以上が犠牲になった。

その時、吉川さんが飛び込んだ防空壕にも爆弾が落ちてきた。崩れた防空壕の土をかき分けて這い出る。入り口付近にいたことと、そこに木の枠で出来た空間があったことで運良く助かった。その防空壕にいた何十人もが犠牲になった。

右も左もわからず夕方まで何時間も逃げ惑う。気付けば芋畑の中に一人、土だらけ。乱れた衣服のまま座り込んでいた。

仲間が無惨な姿で亡くなっているのを目にすることがつらかった。当時20歳。工場では弾丸の先を作り、後輩たちを教える立場だったが、逃げ遅れた年下の少女たちが吹き飛ばされていた。「あの光景、あの悪臭、体験した者でなければわからない」

弾に直接当たらなくても、爆風はものすごい勢いだと分かった。人は首が飛びやすく、黒こげの死体や体の一部が散乱する。空襲の後は、生き残った人たちで飛び散った手足や首を拾って回り、穴を掘っただけの埋葬場所に運んだ。「あの時は神も仏もないと思いました」。あまりの無惨な光景に、恐怖も通り越していた。

「米軍は何から何まで知り尽くしていたように空爆していきました。これは勝てるわけがない…」。武器を作っているような場所が狙われたという。

「敗戦を聞いた時には、空襲の恐怖からやっと逃れられると、ホッとして嬉しかった。不謹慎だけど、口に出さないだけで、みんな周りはそう思っていましたよ。今夜からゆっくり足を伸ばして、防空壕でない所で眠れると」

「本当の恐ろしさを伝えて下さい」と吉川さん。命は大事、戦争はあってはならない、個人が尊重されなくなると怖い、お金だけがあっても幸せじゃない…。「みんな、わからんかなぁ」

戦時中は破傷風でもたくさんの方が命を落としている。吉川さん自身も12歳の時、勤労奉仕中の稲刈りで指を切り、破傷風にかかったが、運良く薬が手に入り持ちこたえたという。

そんな生死の境を何度と体験されてきた吉川さんに、今、元気でいる秘訣も聞いてみました。まずは身体を動かしたりして、できるだけ運動すること。そして、政治の真実を学ぶこと。さらに、もう一つ。「こういう経験してきてわかったことは、身体は半分が精神的なもので生きているということ。人を大事にするような心の豊かさがないとダメ」

他の人の喜ぶことが自分の喜び。そんなことも経験や身近な人から教わったという。「小さいことでグチグチ言っていると、身体に良くないというのが私の持論」とも。たとえ貧乏していても、他人に分けることは忘れなかった。そんな時代を生き抜いてきた方の言葉は重い。

無差別テロや殺傷事件など、日常が脅かされ、安全、安心も揺らいでいる現代社会。あらためて命の大切さ、人間の心のあり方を学ばせてもらいます。

火の海の下町、間一髪助かる

中野市　春原　博さん

中野市の春原博さん、88歳。幼い頃に父親の仕事の関係で生まれ故郷の中野を離れ、戦時中は東京・下町の東駒形で暮らしていた。

青年学校の研究科に行ったが、勉強どころか、日立精機株式会社で徴用された。そして昭和20年3月10日未明。空襲警報を聞いて、真夜中の街を夢中で逃げた。

低空で飛んでくるB29。防空頭巾をかぶって逃げるのが精一杯。母ともはぐれた。「おっかなかったよぉ」

母は火の海を逃げ、小学校のプールに入って助かった。春原さんと他の人たちは皆、隅田公園に逃げてゆくが、隅田川に架かる言問橋《ことといばし》が燃え、たくさんの人が川に飛び込んでいた。一晩で10万人が命を落としたといわれる、あの東京大空襲だ。

「もちろん家も燃えちゃった。近所の人も亡くなった。家も何もないから、みんなどうなったかもわからない。3月だったから、寒いし腹は減るし…」。母とはその後、再会できた。

あの焼け野原となった空襲の中心地で、お母さんとともに、よくご無事でした。

「どうやって助かったかもわからない。俺はちょっくれぇだからな（笑）」

春原さん、翌朝はちょうど徴兵検査の日。それでもと役所に行くも、検査どころではない。「周りは死体がゴロゴロ、異臭が漂う中、自分自身がわからなくなっている人がたくさん。死体を見ても怖くもなんともない、すべてが麻痺している状態だった」

それを機に、中野へ戻ってきた。そして、6月に兵隊になる。今の長野市桜ヶ岡中学校の辺りが兵舎だった。東部11部隊に入り、訓練を重ねた。

8月13日、長野が空襲に遭う。「兵隊もおっかながって、みんな桑畑に逃げていた。新型爆弾が落ちたらしいとの噂も入ってきてはいたなぁ」

8月15日、ラジオを前に皆で玉音放送を聞く。「何言っているのか、わからなかった」。上官から戦争が終わったと聞き「ホッとした」。訓練も厳しかったから、それをやらなくてよくなったからと。「まだ18、19歳。単純なもんだった」

あの大戦をあらためて思い返して感じるのは、どんなことでしょうか？

「当時は軍事教育もあり、国のためにと煽られて何の疑いも持たなかったけど、戦争の怖さは実感した」「勝っても負けても悲惨な目に遭うもんね。だから戦争はしちゃいけない」「アジアの欧米列強

花と緑が豊かな春原さん宅の庭

植民地をその支配から独立させるという大東亜共栄圏を掲げていたが、今となれば、独立させるというより日本が代わって支配したかっただけかも」

春原さんはお仕事のかたわら、地域の交流の場として、公民館での文化活動をはじめ謡曲や写真、美術、盆栽といろんなクラブ活動の立ち上げに尽力してこられたそうです。「これはやっておいて良かった。この辺は、みんな仕事だけしかなかったから。でも自然豊かでいい所だよ。すべていい」

長野県北部、約4万3千人が暮らす中野市。生産量全国一のエノキや美味しいぶどうでも有名で、ご自宅に伺った時はちょうど「信州なかのバラまつり」が開催中。長い時間、力強い言葉で語って下さった春原さん、これからもお元気で。

焼夷弾の猛威、機銃掃射の恐怖

松本市　細田　敏さん

「とうちゃん、熱いよ」「たすけてっ」。焼夷弾が落とされ、燃える家。物の下敷きになっている人や逃げ場を失った人の叫び声が響いていた。東京に住んでいた70年前の記憶を頼りに、声を震わせながら空襲の場面を語って下さったのは、松本市と合併した旧波田町に住む細田敏《さとし》さん。

高等小学校の時まで東京・新宿で過ごしていた。余《よ》丁《ちょう》町小学校6年生の時に大東亜（太平洋）戦争が始まり、空気は戦時態勢一色に染められた。例えば、体育の時間の棒倒しも激しい殴り合いに。歯が折れようが、向かっていく者は将校から「勇ましくて良い」と褒められる。そんな中、細田さんも自ら兵隊志願に行った。しかし、まだ小学生。体格が満たなく、残念ながら帰された。

　戦争末期は東京への空襲も激しくなり、空中戦や空爆も目にした。外に干してあった洗濯物がなくなるくらいの激しい機銃掃射も見た。その時、笑いながら弾を撃っていた操縦士の表情も覚えているという。「その姿は当時『赤鬼』と呼んでいたが、ホント憎らしかった」。夜の空襲で、日本軍はB29を探照灯で照らすだけで精一杯。毎晩空襲におびえて防空頭巾を用意し、ゲートルを巻いて寝ていた。「何万発もの焼夷弾が燃えながら落ちてくると、それは変な言い方だけど、遠くから見れば綺麗。しかし、その下は地獄。町が火の海、『熱いよー』『助けてー』と子どもたちの声。『退避ー、退避ー』。班長や大人の声が響く。そして、焼け残ったのは土蔵だけ」

父の実家が梓川（現松本市）で、母、妹、弟は既に疎開していた。細田さんだけ東京の工場に通っていたが、空襲が激しくなった昭和20年には同じく信州へ。そして終戦。みんな泣いたり、ため息をついたり。当時16歳だった。砂糖やピーナッツが配給されたが、カロリー計算の上なので、一食に何粒かしかなかった。生活のために行商もし、ゴムひもを売ったり、織物、セーターなどを担いで歩いたりした。しかし、闇物資の一斉取り締まりで没収に遭ったことも…。

今の家で暮らし40年ほど。「この辺りはのどかでいいよぉ。近くには堤、桜の名所や美味しいお蕎麦屋さんも有名だよ」と細田さん。波田はスイカでも有名ですね。

最後に、今でも暗記しているという教育勅語を聞かせて解説していただきました。戦争はいけないが、当時の教えには、友や親、きょうだいを大切にする、困っている人を助けるなど良い教えもいっぱいあったとも。「最近の事件やニュースを見ていると、世の中、若い人が自由や民主主義をはき違えているような気がする」。そう嘆きつつ「努力して平和を守ってくれ、戦争はやらないほうがいい、あんな苦労はさせたくない」と願いを込めて下さいました。

燃える下町　逃げまどう
その先ゆらゆら太陽が
昇って夜が明けてゆく
涙流れる　3月10日

遠くの空が　赤く染まるとき
思い出すのは悲鳴と火のまち
泣いて　ため息ついて　ふるさとへ
「父ちゃん熱いよ　助けて」の声
どうすることも出来なかった
あの日がよみがえる
今　この空に平和を願う

焼け跡に見た人間の生きる力

山ノ内町　原田洋子さん

戦時中は学童疎開の子どもたちや傷痍軍人も大勢いたという北信濃の温泉街、下高井郡山ノ内町。「足が弱くなっているけど、あとは何ともない」と携帯電話のメールも使いこなす原田洋子さんは、1週間しかなかった昭和元年（1926）の12月28日生まれ。育ったのは東京・墨田区吾妻町。今の東京スカイツリーからも遠くない。ご主人が山ノ内の方で、40年ほど前に一緒に戻ってこられた。

きょうだいはお兄さんがいて、戦時中は兵隊として茨城に行っていたそうです。「ひっそりと出征して行きましたよ。最初の頃は盛大に送り出したり、戦死した方も皆で迎えたりしましたけど、戦争末期には、送る時も帰って来る時も大騒ぎはしませんでした」と振り返る。

当時は女性も皆「必勝」の鉢巻きをして軍需工場で働くのが当たり前。原田さんも近所の鋳物工場で働いた。そして昭和20

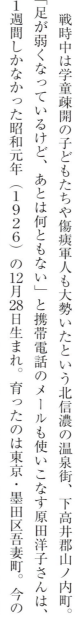

年3月、あの東京大空襲を自宅にいて体験した。

「空襲の中、逃げる時に母と離れ離れになってしまった。朝になって隣組の人が母の無事を知らせてくれて再会。母は隣組の人たちと一緒にかたまって逃げたようだった。母と会えた時も、テレビでやっているように、抱き合って泣いたりはしなかった。割合冷静に母も名前を呼びながら寄ってきて『どこ行ってたの？』なんて口にした。私も『あっ』と気づき、『どこ行ってたって、わかんないよ』と言ったくらい」

「でも、焼け跡をさまよっている時は、履いていた下駄が燃えてきたりして、悲惨な光景もたくさん見た。亀戸の駅周辺だったか、ほんとたくさんの人が死んでいた。知らないで死体をまたぎながら歩いたり。『このドラム缶の中でも死んでいる』なんて母に言うと、『んなもの覗かなくてもいいでしょー！』と大きな声で怒られたりした」

原田さんによると、自宅付近では空襲の中で人が川に飛び込んだりする光景は目にしなかったが、その後、終戦になった8月を過ぎても、隅田川に遺体は浮いていたという。

え？　あの空襲から半年近く経っても、まだまだ川に遺体があったんですね？

「そう、丸太ん棒みたいになって、男女もわからず流れていて、なんてよくあった」と原田さん。

空襲で自宅も焼けてしまったので、原田さんは母の実家、新潟県長岡にひとまず向かう。窓から乗ったり下りたりするようなギュウギュウ詰めの汽車に何時間も待って乗った。長岡に着いた時、雪がまだあってビックリしたという。初めて見る雪景色だった。

新潟は米どころなのに、もう米もなく、食べる物に苦労した。そして5月に横浜の親戚の所に移るが、そこでもまた空襲に遭う。「その時は布団背負って鶴見まで母と歩いた。省線（電車）は都内に入ったら動いていたと思う」。その後、やはり知っている人がいる所の方がいいからと吾妻町に戻り、バラックでの生活をした。

「道路一つ挟んで、こっちは焼けて、あっちは焼けてないという所もあったけど、皆、焼け跡に家を建てたり、トタン小屋を建てたり、銭湯の人たちはドラム缶にお湯を沸かして営業してたり。人間の生活力、知恵って大したもんですよ。生きるためには何でもしてた」

8月15日、横浜の伯母の家に行こうと向かっていた京浜東北線の列車の中。12時に重大放送があるというビラが配られていて、横浜で放送を聞いた。「詳しい内容は理解出来なかったけど、何となく皆終戦と気付き、口にはしないけど、本音はホッとして『やっぱり負けたな』と思ったんじゃないかな」

今はびっしりとビルが立ち並ぶ墨田区も、焼け野原の自宅からは、大きな富士山がよく見えたという。「もう戦後70年経つんですもんねぇ」「今70歳の人でも実際に何があったか知らないんだもんねぇ」と言いながら、原田さんが今伝えたいこととして語ったのは「戦争はいやだ！」「戦争でなくても近所同士、隣組同士でも争うのはいやだ」ということ。

「戦後間もなくの長屋は、助け合っていたように思う。何でも借りたり貸したり、お互い理解し合うというか折れながら」「核兵器だって、持っている国が持っていない国に『持っちゃいけない』って言うのが変だと思わない？」「そんな兵器なんてなくて、お互いの関係が成り立てばいいんだけど」まだまだいろんな所に旅行をしたいという原田さん。貴重なお話、ありがとうございました。

寄宿舎を必死に守った仲間

大桑村　田中昭三さん

長野県南西部、木曽郡の大桑村。3800人ほどが暮らす木曽谷の南部の村です。大桑は、初めて寄らせてもらったかも…。戦時中のお話を伺ったのは、小中学校の元校長先生、田中昭三さん。

生まれは昭和3年（1928）6月。ご実家は宿場で旅籠を営んでおられたようですが、7人きょうだいで家計的にそれほど余裕もなかったので、田中さんは先生の勧めもあり、地元の国民学校高等科を出ると、今の信州大学、長野師範学校の予科へ進む。当時は官費で毎月25円が支給され、寮費、食費を引かれても15円ほど残ったそうです。大日本帝国はいかに教育と軍隊に力を入れていたのかがわかる。

「当時、家庭の事情で旧制中学校へ進学できない者は、陸軍幼年学校、師範学校、実業学校に行ったね。あとは予科練（海軍飛行予科練習生）や満蒙開拓義勇軍に行った者もいた」

予科1年目は平穏だったが、19年8月、予科2年の120人は、学徒動員により東京大田区蒲田の特殊製鋼の工場で働くことになった。昼間は作業、夜は勉学の日々。最初は浅草に映画を見に行けるほど穏やかな日常だった。が、次第に不穏に。そして、あの20年3月10日の東京大空襲。蒲田からも下町が真っ赤に燃えているのが見えたといいます。

田中さんは輸送係に配属され、横須賀に行ったり、トラックに乗ってあちこちの工場へ製品を配達したりしていた。日本の青壮年はほとんどが徴兵されていて人手不足のため、運転手は朝鮮半島から徴用されてきた人たちだった。

大空襲から数日後、配達の帰り、トラックの本社が深川にあって心配だから寄ってみようと車を走らせる。隅田川を渡って目に入ってきたのは、見渡す限りの焼け野原。車が進むにつれて何とも言えない死臭が漂い、吐き気をこらえるのがやっと。目を凝らすと、まだ運河に遺体がたくさん浮かび、トタン板の下にも黒こげの遺体がそのまま。まるで地獄絵のような様相に唖然とするばかり。

「隅田川の堤防に行ったら、死体が何百体と並べてあってね、だぁーっと。生き残った人たちが泣きながら確認していた。その日の夕飯は腹が減っているのに食べられなかった」

4月には大森や蒲田も空襲に遭う。いつも空襲は夜だ。警報で飛び起き、ものすごい爆音とともに外へ出ると、もう辺り一面、火の海。飛び散った焼夷弾の油脂が宿舎の壁や地面で燃えている。「六郷の河原へ逃げろ！」の声に夢中で逃げて難を逃れた。多摩川の下流部は六郷川とも呼ばれていた。

夜が明ける頃、堤防に上がると、寄宿舎はほとんど無傷で残っていた。しかし、これはただの幸運だけではなく、逃げ遅れた仲間が必死で消火してくれたようで、河原へ避難した自分たちは合わせる

昔ながらの宿場の風情を醸し出す須原宿の水舟

顔がなく、小さくなっていた。全員無事でよかった。

その後も無差別爆撃は続き、工場も生産不能になって皆長野へ戻ることに。そして終戦。師範学校の講堂で玉音放送を聞く。

「何言っているかわからなかったが、ホッとした気持ちと、絶対負けないと思っていたのに、という複雑な心境」

卒業後は、開田村（現木曽町）の学校から教師人生が始まる。何といっても食料がなく大変だった。そんな戦中戦後を過ごしてきて、田中さんが今伝えたいことは、やはり「戦争だけは二度と起こしてはいけない」ということ。「やったらやりかえすなんて、ほとんどメンツのためだけでやっているよね…」


お話の最後に、村の名所をお聞きすると「近いから」と案内していただきました。大桑村には中山道39番目の宿場、須原宿があり、木をくり抜いて作られた水飲み場の水舟があったことから「水舟の里」とも言われています。そんな須原宿にあるお寺、定勝寺《じょうしょうじ》は、山門、本堂、庫裡のいずれも桃山建造物として国の重要文化財に指定されている。長野県内でこの3つそろっての重文はここだけとか。鶯《うぐいす》張りや透かし彫りなど目や耳で４００年の歴史を楽しめます。

また、入り口のしだれ桜も見事！　桜の咲く時期に足を運んでみたい名所のひとつ。その他に阿寺渓谷も神秘的とか…。ますます、ゆっくり立ち寄りたい村です。

大空襲と伊那の戦後つぶさに

伊那市

溝口幸男さん、溝口和男さん、溝口尚武さん

左から溝口尚武さん、幸男さん、筆者、和男さん

平成18年（2006）に高遠町、長谷村と合併し、南信の市町村で最大の面積になった伊那市。書店を営む溝口幸男さんに、弟の溝口和男さん、そしてご親戚の溝口尚武《しょうぶ》さんと、世代が少しずつ違う3人一緒に、それぞれの戦中と戦後の話をお聞きしました。

幸男さんは大正15年（1926）生まれ。父が昭和18年（1943）にがんの手術をした。当時、一家は東京の本所（現墨田区）に住んでいた。「母と一緒に医者に呼ばれ、もって3年だと伝えられた。父の具合が悪いので戦争には行きたくなかった。しかし行くのが当たり前の時代。『予科練（海軍飛行予科練習生）に行かない』と親父に言うと怒られた。『行け』と。民間航空で少しでも命を長らえたかったのに」

兵隊検査に合格し、海軍の予備練習生として横須賀海兵団A3班に入団。班は50人くらいで、米軍のB29などの緯度経度（位置）を調べたり暗号解読をしたり。傍受すると、報告を入れた箱に鍵をかけて軍令部へ持っていく、そんなことをしていた。

上官には、卒業したら「特攻に申し込め」と言われていた。だが、そこで終戦。兵舎で玉音放送を聞いた。「なんとなく負けたなぁというようなことはわかった」。まだ予備練習生なので「早く帰れ」と言われ、8月の末には実家に帰った。「帰ってくる時は恥ずかしかった」と振り返る。

和男さんは一番下の弟で、小学校5、6年時は千葉県佐原のお寺に集団疎開していた。近くに落ちたB29を見に行った記憶も。6年生の3月、いよいよ卒業で本所の家に戻ってきていたところ、あの大空襲に遭ってしまう。

「空襲警報を受け、父、母、妹と外へ出たが、周りは火の海、逃げ場がなかった。逃げる途中で母、妹とはぐれた。父と自分はコンクリートの影に隠れて助かった。周りは燃えていた」。その後、母と妹は見つからなかった。この空襲でクラスの半数は亡くなった。母校は焼け残っていたが、卒業式は出来ず、卒業証書をもらったのは30年も経ってからだった。

大空襲の夜、兄の幸男さんは東横線の多摩川を越えた所から燃える町を見ていた。2、3日して、心配になって探しに来たという。両国橋の上から街を見た時、国技館（今と違う本所回向院にあった）の屋根が落ち、周りは焼け野原。「遺体もマネキンのようになっていたり、女性が子どもを抱いたまままみかん色で亡くなったりしていた。資料では（死者が）8万人から10万人って書いてあるけど、ほんと地獄絵図だった」

終戦時に伊那の小学2年生だった尚武さん。印象に残るのは学校にあった奉安殿。天皇皇后の写真と教育勅語が納められていた。文鎮を持っていなかったので、そこの綺麗な石を拾ったら怒られ「バケツ持って立たされた」。

子どもながらに飛行機に憧れた。「赤とんぼ（練習機）、かっこよかった。宙返りとか見たけど見事なもんだった」。そして飛行機の防弾ガラス。「こするといい匂い、石油なのか何なのか、異国の匂いがした」

戦後、すぐに進駐軍が来た。「図書館の所にみんな見に行ったよ。外人を見たくて」。チョコレートもらったら「サンキュー」で、「サンク」（SINK＝沈める＝の過去形）と言っちゃいけないぞ、と友達に言われた記憶がある。そして、昭和天皇の地方巡幸のこと。沿道にござを敷き、座って頭を下げていた。「山の方からも1時間や1時間半かけてもみんな出て来るんだから。でも見ちゃいけないんだ。頭上げたらもう（車が）向こうに行っていた」

あの頃、上伊那と下伊那でひどい目に遭ったのは満蒙開拓団だ、と幸男さん。「戦争はやるべきじゃない、一番弱い人たちが犠牲になってしまう。沖縄の人があれだけ言うのもわかる」とも。

和男さんが高校生の頃は高下駄を履き、兄の海軍の戦闘帽をかぶって通っていたとか。その頃に比べれば街も変わった。「昭和27〜28年頃が一番にぎやかだったかな」。天竜川でも昔はハヤ、フナ、モロコ、ウナギなんかがいて皆で取ったことも懐かしい。ザザムシもこの辺りの名物だ。戦時体験から地元の歴史まで、いろんなお話、ありがとうございました。

ＴＯＫＹＯ　０３１０

窓に映る 赤い光とサイレン　午前０時過ぎの爆音　空から鉄の雨
うめき声と悲鳴　目の前　火の壁　押し寄せて
目も開けられず　人が行き場なく溢れ

東京が燃えている　昨日までの笑いも
炎に飲み込まれ　真っ黒に焼け焦げた　火の船が風に揺れている

川の上も赤く　強い風吹きぬける
背中の子ども　首のけぞらして　口開け息絶えた
止むことない空襲　町中火の海
人形のように ころがる死体　異臭が鼻をつく

東京が燃えている　昨日までの生活が
炎に飲み込まれ　何も考えられず　哀しみも燃え尽きた

Ｕｈ　Ｕｈ　浅草　深川　本所　城東　焼けた下町　声なき声が
Ｕｈ　Ｕｈ　「撃ちてし止まむ」の横断幕
焦げて裂けて　風にはためいた

東京が燃えている　昨日までの笑いも
炎に飲み込まれ　真っ黒に焼け焦げた

東京が燃えている　逃げまどうその先に
太陽が昇っていく　ゆらゆらと東の空から
Ｕｈ　涙溢れてる　３月 10 日の朝が来た

第3章

異国の戦場

生と死の間で

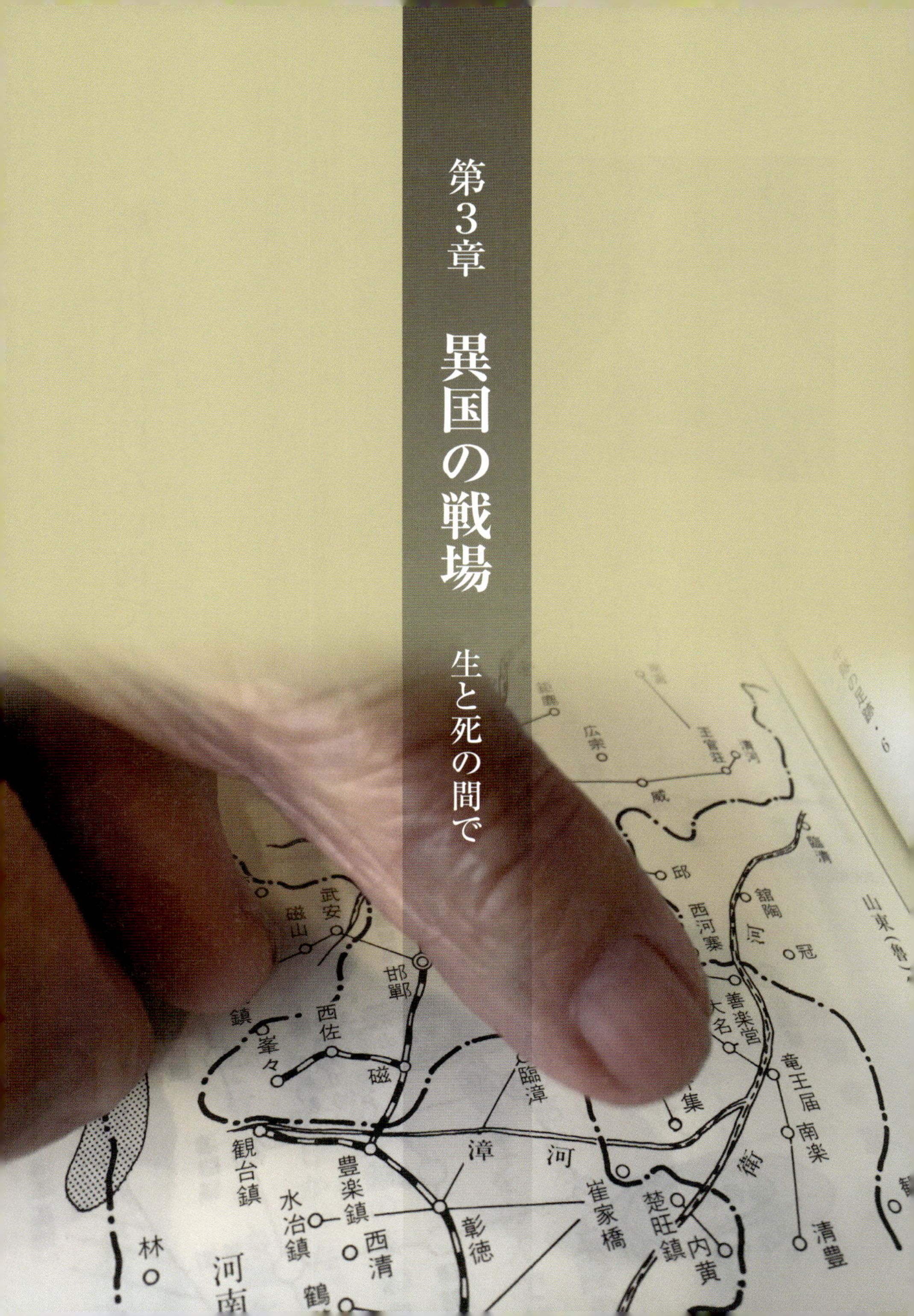

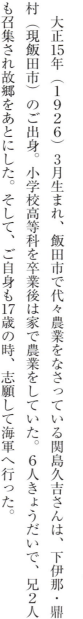

艦沈没、泳げない海で九死に一生

飯田市　関島久吉さん

大正15年（1926）3月生まれ、飯田市で代々農業をなさっている関島久吉さんは、下伊那・鼎村（現飯田市）のご出身。小学校高等科を卒業後は家で農業をしていた。6人きょうだいで、兄2人も召集され故郷をあとにした。そして、ご自身も17歳の時、志願して海軍へ行った。

「上の兄のところへ役場の人が召集令状を持って来たのを覚えている。昭和14年（1939）の秋だった。当時は、悲しいというよりも当たり前だったから、兵隊に行けばようやく一人前になったかな、という感じだった」

兄2人が兵隊に行ってしまっていたこともあって、親は反対したが、志願して検査に合格。昭和18年5月、横須賀の海兵団に入隊する。「鼎村からは同級生も何人か志願兵で行ったし、満州の青少年義勇軍にも各家の次男、三男の多くが行っていた」

実際、軍隊に入ってみると、想像していたものとは違い、つらかった。何よりも大変だったのは海での練習。「泳げなかったから」

横須賀から呉まで汽車で移動し、全長174メートルの巡洋艦「能代」に乗り込み、任務に就く。船上の生活は陸と違って何もかも不便だった。船中では水雷科の発射発令所にいたが、魚雷を発射する機会はなかったという。

主に南方のトラック島に行き、各地へ物資の輸送などをしていた。飛行機に積む魚雷や陸軍の兵隊を運ぶこともあった。何度か敵の空爆や魚雷攻撃に遭い、一度横須賀港に帰って船の修理をしたことも。その時だけが一時の休暇のようなもの。その後パプアニューギニアのラバウルまで赴く。

昭和19年10月26日、ミンドロ島付近で敵機に攻撃され、能代は沈没する。

「反撃しようとしても砲芯が焼け、弾が出ない。それを知ってか、敵も反復攻撃でどんどん近づき撃ってきた。でかい音がして、体が左の方に傾き、船底は真っ暗。甲板も攻撃されているので上がれず、いよいよ航行不能になった。魚雷にやられたんだ」

「沈下を始めた船から皆、海に飛び込む。しかし、自分は泳げない…。弾薬箱を持って飛び込んだところが衝撃で手を離してしまい、犬かき状態になった。溺れながら『苦しいっ！』とバタバタしているところに、『掴《つか》まれー』と誰かが角棒を流してくれた。顔は血だらけ、浮いてきた重油もかぶった。しばらくして駆逐艦が救助に来て、ロープを垂らし、二人がかりで引き上げてくれた。それから気を失った」

これが生と死の境…。

その後シンガポールへ。船の任務は続き、昭和20年、護衛でインドネシア辺りに行っている時、8月17日か18日頃に終戦を聞いた。「これで日本へ帰れる希望を持てた」と思った。

捕虜としてシンガポールで過ごし、清掃作業などをして過ごす。見張りにはサボらないようにピストルを突きつけられたことも。現地の食料事情は悪く、栄養失調にもなった。捕虜の代表がイギリス軍と談判すると、それからは幾分好転して何とか持ちこたえられた。マラッカ海峡に航行不能の重巡洋艦「妙高」を沈めにも行った。姉妹艦の「羽黒」が沈んだ場所だ。それを最後に、21年の8月に帰国する。

「帰ってきた故郷は、空気が変わっていて、何を話していいか戸惑った。軍隊に行く時は軍国主義。万歳で見送られるほど勇ましかったが、帰ってくると、真逆の平和主義というか、まったく空気感が違っていたので会話が出来なかった。船の上では情報もないし、もう決まった話しかしなかったから」

そんな生死の境をくぐり抜けてきた関島さんから一言。

「平和ってのは、今こうして、みんなと話していること。戦争ってのは、相手を倒さんと自分がやられる、だから勝たなければいけない。どうも今、世の中そんなような傾向になっているんじゃないかと心配している」

「過去にあった戦争の怖さも次第に薄れていってしまうと、当たり前のことがそうでなくなってしまう。いかなることがあっても戦争はすべきでない。一人一人が考えなければいけない。みんながその気にならんと、平和ってものは保てない」

特攻隊出撃、墜落から生き残る

安曇野市　**小野　正さん**

平成17年（２００５）に南安曇郡の豊科町、穂高町、堀金村、三郷村と東筑摩郡の明科町が合併して生まれた安曇野市。かつての穂高に暮らす小野正《あきら》さん、94歳。特攻隊の生き残りだ。飛び立つ前に終戦になったとかではない。なんと、飛び立っていったにも関わらず、生き残ったのだ。

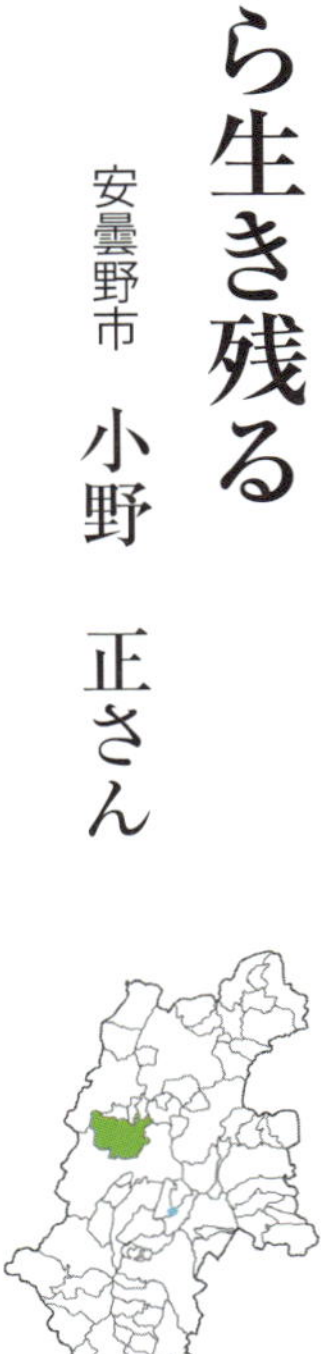

東筑摩郡片丘村（現塩尻市）出身。松本中学校（現松本深志高校）を卒業後、先生に相談し、東京・大森の工場で働きながら大学に通う。その頃に徴兵された。

軍から大学を通じて成績の良い学生を「特操（特別操縦見習士官）１期生」として選抜し、１年間の訓練を終えれば少尉にするというスカウトだったとか。少尉階級の給与、待遇は良く、小野さんによると、当時平均的な月収が50円ほどだったのに対し、特操パイロットは70円プラス飛行加報１５０円の計２２０

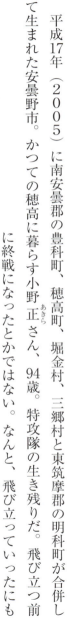

円だったという。面接の時はポケットに血書、血判を押して用意した心願書を入れて臨んだ。

ご本人の記憶で節目の日をたどっていただく。

昭和18年（1943）10月1日、熊本県の教育隊へ入隊。1ヶ月以内に単独飛行を成功させたいという思いもあり、11月には成功する。19年6月、三重県明野基地配属となり、10月初旬にはB29の迎撃、撃墜命令を受ける。その後、戦闘は3回を数えたが、交戦後は手の震えが止まらなかった。続く出撃には「楽しい思い出を考えながら飛んだ」。

11月1日、少尉に任官、翌2日に特攻の命令が出る。「もはや戦闘機で体当たりするしか勝ち目がない」、軍からそう言われた時は「それしか方法がないなら仕方ないだろう」と思った。

そして、特攻に志願するかどうか、以下4種いずれかの言葉で意思表示するように言われる。

1、白紙　2、希望　3、熱望　4、切望

小野さんが選んだのは「希望」。理由は、これは自殺を勧めるものであって、必ず死ぬということを望むわけがない。しかし、家族や国を守るために仕方ないなら出撃するという思いからだった。

他の隊員が何と書いたかは知らない。が、皆、特攻へ参加した。隊長はじめ11名11機が出撃となった。12月1日だったと記憶する。前日は、父と婚約者が基地を訪れ、3人で旅館で過ごした。出撃準備に追われ、深く語り合うことはなかった。この日、家族と婚約者に「最後の手紙」を書き残した。

いよいよ出撃。一機一機と砂塵を巻き上げ舞い上がり、上空を一周しながら見事な編隊を組み、翼を左右に大きく振って訣別の挨拶をして西の空へ吸い込まれていく。しかし、小野さんの戦闘機はエンジンの調子が悪く、着陸。宮崎県新田原《にゅうたばる》基地で待機することとなった。

2日後、フィリピン・レイテ島沖へ出撃する。しかし、またもや沖縄上空でエンジン、プロペラのトラブルに見舞われる。そして一機だけ地上に墜落…。救助され、そのまま陸軍病院へ。戦友は皆、攻撃で敵艦に突入していった。

翌20年、東京の日赤病院へ移る。3月の東京大空襲も目の当たりにした。そして自宅療養中に終戦。戦争が続いていれば部隊へ復帰する予定でもあった。「もう死と隣り合わせにならなくていいんだ」と思った。

二度もエンジントラブルに遭い、墜落するも助けられる。墜落した後、気を失っている時、遠くの方で「小野、小野」という声が聞こえ、真っ暗な中、小さな光が見え、その光が大きくなったときに目が覚めたのだという。人の運命とは？　まるで映画のような話だ。しかし、小野さん、部隊の中で生き残ったことがつらかったという。世間からの目に、肩身狭く感じていたとも。

遺書として残したという最後の手紙が残っている。その中にあった辞世の一句を、ご本人に読んでいただきました。「おおぎみの…、なんだかわからないねぇ」と小野さん。「みんなで軍歌も作りましたよ」。そんな歌を作ることも、隊員たちの楽しみの一つだったとか。

これが70年余り前に実際にあったこと。この事実を風化させずに伝えることは簡単ではありませんが、平和のために、理想の未来を築いていくために、とても大事なことだと、あらためて思います。

飲まず食わずで死線越えた8日間

南相木村　依田武勝さん

79名の英霊の御霊を祈る「不戦の像」が道路沿いに迎えてくれる南佐久郡南相木村。「戦争に駆り出され、九死に一生なんてもんじゃなく、万死に一生くらいだった」と過酷な戦争体験を語って下さったのは、先祖代々南相木村で暮らす大正12年（１９２３）生まれの依田武勝さん。

7人きょうだいの長男。家業の傍ら青年学校で文武両道に励む。昭和18年の徴兵検査で甲種合格、日米開戦から2年後の12月8日、村民の歓呼の声に送られ小海駅を後にし、松本50連隊へ。父が最後に一言、涙ぐんでこう言った。「どんなに褒められても勧められても、職業軍人にはなってはならない。お前は我が家の後継者であることを忘れないでくれ」「では達者で帰って来てくれよ」

松本で40日過ごし、1月19日下関へ。2日後、門司港からフランス領インドシナ要員として輸送船に乗せられ、20日間の船旅でベトナム・ツーラン（現ダナン）に着く。さらにトラックでハノイへ。途中、川という川の橋は米軍の爆撃で一つもなかった。任地に着き、そこから6ヶ月の内務教育、戦闘訓練などは想像を絶する厳しさだった。

軽機関銃班で、夜の点呼前の整列で靴底にご飯粒のかけらほどの土が付いているだけで、全員が尋常でない叩き方のビンタを喰らう。そして第一線への出陣命令。銃と剣、雑のうに水筒、背負い袋に1週間分の食料と着替え、120発の弾丸、手榴弾、携帯地雷、テント、毛布などが1人の装備品で重さは50キロ。これを身に付けて行軍し激戦に明け暮れた。

20年6月、所属する62連隊第3大隊はハージャンに本部を置き国境線警備にあたった。配属された第9中隊は大隊本部から40キロ奥のカンパ、依田さんたちの小隊はさらに21キロ奥の最前線マロンの警備についた。直線距離で800メートルほど先に中国・蒋介石軍の一個大隊がいた。

青年学校の卒業式で校旗を持つ依田さん（3列目左端）。この年、出征した

　6月17日午前3時半ころ、思いもよらぬ敵の襲撃。包囲され、飛んでくる手榴弾は雨のよう。真横にいた安田上等兵の右腕から出血。止血の包帯を結んでやっている時、続く手榴弾の炸裂で「彼の首が七分ほどちぎれて私の肩に押し付いた」。約1時間の激戦の末、小隊で生き残ったのは依田さんと先輩の2人だけ。中隊へ連絡するため、途中で先輩とも別れ、西も東もわからずジャングルを突き進む。腹が空いて苦しい。しかし日中に下手な行動をとれば殺されてしまう。水を飲みに谷へ降りよう

と思っても動けず、咳ひとつ出来ない。22歳で生涯が終わるのかと思った。

何度も敵兵に見つかり狙撃されたが、7～8メートルの断崖を飛び降り、バラの薮の中を血だるまになって逃げ、意識がなくなりかけながらも岩山を乗り越え、中隊本部までたどり着く。飲まず食わずの8日間、「生き延びたことが自分ながら不思議」。思い出すだけで恐怖に身震いするという。

その後2度の激しい戦闘に加わる。敵の砲撃で中隊長を亡くすなど犠牲は大きく、第9中隊の戦死者は半数を超した。その1ヶ月後、「万感胸を塞ぐ」終戦。大隊本部からの無条件降伏の報に「一同茫然として、ただ涙が頬を伝わった」。

21年5月、引き揚げ船でハイフォンの港を後にした。十数日後の朝、デッキに一足早く立った戦友が「おーい皆、富士山が見えたぞー」と叫ぶ。全員が甲板に舞い上がるように出た。「何とも言えず、ただ熱いものが胸に込み上げた」。横須賀の久里浜に上陸し、アメリカ兵の検問を受けた時は、敗戦将兵の哀れさを改めて認識させられた。

そして横浜から見渡す限りの焼け野原の東京へ。上野から信越線に乗り、小諸駅で乗り換え故郷へ向かう。八ヶ岳、蓼科の山々にはまだ残雪が見えた。古い軍服を着て戦闘帽をかぶり、豚皮製の古い編上靴を履いて、一人の出迎えもない村へ戻る。5月27日だった。畑から昼食に戻っていた父、母、きょうだいが喜んでくれた。弟も海軍整備兵として出征したが、無事終戦直後に帰ってきていた。

3年間、命がけで奉公し、報酬として頂戴してきた背負い袋の中は、水筒と飯盒《はんごう》各1個、ベトナム米1升、乾麺ぽう3食分、毛布、天幕、雨外套が各1枚、給料として現金が210円だけ。木綿反物1反が2千円の頃だった。

依田さんはその壮絶な体験を基にまとめられた著書の中で、敗戦直後を振り返ってこんなことを書かれています。

「今後は、戦勝国側の考えひとつで、生きもすれば、死にもするのだ。精魂の限りを尽くして戦ってきた武士の最後、おめ、おめと生き長らえることが本望ではない。（中略）最後の一兵になるまで戦って戦って戦い抜くか、という気さえ起こるのであるが、一面考え方を変えてみれば、これはとてつもない大きな錯誤であり、人間の道ではないということも痛切に感ずるのである。味方も敵も、一人ひとりになれば、国こそ違え、個人に何の恨みも憎しみもあるわけでない。お互いに国家の命令、ということの中で、共に命を張って行動してきただけなのだ。話せばわかる人間同士が、なんで殺し合いをしなければならないのか。」

戦後は、仕事はもちろん、地域の繁栄、雇用拡大を考え、公職のほかに工場やクアハウス建設などに尽力されてきた。「人間というものは育て方で鬼にもなれば蛇にもなる。そこで特に親のしつけ、教育、道徳は大事になってくる」。日本人の道徳とは、1に尊敬、2に感謝、3に笑顔で奉仕の心、そういう奉仕の精神が大事だとも教えて下さいました。

【参考図書】「平和の鐘」依田武勝

戦争7日で終戦、捕虜4年

須坂市　**勝山義三さん**

長野県北部、明治から昭和初期にかけて製糸業で栄え、蔵の町としても知られる須坂市。人口約5万1千人。桜の名所・臥竜公園、滝百選の米子大瀑布、カンガルーのハッチでも有名になった須坂動物園など見所もたくさん。そんな須坂市に住む大正15年（1926）3月生まれの勝山義三《よしぞう》さん。戦争7日、捕虜4年の体験をされた元関東軍兵士です。

ご家族は昭和16年（1941）、開拓団として満州へ入植した。勝山さんは、須坂商業学校（現須坂創成高校）を卒業後、満州へ渡り、19年に満州拓植公社黒河地方事務所に就職したが、赤紙（召集令状）が来て20年7月中旬、関東軍612部隊に配属となった。

十分な武器はなく、敵の戦車の後ろに飛び乗って、小さい爆弾を取り付ける訓練をした。

「当時、ナガシマ少佐が言っていた。『オレのような部隊長が日本に3人いれば絶対勝つ！』『わが部隊は37564（ミ・ナ・ゴ・ロ・シ）部隊だ！』と」

8月9日、ソ連の参戦により、勝山さんたちは鉄砲1丁を与えられ、国境付近の黒河要塞地にこもって待機した。それから7日目に終戦。捕虜となり、シベリアへ抑留された。

極寒の中、石切場や石炭の露天掘り作業をさせられた。4年間の強制労働を経て、昭和24年にようやく帰国できた。

引き揚げ船が舞鶴港に着く時に松が見えた。日本の松、その風景に涙したという。勝山さんは故郷の須坂に帰ってくる。だが、開拓団は身の回りの物全てを処分して日本を出て行ったので、戻ってきても、家も何もない。引揚者住宅が12軒ほどあり、そこに身を寄せ、それから今を築いてこられた。

「あの当時は『戦争は当たり前』。良いとは思わないけれど、開戦の時は『また始まった』くらいにしか思っていなかった。そんな教育、時代だった。だから今、伝えたいことは、若者みんなに、もう少し勉強してほしいということ。二度と戦争を起こさないために」

学生時代を戦争の中で送り、終戦間近に召集され、兵士として戦争に身を置いたのはわずか7日。そして、長い捕虜生活を強いられた勝山さん。「絶対、戦争は反対！」。そう強く語ってくれました。

「民主主義」学び直しの戦後

野沢温泉村　**河野重治郎さん**

下高井郡野沢温泉村は温泉にスキー、正月に行われる火祭りも有名な人口３６００人ほどの村。芸術家岡本太郎さんも愛し、役場前にはオブジェもあります。『野沢温泉小唄』など元気な歌声も披露しつつ、体験を語って下さったのは、大正10年（１９２１）10月生まれの河野重治郎《じゅうじろう》さん。

生まれも育ちも野沢温泉村。四男なので、学校を出ると、技術を身につけようと大工さんに弟子入りした。昭和14年（１９３９）頃の当時、この村にも既に木造4階、5階建ての建物があった。その技術を学んだ。

しかし、20歳になって間もない16年12月、太平洋戦争が始まる。徴兵検査で合格した河野さんは、17年1月10日に初年兵として新潟・高田へ。独立歩兵第76大隊第2中隊の一員として中国に渡る。入隊と同時に遺書を書かされ、爪と髪を切って袋に入れて提出した。それは戦後、役場に届いていた。「戦死したら遺骨代わりだったんだろう」

―中国での軍隊生活を教えて下さい。

「中国での任務はおもに治安維持。住民に手を出したこともない。『侵略』という言葉を使われればそれまでだけど、日本の商社もあったので、それを守るという役目もあった。自分たちは連れて行かれるままで、喧嘩しに行ったわけではない。

当時、中国の軍隊は蒋介石側と毛沢東側に分かれ、これがあちこちでやりあっていた。お互いが日本軍のところに勧誘にも来たほど。こちらには武器も十分あるから仕掛けてこなかったし、中国側やアメリカと大きくやり合うことはなかった。」

戦争といっても、場所や情勢により違うものなんですね。ただ、河野さんによると、小競り合いや、武装集団の匪賊、泥棒のような連中との争いで何人もが命を落としたという。比較的安全な場所だったとはいえ、命がけ。河野さんの身体にも爆弾の破片が入ったままで、今も空港で飛行機に乗る時のチェックでは、金属探知機が必ず反応するそうです。

「当時は中国から南方の戦闘地に行きたいとも思い、志願もした。しかし上官からなだめられ、それは叶わず。今考えればそれも『運』。自分たちより数ヶ月遅く入隊した人たちは、アッツ島で玉砕した。自分もその時、南へ行っていれば帰ってこれなかっただろう。自分たちは軍隊でなく『運隊』

だった」

終戦を迎え、河野さんは捕虜生活を経て、21年2月、長崎・佐世保港に帰ってきた。故郷へ戻った時は24歳。

「帰りの汽車で覚えているのは、駅員さんが真顔で『窓から乗ってください』と言ったこと。窓から出入りするなんて行儀も悪いし、日本も急に変わって混乱しているなと思った」

帰郷してからは、勉強し、建築士の資格を取って生活を築き上げてきた。

「民主主義って何か？ そこから学び直しでした」と河野さん。しかし、努力が一番だということは、経験から学んだ。誰かに何かを言われてでなく、誰かのためにするわけでもなく、努力は自分を作り上げてゆくものだから。

「人生いろいろ。90年間何してきたのかなと思うけど、いい事もあれば悪い事もある。でも努力はしてきたと思う」。ご自身の歩みをそう振り返った後、今の人たちには「たくさん学び、自分の持っている知識や知恵を出し切ってほしい」。そんなメッセージもいただきました。

役場前にある岡本太郎のオブジェ

腕に残った炸裂弾の傷跡

生坂村出身　井口武雄さん

東筑摩郡生坂村の名勝・山清路近くのご出身、井口武雄さん。大正11年（１９２２）１月生まれ。雨降る中、待ち合わせた北安曇郡松川村の公共施設まで来て下さり、開口一番「知っていることだけ話します、嘘は言わないから」。海軍での体験を語って下さいました。

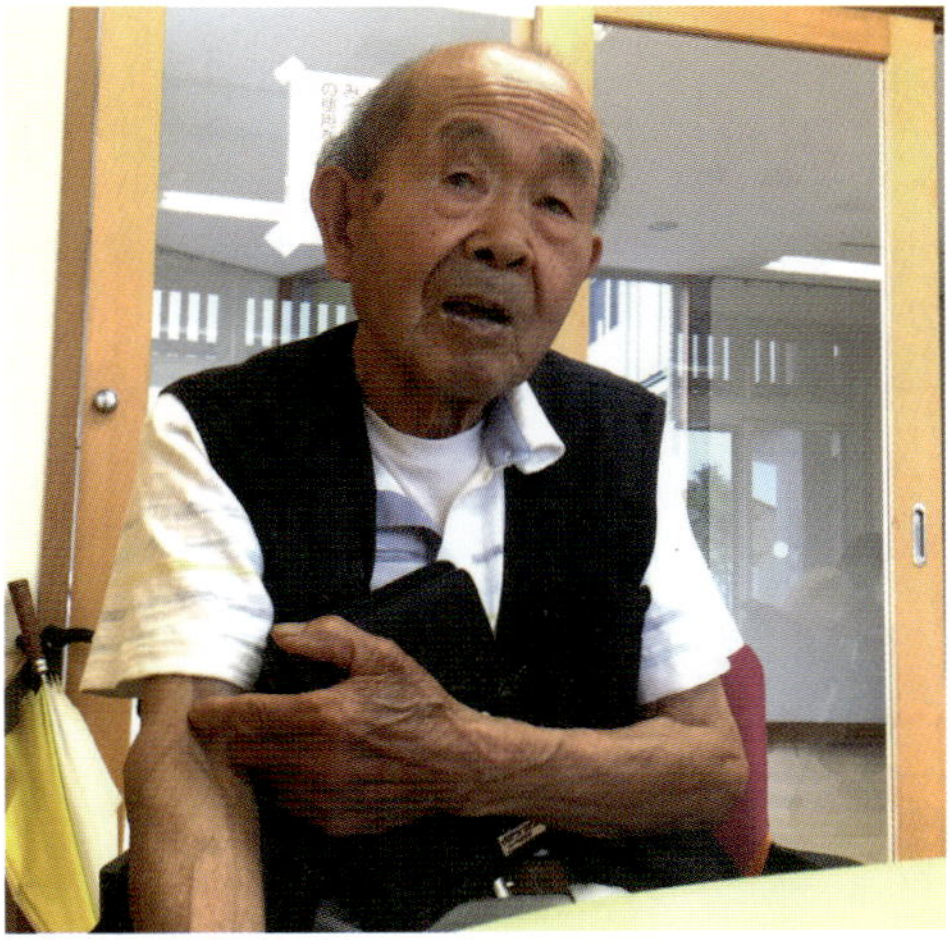

合併前の広津村で、尋常小学校高等科を出ると、親の手伝いをしていた。20歳の時、徴兵検査で甲種合格。偏平足だったから海軍に回された。合格後すぐには召集がなく、その後２年は家で仕事していた。合格しているのになかなか戦地に行かないので、村の人からは「非国民」のように見られたようだった。だから、召集令状が来た時は嬉しかった。出征の時は23歳の自分と16歳の志願兵が一緒に送られた。

まず、横浜の航海学校に入る。その後、徴用船で小さい港から港へと荷物を運んだ。信号兵で、他の人より少し高い日当21銭をもらっていた。それから、下士官1人、兵隊1人、船員が大体5人という編成で、150トンくらいの船で初めてサイパン島へ向かう。

誘導船も付いていったが、朝見るといない。敵に見つかってはいけないから夜、電気が点けられない。はぐれてしまった。そしてサイパンの近くまで行ったが、海流が強く、島に近づけない。

周辺に船は6隻いたが、上空から攻撃され、残ったのは自分たち2隻だけ。時計が合っていれば太陽と角度を測ると位置がわかり、進む方向もわかるんだが、時計が狂ってしまって、逃げるにも自分たちがどこにいるかもわからない。とりあえず東へ行けば小笠原諸島のどこかに着くんじゃないかと、見当で向かった。

別の1隻が途中で故障、そこの皆がこちらの船に乗り込んできたりして、11日かかってやっと父島へ着いた。そこで任務につき、母島、硫黄島など へ物資を配達した。

ある時、父島と母島の間あたりで攻撃されて、船から火が出ちゃった。昼頃といえば決まって爆撃される。炸裂弾の鉛が腕に入った。痛くて痛くてどうしようもないので、麻酔はなかったが、医者でない看護兵につっこんで切ってもらった。

井口さんの体には破片が残り、除隊してきてからも痛くてたまらず、複雑な場所で除去は難しかったらしいですが、「池田町や松川村などの医者を全部回り、ようやく取ってもらった」とのことです。その時に負ったという腕の傷も見せていただきました。「これも、これも…。ここに入ったの（弾）

はここに抜けた」と。

島では島民が残したパイナップルなどを食べた。それはうまかった。屋根から下がったところにあった水槽にはボウフラがいっぱいで真っ黒。石で縁をポンと叩くと下に沈むので上澄みの水を飲んだ。負傷していたので輸送艦で横須賀へ帰り、そこで終戦を迎えた。その時に一番バカを見たのが「おめぇたちは捕虜になるんだから」と言われ、軍歴や給料明細などを全部焼かれてしまったこと。履歴や海軍に勤めた証明がなくなってしまった。恩給や手当がもらえない。新しい兵舎に行き、そこで７５０円の手当だけもらって帰ってきた。

当時は敗戦が悔しかった。やけになり、焼酎を飲んで腹を壊したこともあった。しかし、家に帰ると一番安心した。両親も元気で喜んでくれた。村でも、出征して帰って来たのは、たんとなかった。半分くらいじゃないか。すぐに家の仕事を手伝い、それからは無我夢中だった。

５人いたきょうだいが今は３人に。井口さん、最後にこんな言葉を下さいました。

「戦争は一番いけないこと。話し合いをしなければ。今は昔と違って、いくらでも交渉ができるんだから。戦争は絶対だめです。そういう世の中にしないと、みんなが不幸ですよ」

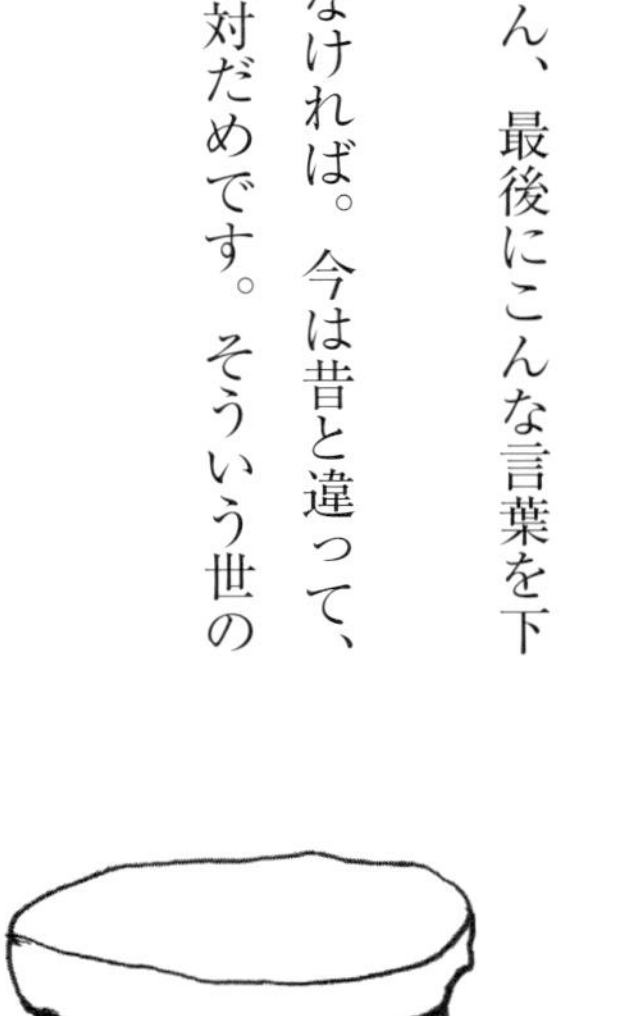

一か八かで生き延びた中国戦線

大町市出身　**羽田野数豊さん**

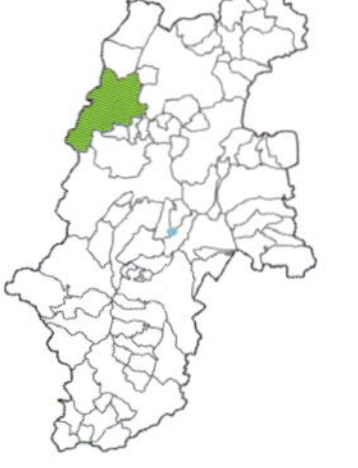

中国大陸での兵隊経験を持つ長野市の羽田野数豊さんは、北アルプスの麓、大町市のご出身で93歳。えっ？　ジョッキ片手にビールを飲み干される。びっくりするくらいお元気。趣味で英会話や社交ダンスなども楽しまれる。しかし、70年余り前、生と死の境目を生き抜いて来た一人です。

20歳の時の徴兵検査では、目が悪かったので本来なら兵隊には適さず優先的に徴集されない第三乙種。検査官には「残念であります」と言いながら、内心はホッとしていた。

羽田野さんがそう思えたのも「日本刀振り回したって、アメリカには勝てっこないよ」なんて言ってしまう先生も周りにいたからとか。当時とすればとても勇気のいる発言だ。また、父の日頃の言葉などから、ある程度状況を客観的に見ることが出来ていたという。

大町の学校を卒業し、東京の工業専門学校を出て、大阪にある日本油脂株式会社に働きに行っていた。そんな昭和19年（1944）3月、赤紙（召集令状）が届いた。ガールフレンドにも別れを言いにいった。

当時、家族がいた松本から出征した。地域の人にお祝いしてもらい、近くのお宮へ連れて行かれ、見送られた。皆、挨拶では「立派に戦死してまいります！」と言う中、「戦死してくる」とは言えなかった。お国のためとはわかっていても「死んでたまるか」と思っていた。

名古屋に行き、野砲兵第3連隊に入隊。そして中国へ渡る。行軍中は何度も危険な目に遭った。極度の疲れから、歩きながらも寝てしまう。気付けば、周りに誰もいない夜の真っ暗な中。これは困ったという時に、稲光があり、その明かりで遠くにいる部隊の位置がわかって、慌てて合流した。「あれはおっかなかったー」。そして励まし合い、体調の悪い戦友も抱えながら進む。しかし、仲間の銃も持っていると重く、膝が痛くなった。

いよいよ中国軍か、共産党の八路軍や新四軍か、どんな敵が出てくるかもわからない前線へ入るという時。「調子の悪い者はいないか？」との上官の声に、羽田野さん、殴られる覚悟で「歩けそうもありません」と申し出る。（これも当時とすれば勇気のある行動だ。）

「貴様ー、それでも日本の兵隊かー！」という時代、案の定ビンタをもらったが、病院へ。ビンタなんかもう慣れっこになっていた。ただ前線には行きたくなかったのでホッとする。

病院とはいっても土間に藁《わら》が敷いてあるくらいで、看護兵がいるわけでもなく、腫れがひくまでの

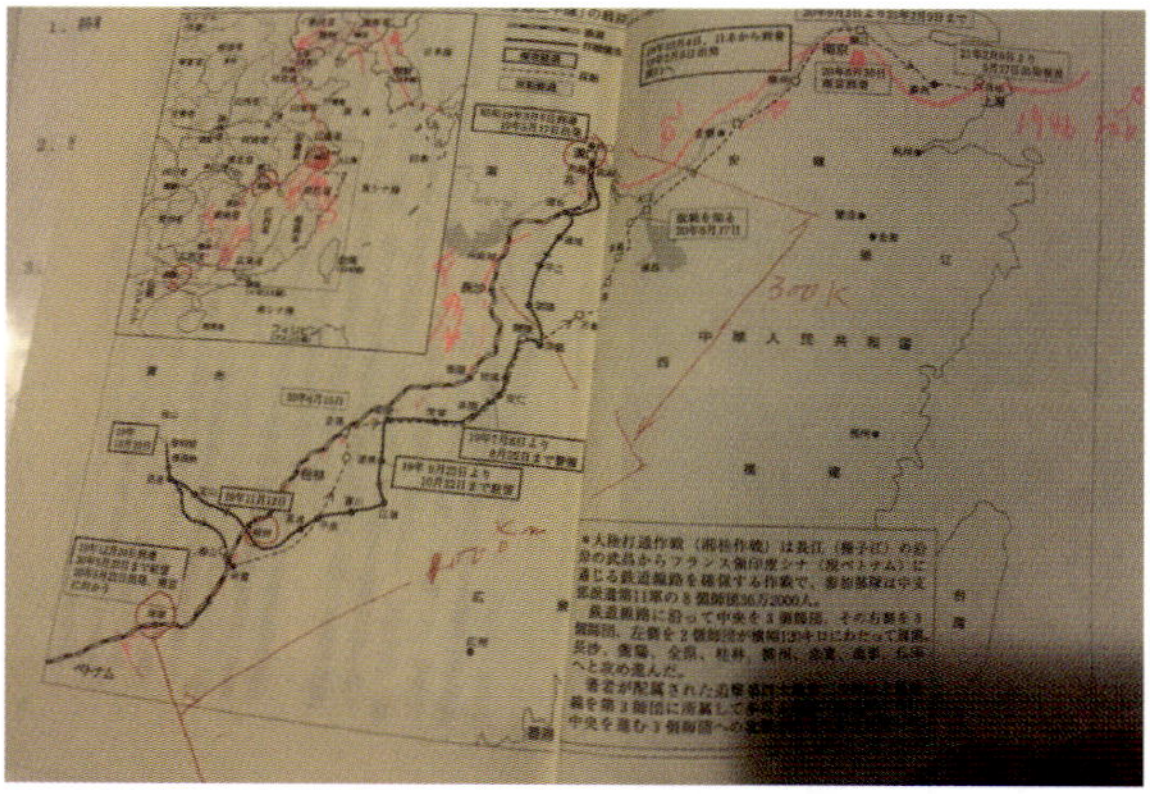

行軍の苦い思い出を、略図を使い振り返っていただいた

ひと時の休息。野菜を盗んだりして食料としていた。しかし現地でも略奪は禁止。憲兵に見つかり、病院を追放になる。そこから部隊合流のため単独行動が始まる。

偶然出逢った下士官に敬礼をすると、職場で一緒の友人だったことも。「あれは驚いた」

南京にも入った。羽田野さんによると当時、現地で南京事件のことは噂にならなかったが、自分たちのやってきたことを思えば、人数がどのくらいだったのかは別にして日本軍による虐殺はあったのではないか、と思うという。実際に隊では、スパイを捕まえて銃剣で刺してこい、という命令もあった。自分は行かなかったが、指名されて行った戦友もいた。

また、治安の定まってない前線では「討伐」ということをする。討伐といっても、集落に入っての略奪で、家を焼いたり、人を殺したり。なんとかその指名は避けたかった。

羽田野さん、そこでもまた一か八かの行動に出る。当時は赤痢が流行し、「田んぼの水は飲むな！」と言われていた。しかし水筒は空っぽ。喉は乾く。赤痢になれば指名されないかも、そして、命が助かるかもわからない。目を盗み、田んぼの水を口にする。とたんに激しい腹痛や下痢で歩けなくなる。

馬に乗せられるが、落馬。軍医の所へ行け、との命令で、また病院へ。なんとか体調が戻りかけたところで終戦を迎えた。

ラジオでは何を言っているのかわからなかったが、終戦と聞いて「嬉しかったー」。でも、喜べないから悲しそうな顔を無理につくった。そこにいた兵士は皆そんな気持ちだったと思う。

上海の近く、鎮江《チンコウ》という所で捕虜となる。その後、昭和21年2月に帰国、鹿児島港へ。弟も海軍へ行っていたが、無事帰郷。ただ、父は亡くなっていた。家に帰ると、出征前に別れを告げたガールフレンドから手紙が来ていた。

今まで、戦争の体験をあまり語ったことはなかったという羽田野さん。つらかった軍隊経験、ズッコケタ兵隊の話は、したくなかったそう。それでも1時間以上、休む間もなくお話を聞かせて下さいました。

耳も遠くないですが、どうしてですか、とお聞きすると、耳をひっぱったり、毎日運動したりしているとのこと。「耳が遠くなると、楽しみな英会話が出来なくなりますから」

羽田野さん、これからもお元気で！

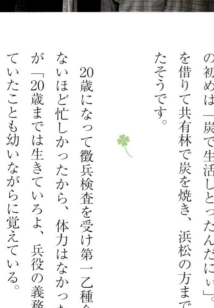

満州の北から沖縄、台湾へ

阿南町　**金田千代さん**

長野県の南端、阿南町。県内の町では唯一、町を「ちょう」と読む。そこでお話を聞かせて下さったのは、金田千代《かなだちよ》さん。大正11年（１９２２）年6月生まれで、6人きょうだいの長男。「実家は小作農。後を継がなければならないので必死に働いた。養蚕をちっとばかやって、田んぼを借りて米を作る貧農の百姓だった」。昭和の初めは「炭で生活しとったんだにぃ」。当時は銀行からお金を借りて共有林で炭を焼き、浜松の方まで売りに行ったりもしたそうです。

20歳になって徴兵検査を受け第一乙種合格。「夜も寝てられないほど忙しかったから、体力はなかった」。在郷軍人会の人が「20歳までは生きていろよ、兵役の義務は済むから」と言っていたことも幼いながらに覚えている。

昭和18年（１９４３）1月8日に出征。氏神様で武運長久の祈願祭をしてもらい、14～15人が一緒に万歳で送られた。飯田線の温田《ぬくた》駅から列車に乗ると、その先の民家裏を通る所では、まだ寒いのに窓を開け、おばあさんがでっかい日の丸の旗を振っていた。松本へ入隊。2ヶ月教育を受けて、満州・東部のムーロ(リ)ンへ入る。「ソ連との境の方だから寒かった」。所属は名古屋の陸軍歩兵第19連隊本部歩兵隊。75ミリの大砲で歩兵を援護する係に就いた。19年になると南下し、釜山から15隻くらいの船で沖縄へ向かい、那覇に上陸。指揮班にいて、敵が来た場合に備えた訓練などをして7ヶ月ほど送る。12月の暮れ近く、「季節風が台風のように荒れる」暴風の中、敵の空襲を避けて夜に輸送船で台湾へ。「そりゃあ、おっかなかった」

到着すると車に大砲や弾薬を載せ移動。そのまま田んぼの中の小学校に入った。50人ほどの台湾人を召集し、大砲を撃てるように教育した。当時の台湾は、学校でも警察でも、長は日本人で、その下に現地の人たちが配属されていた。

そのまま台湾で終戦。玉音放送も聞いた。「日本の敗戦を受け、多少は暴動もあったが、兵隊はなんてことなかった。食べ物もあったし、兵器や予備もまだまだあった」。そして帰国。鹿児島に着き「こっそり故郷に帰ってきた」。23歳になっていた。

そういえば、阿南町は大下条村、和合村、旦開《あさげ》村、そして富草村が昭和30年代に合併した町。そのうち大下条村では昭和10年代、当時の佐々木忠綱村長が満州への分村移民に抵抗した。非国民、国賊扱いになるかどうかの中、村民を守るためと決断。そのため、この辺りから開拓民として満州へ行った人は少ない。

金田さんの地元も、その旧大下条村。当時の村の様子をお聞きします。

「20歳の頃はバスで飯田に行くにも舗装された道なんかなかった。永久橋（コンクリートで作った橋）も1つか2つ、あとは丸太で作った橋ばかり」

そんな昔を振り返って下さった金田さんからのメッセージ。

「戦争はよしたほうがいい、言うにはせわないが…。その頃のいいことといえば緊張があったことくらい」

確かに今は、そんな緊張感はなく暮らしていますね。

「国を良くすることを考えて欲しい。あのころは何でも本気だった。今は気楽になりすぎている」

豊かになった日本。自分のスキルを上げることには皆必死ですが、国を良くするため本気になっている人はどれくらいいるだろうか？　平和すぎて豊かすぎて、すべて当たり前ととらえ、麻痺していることもあるかもしれませんね。

金田さん、貴重なお話、ありがとうございました。

銃弾くぐり、マラリアとも闘い

長和町　上原勝義さん

平成17年（2005）に長門町と和田村の合併で誕生した長和町は、和田宿、長久保宿や黒曜石の産地としても知られる。旧大門村の窪城《くぼき》で育った上原勝義さん（旧姓柳沢）は、大正11年（1922）3月生まれ。インドシナ半島での激戦の体験を聞かせて下さいました。

家は農業と養蚕をしていた。昭和11年（1936）3月に小学校を終え、村立青年学校へ。当時は学校を出れば男子は国有林で山の仕事か農業、女子は大体製糸工場に働きに行った。

17年5月、徴兵検査に合格し現役召集。12月に入隊のはずが、原隊の21師団歩兵第62連隊がフィリピンでバターン攻略作戦をしていたため、翌年4月に延び、松本で入営した。連隊には1中隊から12中隊まであり、上原さんは5中隊、約60名の1人。入隊すると内地と外地要員とに別れ、松本の現地組には冬服と軍帽が、上原さんたち外地要員には夏服と戦闘帽が渡された。

ベトナムで戦友と。前列左端が上原さん

松本で3ヶ月間、基本教育を受け、出陣。広島の宇品から出航した。当時はまだ海軍に余裕があったのか駆逐艦が護衛してくれた。台湾の高雄まで、敵の潜水艦に攻撃されないようジグザグに進み2週間かかった。

上原さんたち長野県からの約千名は7月26日、今のホーチミンに上陸。汽車でハノイから北へ60キロのビンエンに建設中の新しい連隊へ合流、3ヶ月を過ごすが、「殴られない日はないくらい」の軍事教練、戦闘教練が待っていた。そこでの合流組は、日本側の半数が戦死したといわれるバターン作戦の生き残りだったせいか、指導が厳しかった。

最初の戦闘は昭和18年12月。国境近くで飛行場を造っていた時、攻撃を受けた。警報のサイレンが鳴った時は頭の上を弾が飛んでいた。機銃掃射は1メートル間隔くらいに砂煙が舞う。伏せていると、運よく体の両脇を弾がかすめていった。

多数が犠牲になった19年3月から7月にかけてのビルマ（現ミャンマー）のインパール作戦では「我が中隊からも40人ほどが行ったが全員帰らなかった」。死亡したうち、戦闘による死は大体3分の1、あとはマラリアやアメーバ赤痢感染、そして餓死だったという。

日本が劣勢の戦局も知らず、東京に大空襲があった20年3月10日には、上原さんも参加したフランス領インドシナでの作戦で、フランス軍を不意打ち攻撃でたたいた。

「戦闘を繰り返していくと、飛んでくる弾の音で敵との距離もわかるようになる。ピューン、ピューンというやつは遠いから届かないが、ピュー、ピューは頭の上くらいで近い。ブスッ、ブスッと来るのはもう体すれすれに土へ突き刺さる。伏せている時、背中の飯盒を撃ち抜かれたこともあった」

5月半ば、地上戦が終わると次は追撃戦に。暑いジャングルを進む。戦闘が激しいため後方からの食料補給が追い付かず、腹は減る。「一番つらいのは、鉄砲の弾より何より塩がないこと。腰から下に力が入らず、体がいうことをきかない」。現地で買った塩は砂が混じっていて参った。やっと見つけた集落で食料を調達し、翌日から体が動くようになった。

そして5月末、また撃ち合いに。敵の集落に入ってしまったようで、ジャングルから撃ってくる。瞬時に伏せる。そんな行軍が続く。すぐ後ろを歩く軍用犬が撃ち抜かれ、さっきまで話していた上等兵も撃たれた。部落偵察に行った一個分隊もやられていた。何人も目の前で倒れるのを見た。そして、残ったのは上原さんと小隊長、中村という少年兵の3人だけ。真っ暗闇で、敵はどこにいるか分からない。移動中、突然のスコールでびしょ濡れ。1時間ほどたつと震えるほどの寒さ。3度狙撃されたが運よく当たらなかった

スコールもやみ、星空が見え、川に蛍が飛び交っていた。川を渡る際、敵が近くにいそうだと直感、おとりで石を3つ投げた。すると、石が落ちた所に銃の集中攻撃。持っていた手榴弾を敵のいそうな方向に投げ、数人を倒した。さらに前進。一睡もせず行軍を続けた。

6月は雨期、明けても暮れても雨。20日間、400キロの行程。道は川になり、後方の食料補給は来ない。野戦に付きもののマラリアとアメーバ赤痢が流行る。生水を飲むなと言われていたが、そんなこと聞いていられない。

上原さんもマラリアにかかったことがある。18年暮れのこと。「最初はうんと寒くなる。毛布を何枚かけてもらっても芯から寒い。次に熱が出てきて、裸にされても暑いくらい。最後なんか42度5分くらいあった」とか。作業中に倒れて医務室へ担ぎ込まれ、意識が戻ったのは年をまたいだ6日後だったという。

20年8月。終戦も知らず、国境突破してくる中国軍を阻止しようと戦闘になった。「戦争は鬼。やらなければやられる。個人的には恨みも何もないのに、殺さなければならない」。8月22日、大隊本部に着いて、初めて敗戦を知る。その後ベトナムで捕虜になる。中国軍は丁重で、知っている限りでは暴行もなく、階級が上の者には敬礼してくれて、自衛の銃も渡された。そして4月3日にハイフォンの港を出る。

4月13日夜、浦賀に着くが、船がいっぱいで上陸できたのは10日後。「東京へ着くと、アメリカ兵と腕組んで歩く日本女性がいた。大和なでしこはどこに行っちまったのか、これじゃ戦争も負けたわけだとつくづく思った」

4月26日深夜、信越線の列車に乗る。途中、小諸で小海線に乗り換え、入院中で帰郷できない戦友の実家に手紙を届けに行った。八千穂の地名、青柳の苗字だけが頼り。ちょうどその家を知る人に運よく声をかけ、案内してもらうと、出てきたお姉さんが「ハルオは元気でおりますか」と涙をポロポロこぼしていた。

実家に戻ったのは5月3日。3年と1ヶ月ぶり。近所を挨拶に回ると「よく帰ってきたね」と喜ばれた。人情も景色も変わらず、故郷はいいなぁと思った。

訪ねた春、庭でふきのとうが開いていた

八千穂村（現佐久穂町）の実家に無事を知らせた親友は、数年前に亡くなった。「ここ旧大門村でも戦地で弾の下をくぐったのはもう自分くらいになり、長和町でもそれほどいません」

昼食も挟み約4時間、上原さんは資料を見ることも休むこともなく、力強い声で戦場体験の一部始終を語って下さいました。さらに、「この頃、戦争絶対反対という署名集めに歩いたんだけど、若い者は戦争のみじめさってものを皆知らない。無関心なのか、署名にも良い顔をしない人がいる。若者こそ、そういう声を上げてほしい。そして何としても、どんなことをしても、戦争だけは避けてもらいたい」と。

戦争の実体を知る、上原さんの重い言葉です。

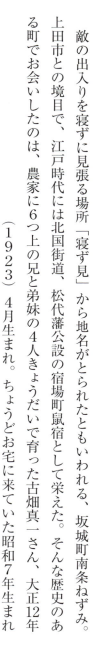

慰問袋の思い出、今もつなぐ

坂城町　古畑真一さん

敵の出入りを寝ずに見張る場所「寝ず見」から地名がとられたともいわれる、坂城町南条ねずみ。上田市との境目で、江戸時代には北国街道、松代藩公設の宿場町鼠宿として栄えた。そんな歴史のある町でお会いしたのは、農家に６つ上の兄と弟妹の４人きょうだいで育った古畑真一さん、大正12年（１９２３）４月生まれ。ちょうどお宅に来ていた昭和７年生まれの妹・宮本はつ子さん（千曲市）と一緒に、お話を伺いました。

次男の古畑さんは昭和13年（１９３８）３月に小学校高等科を卒業すると、先生の勧めもあり青少年義勇軍として満州に渡った。出発時は兵隊と同じように賑やかに楽隊に送り出される。地域では同級生と２人、長野県中では１５０人ぐらいが一緒だったと記憶する。

６月から茨城県の訓練所で２ヶ月学び、満州へ。満州でも３年間訓練を受け、いよいよ全国から集まった３００人で一つの村を作ることとなった。しかし古畑さんは各地の方言がわからず、これでは一緒に農作業をするのが難しいと思い、中隊長に相談した。15～19歳が集まった中で、15、16歳が多い。このまま年が上がって皆徴兵となると、どっさりいなくなってしまう。だから自分が先に志願し、兵役を終えたら早く帰ってくるからと伝えると、中隊長は、それもいい考えだと認めてくれた。本当は皆での農作業に戸惑いがあっただけなのだが…。

そして16年、18歳で志願し、検査にも甲種で受かり軍隊へ。一度帰郷を許され、12月に帰ってきたらすぐ開戦。年が明けて松本の連隊へ入り、再び満州へ。牡丹江近くの部隊に1年いた。「（跡継ぎの）兄貴がいることだし、自分はこのまま軍隊で暮らしていこうかとも考えた」。幹部への道につながる旅順にある関東軍の学校に通い、その後、伍長から軍曹に進級。下士官養成学校の教官になり、2期生を教えている途中で終戦を迎えた。選ばざるを得なかった職業軍人の道。覚悟を決めて苦労にも耐えてきたが、突然終止符を打たれた。

一方、坂城にいたはつ子さんは終戦の時13歳。近所の人が集まって家でラジオ放送を聞き、そこにいたある立派な人が「日本は負けた」と言うと、皆が泣き出したのを覚えている。

終戦の翌年、捕虜生活を経て、古畑さんは4年ぶりに故郷へ。義勇軍時代を含めると15歳で家を出てから8年の月日が流れていた。その時のことを、はつ子さんが振り返る。

「家にいたら、西上田駅の近くに勤めていた知り合いが走ってきてこう言ったんです。『今、真ちゃんがリュックサックしょって帰ってくる』って。それで父がビックリしちゃってね。家に着いて戸口のところに腰かけた兄を見て『本当に帰ってきたんか』って。嬉しいというか戸惑うというか、あの時の光景が忘れられない」

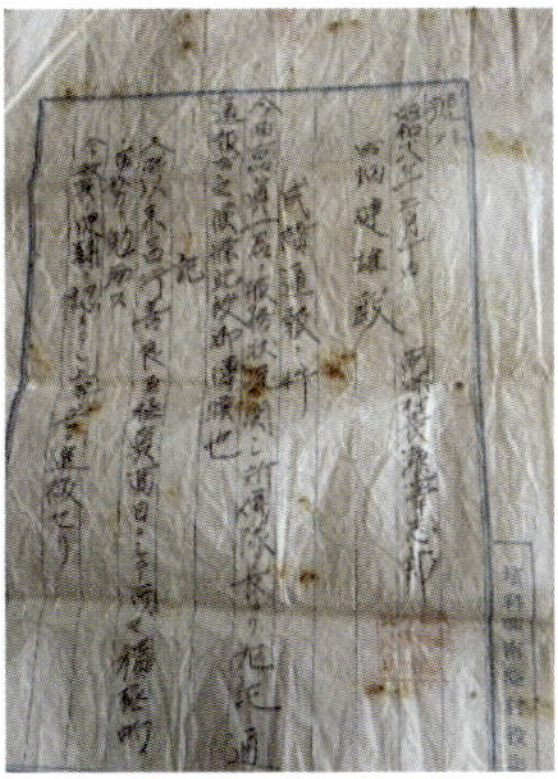

軍での古畑さんの進級を伝える村長からの文書

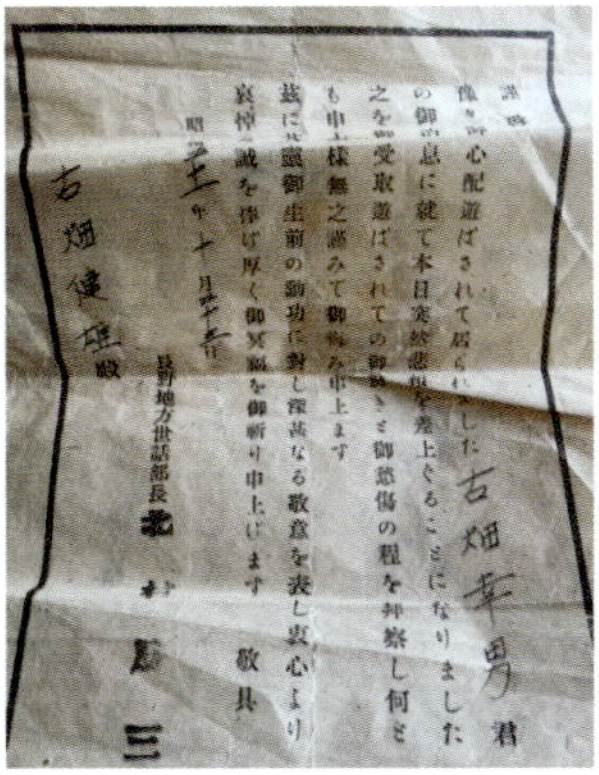

父宛に送られてきた兄の死亡通知。日付は昭和 21 年だった

古畑さんは軍隊に関する資料もいくつも保管してある。一つは18年2月10日の日付で当時の南条村長から父に届いた通知文書で、軍から古畑さんが成績優秀により上等兵に進級したと伝えてきたという内容だ。

お兄さんの軍歴書もある。19年5月1日にニューギニアの戦闘で亡くなられたようですが、死亡通知が来たのは戦後の21年10月。善光寺へ遺骨を取りに来て、と伝えてきた文書も残っており、古畑さんによると、当時受け取りに行ったら「現地のだか砂が紙にくるんであっただけだった」。

軍隊では、慰問袋の思い出がある。兵舎には山のように慰問袋が全国から届く。中には飴だとか手紙だとかがいろいろ入っている。平等に渡るように袋は抽選で決める。古畑さんがたまたま手にしたのが、偶然にも長野市の同い年の女性からのもので、早速、軍事郵便で礼状を出した。それがご縁で70年経つ今でも手紙などで連絡を取り合うのだそうです。広い世界でたった一つの袋と手紙が結んだご縁。殺伐とした世の中に心温まります。

戦時中は少年航空兵が子どもたちの憧れ。この辺りだと上田に熊谷陸軍飛行学校の分校の飛行場があり、飛行機が滑走路に下りていく姿がかっこよかったとか。その教官の一人は、教えた兵隊が皆特攻で戦死。責任を感じて終戦から数日後、妻、生まれて間もない子どもと上田の山中で自決したのだとか。地元の方が碑を作られ、毎年お参りをしているそうです。そんな悲しい話もあったのですね。

「こうして昔のことをいろいろ思い出すけど、当時は悲しい思いしてたよねぇ」と、はつ子さん。一番上の兄を戦争で亡くしているから、今も戦時中の資料などを見ると何とも言えないという。「でもね、それを乗り越えてこうして元気でいられるってことがありがたい。苦しい時のこと思えば何だってできるよね」とも。ほんとうにそうですね。

古畑さんが若い世代に望むことの一つは「たとえ3ヶ月でもいいから集団生活をしてほしい。寝起きを一緒にして時間を守るとか。竹に例えれば節目みたいなもの。礼儀や競争心、世の中や他人のこともわかったりして良い学びになると思う」とのこと。

元気な秘訣もお聞きしました。「それは規則正しい生活」。戦死したお兄さんに代わり、家を守り続けてきた古畑さんは、奥様を15年ほど前に亡くされていますが、それまでも掃除、洗濯、炊事はしていて不便はない、ボタンが取れたら自分で裁縫。食べ物の好き嫌いはなく、酒もたばこもやらない。「そんなことがいいんじゃないかなぁ」と。

多くの犠牲があった。その歴史の上に成り立っている今の平和。それがいつまでも続いていくために貴重な戦争体験者のお話。あの時聞いておけばよかった、伝えておけばよかったと後悔しないように、日々ご縁を大切に過ごしたいです。

兄妹のお二人、貴重な資料とお話、ありがとうございました。

最後の零戦乗り「戦争を憎む」

長野市　原田　要さん

零戦《ゼロ》って知っていますか？「零《れい》式艦上戦闘機」。日本で開発され、太平洋戦争当時、アメリカ軍にもイギリス軍にも、その搭乗員も含めて「人殺しロボット」と恐れられた、高性能の戦闘機のことです。一方、この戦闘機に乗り、特攻で命を落とした方も数千人…。

年々、戦争体験者も少なくなる中、「最後の零戦パイロット」といわれ、飛行約8千時間、度重なる出撃で敵の戦闘機を何度も撃ち落とした経験を持つ長野市の原田要さんにお会いし、直接お話を聞きました。

もちろんこれまでも原田さんの講演は聞いたことがあり、挨拶をさせていただいたこともありましたが、今回、戦後70年を機に始めた77市町村巡りの中で再度お会いしておきたかった一人です。

平成27年（2015）8月で99歳。海外メディアの取材も多い原田さんが、戦時中とこれまでの人生を振り返り、お話しして下さったのは、次のことでした。

・当時は軍人に憧れるのは当然だった
・今でも撃ち落とした敵兵の表情や光景が脳裏に焼き付いて離れない
・自分は奇跡的に何度も助けられた
・終戦直後の混乱の中、元兵隊同士の喧嘩を止めたのは、歌だった
・正しく歴史を伝えていかないとまた（戦争が）起こりかねない
・同年代もいなくなり、身体も無理がきかなくなり寂しい
・生きるのがつらかったり、懺悔の気持ちが絶えなかったりするけれど、こうして今も生かされているのは、この豊かになった日本の現状を天国の戦友に伝え、平和の大事さ、二度と戦争をしてはいけないということを多くの人に伝える使命があるから

そして、「戦争反対」という優しいものではなく、戦争を憎んでいる、ということも。

「相手を倒さなければ自分がやられてしまう。見ず知らずの者同士が殺し合う、それが戦争」「とどめを刺さなければならなかった相手も人間。家族や友人もいる、そして必ず、おっかさんがいる」「ほだからね、戦争に勝ち負けはない。勝っても、負けた人のことを背負って生きていかなければならない。戦争になった時点で両方もう負けている」「戦争を止められるのは、若者とお母さんです」たくさんのことを、優しい笑顔を見せながら語ってくれました。

２０１６年5月の連休中、原田要さんの訃報が飛び込んできた。お話を聞いた時は、まだまだお元気だったのに…。

昭和16年（１９４１）12月8日の太平洋戦争の開戦、真珠湾攻撃の時から出撃し、生き残って体験を語り続けた唯一の零戦パイロット。また一人、貴重な生き証人が旅立たれてしまいました。

早速お焼香に伺い、親族の方や零戦の会の方々ともお話をさせていただきました。初めて聞くエピソードもあり、あらためていろんな角度からたくさんのお話を聞いておくことの大切さを感じます。

原田さんに生前お会いした際、過去から学ばなければいけないことは何ですか？　と尋ねると、こんなことも語って下さいました。

日米開戦前、25 歳の原田さん

「最近の政治家は戦後生まれだから、どんな犠牲を払ってでも戦争を避けなければならないということを理解していない」「必死で日本の戦争放棄を取り消そうとしたがっているように見える」「その点で、彼らは戦前の指導者たちと似ているんです」

戦争を憎んで、平和を願った原田さんの体験や思いを受け継ぎたいですね。どうぞ安らかに。ありがとうございました。心よりご冥福をお祈りいたします。

仲間でも腹に風穴あける　戦争は
人を狂わす　悪魔のゲーム

最前線　敵との交戦　弾が飛ぶ
不思議と死ぬこと怖くない
そんな教育　未来はどこへ

この袋　誰が作ってくれたのか
想いは届く 海を越え
君のため　命を懸けて
立派にお役目果たします

回想

清水まなぶ

この聞き語り継ぎの活動、回想プロジェクトは「回想」という曲を作ったことがきっかけで始まったのですが、その曲のモデルとなった僕の祖父の話をここで少し。

明治45年（1912）7月10日、上水内郡豊野町（現長野市）生まれの祖父・清水保雄は昭和13年から満州国交通部で働いていて、18年6月から家族で四平市に住み、国防道路四平建設事務所に勤務していました。在勤中は兵事官署の召集通報人の役も兼ね、召集令状の伝達もしていたとのこと。20年5月、官署からの呼び出しに出頭したところ、渡されたのは意外にも国民兵の自分への令状だった。

入隊し1ヶ月教育を受けたあと、陣地の隠蔽壕掘りをしていると、ソ連軍の不意の進入により作業中止、大隊本部付きで指示を待った。翌日、敵の戦車隊が祖父たちのいる街道へ進入するということで、肉迫攻撃の要員に選出される。対戦車地雷を渡され、沿道の草むらに仲間と間隔を置いて身を隠していた。水筒には一滴もなし、暑さのためか呆然とし、不思議なことに死の直前にあるのに脳裏に浮くものはない。しばらくして撤収の発令があっても依然呆然の体で、一生を終わらずに済んだ喜びもなかった。

それから敵機の波状攻撃を受けるも、応戦の術なく、日暮れを待って山中へ移り、右往左往の逃避行。山中で一緒になった他の部隊から、敵の戦車隊は祖父たちが待ち伏せた街道より下を通り、応戦した隊は全滅だったと聞かされる。そして子どもたちや隊員の亡骸を何体も目にしながら山中を進む。背中で息絶えた子どもを背負い歩む母親にも遭遇する。埋葬してあげたくとも、隊員たちも気力のみの歩み。見過ごしていかざるを得なかった。

そんな中の8月26、27日頃、行きずりの部隊がラジオでキャッチしたニュースで終戦を知る。武装解除を受け捕虜生活へと情けない結果になったが、状況から勝てる力でないことを予測していただけに、終戦を耳にした途端ホッとしたのが本心だった。

収容所も移動また移動。牡丹江の近くに落ち着いた頃、原因不明の左腕の腫れで入院、手術を受けた。11月頃になり、日本へ先に引き揚げたと思っていた兵士が実はシベリアに送られ、病人やケガ人が満州の収容所へ送り返されるようになっていたことを知る。12月頃からは寒さと栄養失調で毎朝10体、20体という亡骸が搬出されていくのを窓越しに目にする。

春が近づき、身体検査で振り分けられ、部隊が編成される。貨物に牛馬と同様に乗せられ約1ヶ月、キリトマシャート炭坑に着き、重労働が始まった。いつとも分からない帰国の日を待ちながら、消息の分からない家族についても、山中で目の当たりにしてきた地獄絵図のような目に遭うことなく無事引き揚げてくれていることを祈るばかりだった。

約2年が過ぎた23年5月、突然「半数の捕虜を帰す」との情報が入る。その後、高齢者から順次と発表された。半信半疑ではあったが、残る皆さんに苦しい思いで挨拶をし、傍らの丘に眠る4人の戦友の墓前に一同ひざまずき、涙でお別れをした。

ナホトカを経由して7月11日、舞鶴港に上陸。名古屋経由で一路信州へ。そして7月15日、豊野駅に下り立つ。出迎えの皆さんに無言で敬礼、途端に妻子全員が目に入り「夢では」と思った。この時、祖父36歳、祖母33歳、長男（僕の父）8歳、次男6歳、長女3歳。

以上が、祖父が残した手記にある、満州時代から引き揚げまでの経過です。

祖母からも帰国までの大変さを聞いたことがありました。まず、敗戦と同時に現地民と立場が逆転したこと。祖母は以前から現地の人にも親切に接していて（向こうの言葉をいくつか披露してくれたことも）、暴動や略奪の中でも守られたようだ。幼子を3人も抱え、中国人には「預かって育てるから置いていけ」と何度も言われていたそうだ。しかし祖母はなんとしても連れて帰ると、着の身着のまま、鍋だけ担いで子どもたちの手を引き、時には長男が長女を背負って引き揚げてきた。途中、何度か鉄砲の弾が頭上をかすめたと。そして帰りの船でも長女（僕からすると叔母）が高熱を出し「もうダメかと思った」と。何人かが船上でも息絶え、その度に水葬。「次はいよいよこの子の番か…」とさえ思ったとも。

そんな祖母は、よく僕に言っていた。「周りの人には良くしておきなさい」と。引き揚げの経験があったからだと思うが、横柄な態度で現地の人に接していた人たちは、終戦で立場が変わった時にひどい仕返しに遭っていたようだ。

「孫たちを交えて幸せな毎日を過ごしている今、この時は不思議というほかはない」と言っていた祖父も、いろいろ忠告してくれた。高校を卒業し上京するときも「お金は何カ所かに分けて持ち歩きなさい」とか、「他人にだけは迷惑かけるな」とか。財布は別々になんて、いつの時代だよ？って感じですが、それだけの苦労をしてきたからこそのアドバイスだったのだろう。

　そして、手記は「異国で犠牲になられた方々の御冥福をお祈り申し上げます」という言葉と「家族、一族の皆さんへ心から有り難う」というひとことで締めくくられていた。生死をさまよってきたからこその思い。僕の中では穏やかに老後を過ごす姿しか印象になかったが、それまでの人生は波乱に富んでいた。日本中その世代の人たちは皆そんな経験、思いをしてきたんだ。

「戦争は命から何から失うものばかり」という一文も残しているが、万が一祖父が命を落としたり、父が当時満州に置いてこられて残留孤児になっていたりしたら、僕は今ここにいない。そんなことを考えると、本当に受け継がれた命、こ

うして平和な世の中を築いてくれた祖父母はじめ先人たちへの感謝は計り知れない。こちらこそ「命を繋いでくれてありがとう」「平和な時代に、愛情いっぱいに育ててくれてありがとう」という思いだ。

祖父は2005年に、祖母も2011年に天命を全うし旅立った。自宅で倒れてから寝たきりになった祖母のいる病院へ、長野に来るたびに足を運んだ。会話も出来ない、意識があるのかないのかわからないような祖母が何度かこちらの声に応えるように「ありがとう」と口にした。亡くなる前日も会い、声をかけると、それまで何にも反応しなかったらしい祖母が確かに「まなぶ、ありがとう」とつぶやく言葉が聞こえた。

「有り難う」の反対は「難が無い」で当たり前なんて言いますが、当たり前なんかじゃない日々、全てのものに「ありがとう」という気持ちで過ごしていきたいですね。

「おじいちゃん、おばあちゃん、いつも見守ってくれていて ありがとう」
「咲き誇れ命の花 いついつまでも 今年も桜の舞う季節がやってきた」

まだまだ、僕の旅は続きます。

第4章

出征・帰還

あの日、家族と

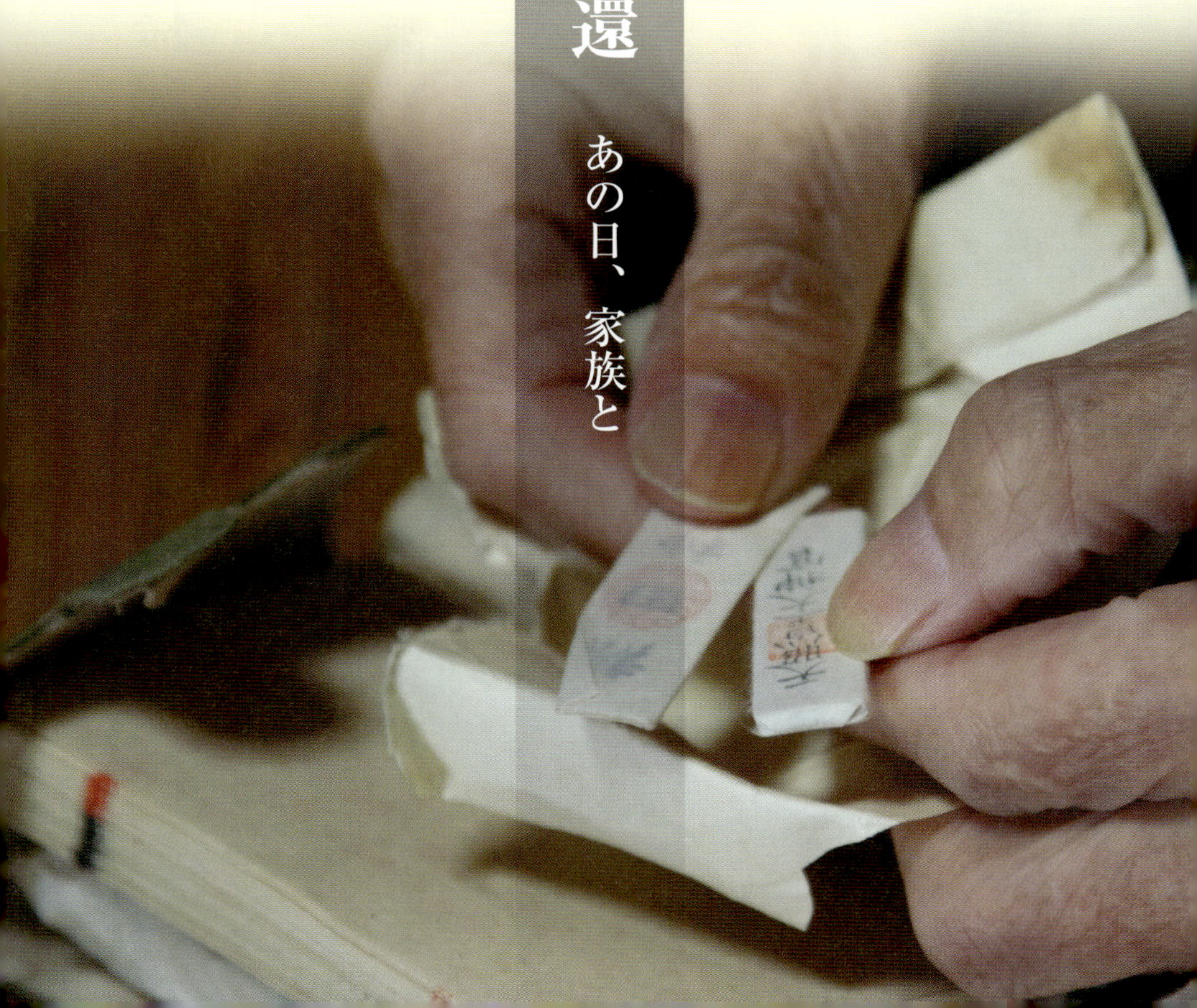

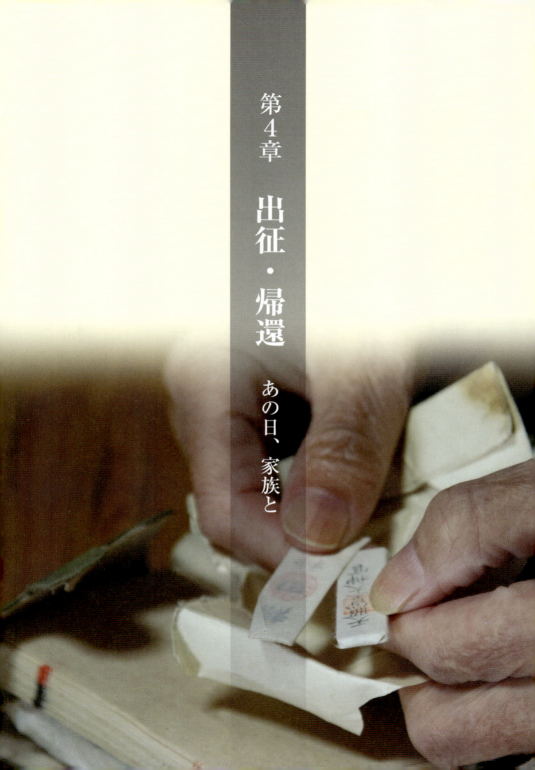

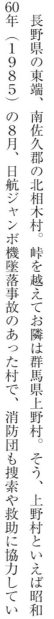

シベリアから父が帰った日

北相木村　石曽根光子さん

長野県の東端、南佐久郡の北相木村。峠を越えてお隣は群馬県上野村。そう、上野村といえば昭和60年（１９８５）の8月、日航ジャンボ機墜落事故のあった村で、消防団も捜索や救助に協力していました。

およそ８００人が暮らす北相木。１９７０年代は倍の人口だったようですが、今は小学生も山村留学の子どもたちを含めて全校で60人ほど。山に囲まれたのどかな村です。お話を聞かせて下さったのは、幼い頃に満州へ渡り、苦難を経て帰国した経験がある石曽根光子さん。

父はもともとお店を営んでいたが、景気が悪くなり、店をたたんで関東軍に入隊する。昭和15年（１９４０）、当時7歳の石曽根さんは、母と2人で父のいる満州・奉天（現瀋陽）へ向かう。その時、祖父がおんぶしてくれて北相木の坂道を下り、橋を渡った所まで見送ってくれたことを覚えている。「この辺りは昭和24年頃までバスもなく、通学も隣の村に行くのも全部歩きでした」

そんな村から行った奉天は、にぎやかで豊かだった。「デパートのようなものもあって何でも買え、官舎で何不自由なく暮らしていました」。しかし、20年8月に入った頃、ソ連が攻め込んでくるかもしれないからと、今の北朝鮮に女性や子ども、老人たちだけが疎開する。「軍には情報が入っていたんでしょうね」

平壌にあった寮で終戦の日を迎えるが、そこからが大変だった。8月15日以降、現地の人と急に立場が変わり、家は追い出されるし、暴行を受けないように隠れたり逃げたり。

もう一度満州に戻ろうとするも、現地の人に止められ、逃げ惑う。途中で、やはり何人もの子どもたちが命を落とす。「食べる物がなかったから」。体力のない子どもたちは力尽きていった。

最終的に、鴨緑江《おうりょくこう》を挟んだ中国との国境の町、新義州の公民館のような所で皆一緒に押し詰められての生活が始まる。およそ50人。現地の子のお守《も》りや手伝いをして食いつないだ。

それから1年、ようやく帰国がかなう。船で博多港へ着き、そこから母方の実家がある新潟経由で北相木村に帰ってきた。送り出した時と変わらず、祖父が迎え入れてくれた。

満州で別れたお父さんは…、実はシベリアに送られていた。「林業をやらされていたようで、その時に足を負傷し、私たちが帰国した約1年後、不自由なままの足を引きずって帰国してきました」

石曽根さんはその時のこともよく覚えている。中学生になっていて、学校でバレーボールをしてい

ると、先生に呼ばれ、「早く家に帰りなさい」と言われた。そして、家に待っていたのは、ボロボロの軍服で帰宅した父！　抱き合って涙した。

後に聞いた話では、材木に足をつぶされ、少し暖かい地域の収容所に移されていたから助かったのかもしれない、と。シベリアでは寒さと飢えで何人も亡くなっていたという。

そんな石曽根さんに若者へのメッセージをお願いします。

「平和が一番。暮らす所もなく逃げ惑わなきゃいけないなんて、本当につらいし、情けない。どうすれば戦争が起きないか？　考えなくてはいけないですね」

激動の時代を生き抜いた経験から、どうしたら戦争にならないと思いますか？　そう尋ねると、こんな返答が。「欲張りすぎないこと」

ほんと、そうですね。他人を尊重してさえいれば、相手が嫌だと思うこともやらないだろうし、おかまいもなしにズカズカ人の家に入り込んだりしない。自分が一番になったような気がして、欲や自己主張、利益ばかりに走ると必ず摩擦が起き、行き詰まる。人間の欲をなくすのは無理だけど、国同士の争いになるのを避けながら歩んで行くには外交力、交渉力が大事ですね。

石曽根さん、千葉で暮らすお孫さんにも初めて過去の体験を話したとか。お孫さん、平和学習をしていたようで、とても喜んでくれたそうです。

「万歳」と送りだしてくれた母

青木村　**堀内家幸さん**

人口約４４００人の小県郡青木村。「夕立と一揆は青木から」という言葉があったほど、江戸時代には上田騒動をはじめとする一揆が多くあり、「義民の里　青木村」としても知られている。そんな青木村でお話を聞いたのは、大正15年（１９２６）９月12日生まれ、終戦当時は数えで19歳だった堀内家幸《やすゆき》さん。未成年でも召集をうけ、歩兵隊の部隊で訓練をしていました。

当時、青木村からもたくさんの方が出征していたようですが、堀内さんと一緒に長野に向かったのは12人。翌日には金沢の訓練所へ入った。

出征の時は、村中の人が送り出してくれたそうです。「あの頃、家には疎開で2家族が来ていたけど、食べ物もなく大変だった」と振り返る。

こたつにあたりながらそんな話をしていると、

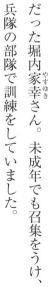

奉公袋の中から出して見せてくれた武運長久を祈る千人針腹巻

堀内さんは立ち上がり、軍隊時代の奉公袋を持ってきて見せてくれました。中から出てきたのは軍事手帳、千人針の腹巻、武運長久を祈る寄せ書き、神社のお守り…。急に70年前がよみがえる。

戦地に行くことなく終戦を迎えた時は、「これでやっと家に帰れる」という安堵感があったそう。しかし、それを口にしようものなら「負けて喜んでいるとは何事だ！」と怒鳴られる。そんな空気だった。

当時、一番印象に残っていることは何だったでしょう？そんな問いかけに、「母が何も言わず、『万歳、万歳』と送り出してくれた。あの光景が忘れられない」。堀内さんは目に涙を滲ませながら、出征の日のことを思い出し、語ってくれました。

そして一言、「戦争は絶対、だめだわい」と。

手紙拾い、下関まで会いに来た父

根羽村　菅沼眞佐人さん

長野県は最南端、愛知県、岐阜県と隣接する下伊那郡根羽村。村の面積の90％以上が森林という自然豊かな村。40年ほど前は2千人を超える人口だったようですが、今では半分以下のおよそ950人が暮らしています。

お話を聞いたのは94歳の元村長、菅沼眞佐人さん。根羽村で育ち、東京の農業大学へ行っている時に学徒動員で召集がかかり軍隊へ。見送りにたくさんの人が来てくれ、餞別もいただいたようですが、その記録が細かく残っていました。親に宛てて、遺髪、遺爪とともに送った手紙までも。あらためて読んでいただくと「こんなこと、書いただなぁ」と一言。

履歴も見せていただきました。昭和18年（1943）に入隊してから陸軍幹部候補生に採用され、教育隊へ。

軍曹から曹長へ階級も進み、士官勤務で教育にあたっていた。

20年に満州へ渡り、興安北省・海拉爾《ハイラル》の砲兵隊にも配属となったが、菅沼さんによると、それほど食べ物の苦労があったり、交戦があったりしたわけではなかったという。

帰国後、小倉で終戦を迎える。「将校になっていたし、兵隊やめるなんて思わなんだな」「戦争が終わったなんて、そういう感じはしなんだに」と振り返る。

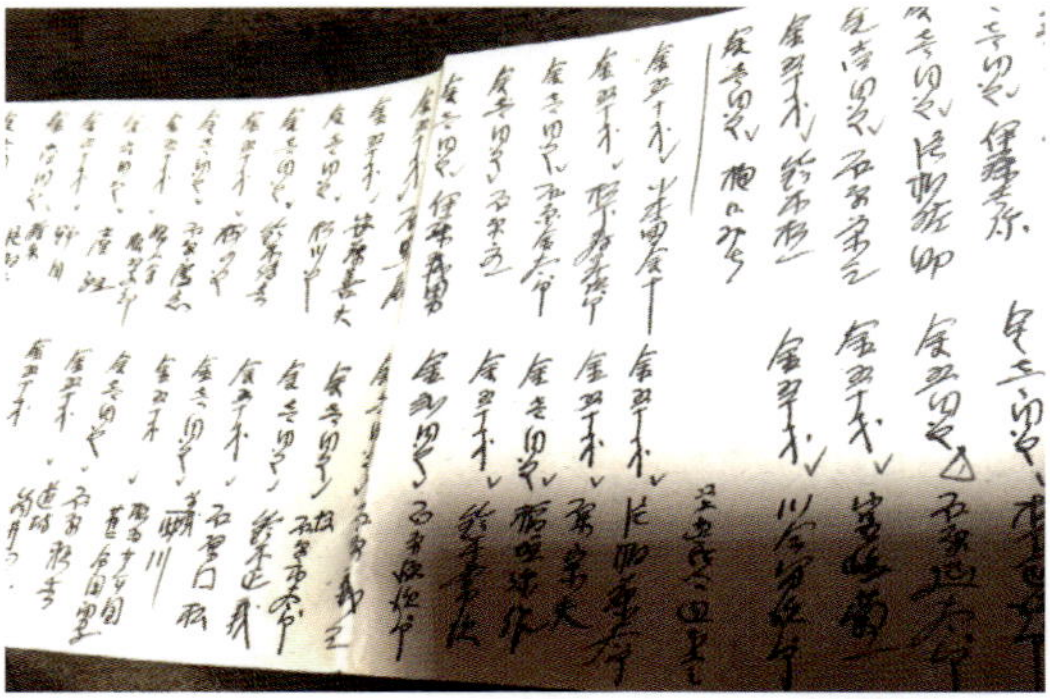
菅沼さんが保管する餞別の記録

広島、長崎に落とされた原爆。そのうち長崎に落とされた原爆は当初小倉がターゲットだったともいわれます。そのとき落ちていれば、おそらく今は亡い。「運が良かった。ほんとにそうだに。軍隊じゃなく運隊だった」

根羽のこんな小さな村からも多くの人が戦地に行った。菅沼さんの家も計3人を送り出した。一番上の兄は帰還したが、すぐ上の兄はフィリピンで戦死している。「兵隊に行かんような子どもはだめだ」と言われてしまう時代、親もつらかっただろう。

強く記憶に残っていることがある。いよいよ満州に渡る時、もう会えないかもしれないと親に手紙を書いていた。すると、両親は自分の乗った列車が通る駅まで、見送りに来てくれた。しかもそこにはドラマのような物語があった。

当初、愛知県の安城駅に停まる予定だった列車が、空爆か何

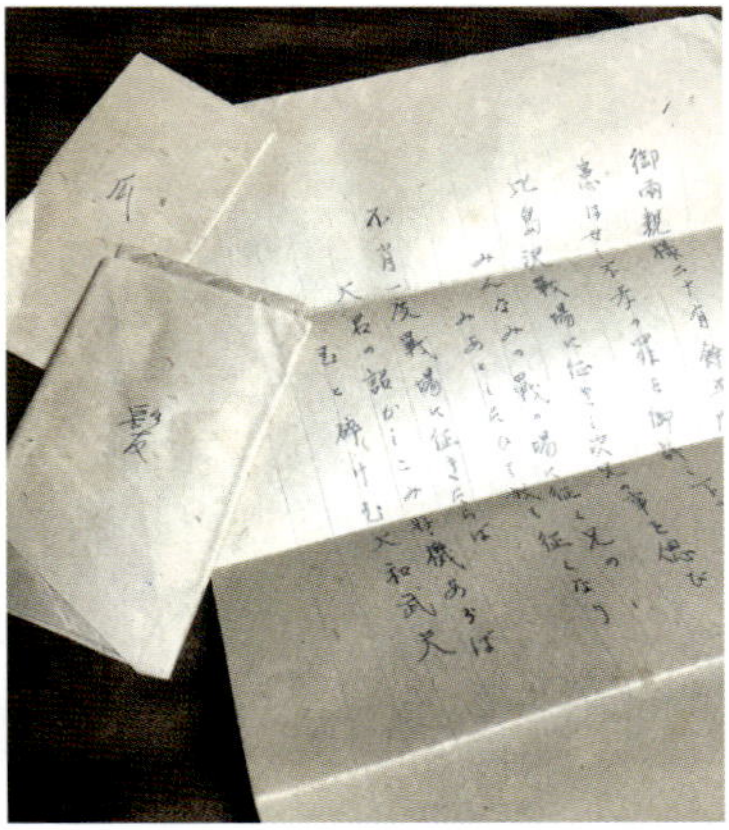
両親に送った別れの手紙と遺髪、遺爪

かの影響で停まらないことになった。下関まで行くとの情報を知った菅沼さん。前の駅で慌てて事情を紙に書いて小石を拾って包み、安城駅近くの踏切で待つ両親の姿を見つけ、列車の窓から投げた。

それを拾って読んだ父は、後の列車を乗り継ぎ、はるばる下関の駅まで会いに来てくれたという。しかし、駅に着いた時、隊は既に下関をたち、九州へ向かった後だった…。今のように電話などの連絡手段がない時代、肉親はどれだけの思いで見送り、見送られたことか。

大正15年（1926）、寅年生まれの奥さん、久代さんも、戦時中に年の数だけ千人針の結び目を縫ったというお話を聞かせてくれました。千人針は出征兵士が弾丸除けのお守りとして持たされた白布の縫い物。無事を祈って大勢の女性が一人一針ずつ縫った結び目を、「虎は千里を行き、千里を帰る」との言い伝えにあやかり、寅年の女性だけは特別に自分の年の数だけ縫ったのです。

思い出の品に、貴重なお話、ありがとうございました。お二人仲良く、お元気で。

夫の出征と帰宅の場面鮮明に

箕輪町　渕井春子さん

赤そばの里でも有名な箕輪町でお会いしたのは、東箕輪の渕井春子さん、大正11年（1922）生まれの94歳。「今は座っているだけ」と言いながらも、家庭を持ち、幼子を抱えて夫の留守を守っていた戦時中の暮らしのことを、しっかりとした声で語って下さいました。

駒ヶ根市下平に8人きょうだいの一番上で生まれた渕井さん。お父さんは屋根職人だった。尋常小学校2年の時、そのお父さんの実家がある箕輪町大出《おおいで》に来た。6年で卒業式を迎えると、翌日には製糸工場へ勤めだした。

戦時中はもう結婚していて、ご主人に召集令状が来た時のことも覚えているそうです。

「昭和18年（1943）6月15日だったたか、出征の時、坂道を下って行く主人に『元気でねー』って一言、言ったきり。まだ1歳にならない子どもを背負い、後は言葉が出ませんでした」。ご主人が持った千人針は婦人会の方が作ってくれたという。

「国のためだから嫌でもメソメソなんてしていられない。心では行ってほしくなくても、後ろ髪引くようなことしたら主人に悪いから、それは絶対しなかった」

当時住んでいたのが、今の箕輪ダムのもっと奥。山の中で炭焼きもしていた。学校には朝暗いうちに出て、夕方も暗くならないと帰ってこれないほどの距離。そこを皆、地下足袋を履いて歩いた。「うんと奥の方だったから防空壕もなかった。終戦はラジオで聞いた。もし敵が来たら、皆、竹槍でつつく覚悟はしていました」

昭和12年に始まった日中戦争にも行っていたというご主人は、中国から帰ってきて渕井さんと結婚。太平洋戦争では伊豆の大島に行き、隊長の食事当番をしていたようだ。そんなご主人は、終戦から間もない8月21日の真夜中に帰ってきた。

「びっくりして『あれ？　お帰りなさい』と口にしただけ。嬉しかった。次の朝、子どもはまだ誰かわからないから、父親に向かって『いけっ、いけっ』。知らない男の人が入ってきたと思い『あっちいけ』と言っていた。戦地に行った兵隊さんはまだまだ帰ってきていなかったので、お隣の人たちには申し訳なくて、しばらく顔向け出来なかった」

食べ物は「それは苦労した」。馬鈴薯、カボチャ、キュウリなどを小さな畑で作って食べていた。一軒一合の配給しかなかったから、ヨモギを採ってきてはお米に混ぜて食べた。

これまで一番印象に残るのは、やはりご主人が帰ってきた時のこと。そして42歳の時に長男を亡くしてしまったこと。子どもに先立たれるのは、ほんとうにつらかった。

今、伝えたいことはありますか？　という問いには「今はねぇ車社会だで、交通事故だけは起こさないように。自分ばかじゃない、家族もみんな、被害者の家族にも迷惑かかる。事故は恐ろしいでね。それだけは起こさないようにと毎日朝晩お祈りしてるんです」。家族、さらに周りの人全部をお祈りしているという。

「みんなの世話になって今生きていられるからね。自分の家や家族だけいいってわけにはいきませんから、全体の幸せを願っているんです」

自分さえ良ければとか、俺が俺がという風潮が目立ってきている昨今。戦時中の苦労はもちろんですが、現代社会で足りないもの、忘れそうになっているものを教えていただいたように思えました。ありがとうございました。

兄の幻影に泣いた父、苦労した母

麻績村　藤澤智子さん、峯村契子さん

峯村さん（左）と藤澤さん（右）

聖高原が観光名所でもあり、2800人ほどが暮らす麻績村。ともにご家族が戦争に行った後、窮乏生活を耐えた経験を持つ藤澤智子さんと峯村契子さんにお話を聞きました。

昭和8年（1933）8月生まれ、実家は長野市の七二会という藤澤さんは24歳の時、この麻績に嫁いできた。6人きょうだいで下から2番目。まだ小学生の頃、「兄さんが兵隊に行く時、仏壇にお参りしていて、母さんがそこでいくらか小遣いだと思うけど渡していた」ことが記憶にある。

一番上の兄は海軍に志願して戦艦「武蔵」に乗り込んだ。一度「面会に来て」と通知が来た。「母さんも行けばよかったが、父さんだけ行ってきた」「それでへぇ1週間ばかでねぇ…」。武蔵は19年10月、レイテ沖海戦で襲撃を受け沈没した。

日々の暮らしは厳しかった。「作ったお米、みんな供出させられて、カボチャなんかを入れて食べていました。学校でも勤労奉仕に行かされ、卒業すると紡績工場に働きに行っていた」

「それこそ貧しかったですよ」と語るのは、昭和12年（1937）7月、麻績に合併する前の旧日向村生まれの峯村さん。アルミで出来たようなお弁当箱まで供出させられた。小学校2年の時に終戦。「教科書も黒く塗られた。薄っぺらい紙でした」

父の顔はほとんど覚えていない。峯村さんが4歳の時、戦争に行き、ニューギニアで帰らぬ人に。当時役場に勤めていて召集された。「出征した時は夜。『隠れて来い』と言われたようで、見送りはなく、風呂敷一つで出掛けていったらしいです」。昔は炭鉱もあり、貨物駅で栄えた麻績の駅（聖高原駅）から皆出て行ったようだ。

「母がひとり、百姓で苦労して私と弟を育ててくれました。そこに病弱な姑たち3人もいたので母は大変だったと思います」「昔は田んぼも手作業。牛を頼んで耕してもらったり、地域の人たちの助けのおかげで生きてきました」

戦時中は空襲警報があると防空頭巾をかぶった。山の方にいたから、近くにあった杉やぶに皆で隠れていたと藤澤さん。長野空襲の時は上空を敵機が通っていったという。

「隣のお寺の住職も戦死。おばあさんが一人だったので、いつも12時っていえば鐘つきに行っていた。その鐘もいよいよ供出させられていった。鍋なんかも出したな」。そんな時代だった。

家の中のことで、お二人とも覚えていたのは灯火管制。「裸電球一つだもんね」。それから、学校では奉安殿に必ず頭を下げろと言われた。進駐軍が来た時は皆で隠れて見ていた。槍、なたのような物はみんな持っていかれた。

そして、終戦前の印象に残っていることとして、藤澤さんが語って下さった。

「寝ている時、4時頃、父が泣き出すだよ。どうしただい?と聞くと、兄が玄関まで帰って来て、『ただいま』でもない、『入れ』って言っても入らないって」。それから少し経って、兄の戦死の通知が届く。帰って来たのは白木の箱と、中に写真が1枚。村葬もやってもらった。

「うちは箱の中に小さな形ばかりの白い木の位牌だけだった」と峯村さん。「お父さんはホントに故郷へ帰りたかったようで、母さんの所へ戦地から90通くらい手紙を送っていた。近所へも家族を頼むって手紙が来ていた」と振り返る。「親を置いて、奥さんに子どもも置いて、だから心配だったでしょ」。父の願いと思いを力として、その手紙を大切に母は生涯、家を守り通した。

「そんな思いだけはもうしたくない。子どもたちにもさせたくない。でも若い人に昔の話したってダメ、昔の話でしょって言われちゃう。だけど戦争だけは反対してもらいたいね。沖縄のことなんか見ると、この辺りの方がまだよかったんだなと思う。戦後の苦労はあったけど、それに比べたら…」

大変な時代、苦労の連続の中、心の支えは何だったのか。峯村さんは「母がかわいそうだったので、母には絶対に心配をかけないという思いが強かった。だから一切、グチは言わなかった」と答えて下さいました。

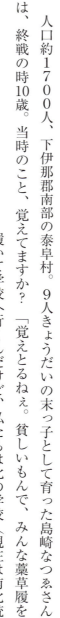

帰国の親戚たちであふれた家

泰阜村　島崎なつゑさん

人口約1700人、下伊那郡南部の泰阜村。9人きょうだいの末っ子として育った島崎なつゑさんは、終戦の時10歳。当時のこと、覚えてますか？「覚えとるねぇ。貧しいもんで、みんな藁草履を履いて学校へ行くんだけど、私たちは北の学校（現在は南北統合して1校）。そこまで4キロほどあって2時間くらいかかるから、早く家を出ないといけない。日の短い季節は提灯を持ってぶらぶらと通った」。4年生の頃だったか、靴がもらえて初めて履いた。そんな思い出とともに戦時中のことを語っていただきました。

「家ではお蚕や田んぼもやっていたけど、供出があるから。食べ物といえば、終戦になるちょっと前からが大変だった。草のうどんなんていう物も配給になって食べたけど、まずい。山の中からビョウブナという草を採ってきて、ご飯に混ぜたりしていました」

昭和10年（1935）年8月1日生まれ。体が弱かったという島崎さんは少し白いご飯を混ぜて入れてもらっていたが、姉たちは「麦ばっか食べさせられ大変だった」と、その後もよく思い出話に出たようだ。ウサギを飼い、冬になる頃、専門で処理してくれる人が回って来る。そして最後は骨までたたいて団子にして食べる。そうやって両親に育ててもらった。


戦争のことといえば、雪降りの日も、日の丸の旗を振って、戦地に行く方たちを送り出した。「無事で帰ってきた人の方が少ないくらいだったねぇ」と島崎さん。きょうだいでは男4人のうち3番目の兄が戦争に行った。「出征の時は私もまだ小さかったから、あんちゃんバイバイというくらいなもんでした」。2番目の兄は開拓団で満州へ。伯父さんや親戚のきょうだいも行った。

そう、開拓団といえば、この泰阜村は三江省の大八浪《タアパラン》（現黒竜江省樺南県）に泰阜村分村が作られたほど、約千人という多くの開拓民を満州に送り出している。敗戦からの逃避行は恐怖と絶望の連続だったようです。

ようやく帰ってこられた方たちは、家がなければ親戚などに世話になるのですが、島崎さんのお宅はその受け入れ先になった。島崎さんによると「帰国者に対して満人は汚いとか、シラミがおるとかで、親戚、身内ですら戸を閉めて開けない家もあった」のだとか。役場に勤める姉がみんなを家に連れてきたのだ。

「そうすると大変なんだに、一日二日じゃない。食べていかなならん。人ばっかで、座る所、寝る所もないほど。よその家におるようだったに」。阿南町でサツマイモを買ってきて、カボチャと米とでおじやを作って食べたこともあったとか。しかも茶碗なんかなく鉢で。

半年も過ぎないうちに、身を寄せた方々はそれぞれに家を出て、兄も茨城の開拓地へ入植した。だから、今でも「ヤダイラ（当時住んでいた梨久保の矢平地区）に足を向けて寝れない」とご親戚は言うそうです。

「大変な時に優しくしてくれたことだけは忘れないって言ってくれると嬉しい。あんな時代に父母は偉かったと思う。お人よしというか、困っている人を見捨てられないんでしょうが、父は『明日食べる物がなくても、今みんなで分け合って食べような』という人でした」

着る物も配給で、島崎さんは、いつも姉のおさがり。学校に着ていく半纏がつぎはぎだらけなのが嫌で、破ってしまえばきっと新しいのを作ってくれると思い、学校帰りに破いたことは悲しい思い出。鯉のぼりを崩して染めて、モンペにして履いて来る人もいたという。

終戦の日は、先生になりたての姉が、隣の千代村（現飯田市）にいる女学校の同級生の家に遊びに連れて行ってくれて、ラジオ

から流れる天皇陛下の声を聞いた。「これで戦争が終わるならいい塩梅《あんばい》だということと、兄が無事に帰って来てほしいと思ったこと」が記憶にある。戦後は、戦争のことが書かれた教科書は墨を塗ったり破いたりしてしまい、新しい教科書は新聞紙のような紙をホチキスで留めて使っていた。

中学を出て、家の手伝い、役場や農協の仕事をした後、満蒙開拓青少年義勇軍にも行っていたという6つ上のご主人と結婚、製材所を経営してきた。今の若者には「とにかく何でも頑張ってほしい」と願う。

そんな島崎さんが「何もないけど住みやすい村です」と話す泰阜には、昔から受け継がれてきた無形民俗文化財「榑木《くれき》踊り」がある。しかし地区では人が減ってしまって出来ないのが残念だという。

小さな村でも過去の歴史を忘れずに、何とかみんなで伝統も守っていってほしいです。

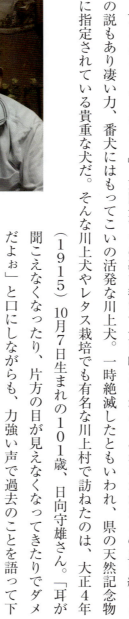

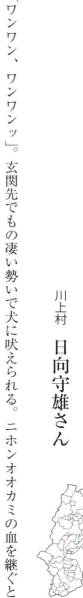

やせ衰えて帰った妻の姿に泣く

川上村　日向守雄さん

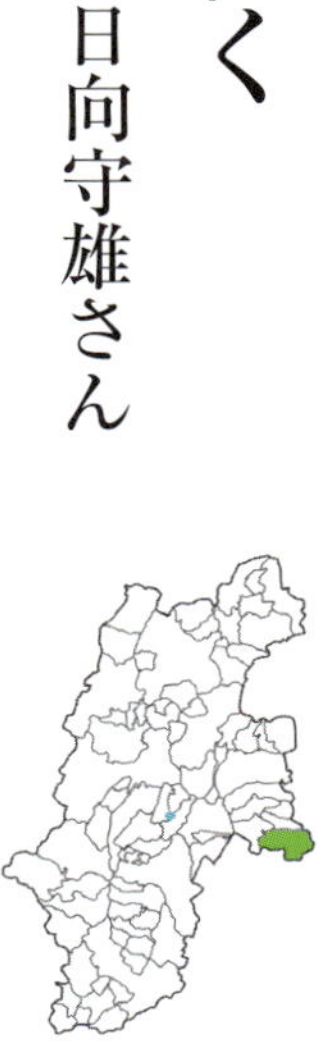

「ワンワン、ワンワンッ」。玄関先でもの凄い勢いで犬に吠えられる。ニホンオオカミの血を継ぐとの説もあり凄い力、番犬にはもってこいの活発な川上犬。一時絶滅したともいわれ、県の天然記念物に指定されている貴重な犬だ。そんな川上犬やレタス栽培でも有名な川上村で訪ねたのは、大正4年（1915）10月7日生まれの101歳、日向守雄さん。「耳が聞こえなくなったり、片方の目が見えなくなってきたりでダメだよぉ」と口にしながらも、力強い声で過去のことを語って下さいました。

4人兄弟で三男の日向さん。尋常小学校高等科1年の時、野沢のフジヤという魚屋に丁稚奉公に出た。1年半ばかりいて帰ってきて地元の魚屋に勤め、17～18歳の頃は諏訪の製糸工場で働いていた。当時、ちょうど申年の御柱祭もあった。昭和9年（1934）11月に父を亡くす。翌年の徴兵検査で乙種合格。小海線が全線開通した年だった。

川上村ではこの頃、白菜作りが始まったようですが、今では出荷量日本一といわれるレタスは戦後、1950年代にアメリカの進駐軍が栽培を持ちかけたことからだったとか。

昭和15年、日向さんは開拓で満州へ渡る。4月10日に村を出発し、新潟経由で朝鮮の羅津《ラジン》に上陸、北相木が主体となって南佐久11ヶ町村で構成された千曲郷開拓団として東安省密山県に入植。先遣隊の20人に230人ばかりが加わり、共同生活が始まった。「朝鮮人の作った田んぼと満人（現地の中国人）が耕した畑を買い取っていた。コーリャンや粟とかでなく、すぐ米が採れた」

18年までは平穏だった。その後、ほとんどの男性が召集されてゆき、19年3月10日には日向さんにも召集令状が来た。出征の時は、幼い子ども2人と身重の奥さん、その母親が家の入り口で見送ってくれただけだった。

東寧に丸1年いた後、20年4月に本土防衛軍として、福井県敦賀に上陸し荷揚げ、5月5日には千葉の八街《やちまた》へ。1ヶ月間、材木を伐採して陣地構築の作業に従事する。終戦まで東金の田間におり、玉音放送は町長の家で聞いたが、電波障害でほとんど聞き取れなかった。しかし敗戦を知り「悔しくて涙は出るし、ため息がどのくらい出たか…」。9月1日には故郷へ帰ってこれた。

満州で別れてしまった家族はどうなったかというと、翌21年6月18日に帰ってきた。「ちょうど田植えが終わる日で、役場から知らせがあって『奥さんが帰ってきて小海にいるから、早く迎えに行ってくれ』ってわけで、おむすび握って慌てて駅まで行った」。迎えを待つ5人くらいがいた。

そこで2年ぶりに再会した奥さんが言った。「父ちゃん、子どもみんな殺しちゃった…」って。体はやせ衰えて棒のよう。「その時は泣けたなぁ、ほんと」

後で知る満州での逃避行は大変なものだった。終戦前の8月10日にソ連軍が乗り込んできたので逃げ出す。4里（約16キロ）ほど離れた黒台という駅に行くが、空襲を受け数人が亡くなる。そこからさらに哈達河《ハタホ》という所まで移動するが、現地民の襲撃に遭う。このままでは逃げ切れないと、自決も行われた。日向さんが召集された後に生まれた長女を含む3人の子供たちもその頃に命を落とした。千曲郷開拓団では60人以上が哈達河で亡くなっている。

終戦となっても、現地では食べる物がなく栄養失調になり、10月頃から発疹チフスなどで毎日誰かが亡くなる。545人（終戦時）いた千曲郷開拓団は生還者が約220人と、半数以上が混乱や避難生活の中で亡くなっている。

つらい話を思い出してくれた日向さん。「残酷だよ、（満州で）40歳近くまでの男、根こそぎ動員だもん。女性も大陸で子どもなんて連れて逃げられない」「オレみたいに、ただ運の良い者だけが長生きして、死んだ人に申し訳ない」と語りながら、「二度とこんな戦争はしないで、日本が平和であるよう願う」とメッセージも下さいました。

帰郷、親の顔見て涙があふれた

白馬村　**内川賀介さん**

富山県と隣接する北安曇郡白馬村。北アルプスの麓、外国人にも人気の約８８００人が暮らす村は、冬はスキー、夏は登山や避暑地としても有名ですが、春は山の残雪と緑、青空のコントラストが美しい。

お話を聞こうと訪ねたのは、大正15年（１９２６）生まれの内川賀介さん。教えていただいた住所付近で畑仕事をする女性に「内川さんのお宅、この辺りですか？」と尋ねたところ「この辺はみんな内川ですよぉ」。フルネームを伝えると、丁寧にご自宅まで案内していただきました。

「さぁ上がって上がって」と通していただくと、内川さん、既に３つほど戦時中の印象に残っていることを書いて下さっていた。

一、小学校5年　担任の先生が召集令状を受けた。その時の教室での先生の言葉「みんなと別れて戦争にいくことになった」に教室中が泣き声に変わった。そして、みんなで駅まで送った。その時の握手や言葉は今でも覚えている。

二、幼い頃から泊まりに来たり遊んだりした同級生の親友が昭和17年（1942）、中学4年で予科練（海軍飛行予科練習生）へ。最後は特攻隊員として沖縄で戦死した。今でも毎年、白馬にあるお墓にはお参りに行っている。

三、そして自身も、一人っ子だけれど故郷を離れ、士官学校へ行った。

内川さんは旧大町中学校（現大町岳陽高校）を卒業後、20年2月、埼玉の陸軍予科士官学校に入学した。

「自分は当時、教員になりたかったのだけれど、先生に勧められ士官学校へ行くことにしたのです。入るのが難しかった海軍兵学校へも同学年から2人行きました」

「当時のことで強烈に覚えているのは東京大空襲。東京の空が真っ赤だった。それまで『勝つ、勝つ』と言われていたが、その時『これは負けるんじゃないか？』と思い、防空壕の中で涙が出た」

「8月の終戦。無力感。マッカーサーが来て殺されると思ったし、どうやって白馬まで帰るのか。そんな心配もしたが、無事に9月には帰ることが出来ました」

池袋から新宿へ、そして松本を経て白馬へ。内川さんには、その時の東京の光景も忘れられないという。空襲の跡、コンクリートの小さな建物がポツン、ポツンとあるだけで何もない焼け野原だった。列車は人で溢れ、松本まで座ることも出来ず。大糸線に乗り換え、白馬に着いた時はもう夜。暗い

中、とぼとぼ家に向かうが「負けて帰る姿は惨めだから暗くてよかった」とも。

そして家に着き、親の顔を見た時は、言葉が何も出ず、ただただ、ぼーっと立ち、涙があふれた。「あれせぇ、親が囲炉裏のところまで迎え入れてくれたけど、何を話したか覚えてないだ」

今思えば、戦争が終わってよかった？　もう少し続けば、自分たちも…。

その後は、地元で代用教員から始まり、美麻村や小谷村の学校の校長先生まで務められた内川さん。「子どもたちは昔と変わらず元気だけど、あまり外で遊ばなくなった感じはするなぁ」「戦争があったことを忘れずに。二度とそんなことをするな。そう言いたい」

そんなメッセージをいただき、近所の名所で、架け替えて3代目のようですが吊り橋も案内していただきました。美しい風景が後世まで受け継がれますように。

沈まぬ夕陽

大きな太陽が　真っ赤に燃え落ちてゆく
トラックは国道を走る　黄色い砂埃を巻き上げて
希望と不安を抱える私たちを　荷台に乗せて　昭和 15 年　15 歳の春

銃弾が流れる中　空腹に喉の渇きで　精神も消耗　もう疲労困憊で
自決の声も出るほど　自分が何者かもわからなくなっていく

髪が乱れ心も乱れ切った母は　川の土手を下りては　また這い上がる
それを目にしても止めることも　助けることも出来ない
子どもたちが濁流にのまれてゆく

この海を家族 7 人が揃って渡ったのは 6 年前
あんなに喜んで　あんなにはしゃいでた妹たちは今はいない
甦る甦る　鮮やかに今でも　叫び声　言葉が甦る
「なんで生まれてきたんだろう？」 義勇軍の少年が
母に宛てた手紙の言葉が　甦る甦る　鮮やかに

もう 2 度と　もう 2 度と　戦争を起こしてはならん
何万人も何十万人も何百万人もの　失われた命
魂の叫びが　言葉が　今甦る

大きな太陽が　真っ赤に燃え落ちてゆく
はるか彼方の地平線に　大きな太陽が　真っ赤に燃え落ちてゆく

第5章 大陸

厳寒の地の果てから

額に残る集団自決の傷跡

豊丘村　久保田　諫さん

昭和5年（1930）生まれの久保田諫《いさむ》さんは、下伊那の河野《かわの》村（現豊丘村）で、7人きょうだいの次男として育つ。19年、14歳の5月、国策で進められた満蒙開拓移民として、一人家族と離れ、満州へ渡る。終戦を迎えた直後の20年8月16日深夜から翌17日未明にかけ、悲劇が襲う。たった一人生き残り、長い間語ることの出来なかった、その事実とは―。

14歳で故郷を離れる時は、寂しいというよりも将来への希望があり、（満州は）素晴らしい所という話から、みんな楽しみに渡った。

着いてみると、日本とは桁違いの広さ。だから苦力（クーリー）という中国人を雇って作業を手伝ってもらう。

開拓団といっても、現地の農民が開拓した土地をただ同然の値段で強制的に買収していた。そこに住むんだけど、現地の人にはずいぶん貧富の差もあった。だから日本人に対して一生懸命尽くしてくれたのかな。

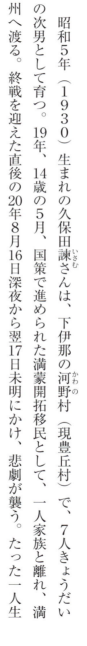

そんな村にも20年5月頃から男性たちに召集令状が来だして、しまいには全員根こそぎ。最後の人たちは終戦当日8月15日、夜明け前に出征していった。

残ったのは68歳の団長と50歳くらいのおじさん。あとは耳の不自由な中川さんと自分、他は女性と12歳以下の子どもたち。

村の雰囲気は、敗戦で一変する。

15日夜は丘のような低い山に避難したが、何もなかったので、朝戻るも、現地の中国人が200人ぐらい集まって拳銃を放ち、宿舎から物資を運び出したりしていた。16日昼前には中国人たちの暴動が起き、追い出された。着の身着のまま吉林方面に避難を始めるが、6キロの道のりの間に3回も集落ごとに襲われ、略奪に遭った。集中的な暴力に遭った団長は「おれはもうだめだ。楽にしてくれ、そしてお前たちは日本へ帰ってこの状況を伝えてくれ」と言いだした。

自分はまだ15歳の少年だったから、副団長の奥さんや校長先生の奥さんなど女性3、4人が話し合った。そして「出征した人たちも帰ってこない。ということは、みんな殺されたか戦死したか。どっちみち日本人は殺される。世の中も終わり。ここで死のう」という話になり、集団自決が行われた。

手を掛けたのは、まず、子どもたちから。「お父さんたちはみんな戦死した、一緒にお父さんのところに行こう」と言い含めて。お母さんが「さぁ、お父さんのところに行くんだから手を合わせなさい」と言うと、言われたとおりに子どもが手を合わせて座る。その後ろから紐で首を絞める。息が止まると順に枕を並べる。

「久保田さん、早くしないと夜が明けちゃうから手伝って」と言われ、自分も手伝った。大きい子は大変。苦しいからどうしても抵抗しちゃう。お母さんも力尽きて手が緩んじゃうからやり直し。そこで看護婦経験者が「苦しい思いをさせるのもかわいそうだ」と、自分に「要領」を教えてくれた。嫌がった坊やが一人だけいたことを覚えている。その後は、おばさんたちがお互いに「今度は私を頼む」「子どもの隣に並べてね」って言って。場所は真っ暗なトウモロコシ畑。あの場面は忘れられない。ただただ夢中で、何も考えられなかった。

そして最後に、10歳上の中川さんと自分が残った。二人でどう死のうか話し合い、眉間を殴り合って死ぬことにした。石を探してきて5、6回殴ると、生ぬるい血がドロドロ流れ出して、二人とも気絶。でも数時間後にもの凄いスコールがあって、共に意識が戻ってしまった。

薄日がさして、見上げたら太陽が真上に。立ち上がることも出来なかったが、スコールのたまり水をすすって生き返った。起き上がれるようになってから周りを見たら、屍の海。畑の中に73人が横たわっている。しかも、衣服をまとっている屍はほとんどない。

お母さんたちがちゃんと枕を並べておいたのを、だれかにゴロゴロ動かされ、服がみんな盗られている。自分のシャツもズボンもなかった。その時の額の傷は今でも残っている。

結果的に二人だけが死にきれなかった。そのまましばらく畑にいて、夜、苦力頭の家を訪ねた。食べ物や服、履物も用意してもらい、新京（現長春）まで送ってもらった。新京には森永キャラメルの工場があって、終戦から1週間後にもあの黄色い箱のキャラメルが町にたくさん溢れていた。

その後、中国の内戦に巻き込まれ、6ヶ月の捕虜生活なども経験し、帰国まで3年かかった。生き延びた中川さんもその間に病気で亡くなり、集団自決を知るものは自分たった一人になった。

あとから分かったことだが、最初に敗戦を伝えてくれた4キロ先の力行村という開拓団では誰も亡くなっていない。畑で自決を選択せず、そこまで頑張って逃げることが出来ていれば、自決することもなかっただろうと思う。しかし、あの当時は考えられなかった。

あの時分、「一億一心」という言葉があって、一億日本人が協力して戦争を勝ち抜こう、そういう教育だった。最後の一兵まで戦うということだったから、日本が負けたということは、すでにお父さんは戦死していることを意味した。日本の国はお終い。そう思い込んだのは間違いない。

開拓団が全滅と聞かされた河野村の村長も、自ら送り出した責任を感じ、1年後、自宅で自決した。

集団自決、逃避行の地獄も生々しくよみがえる。二度とあんなことにならないように、知っておいてもらいたい、平和な日本のためになればと、つらい話を語って下さった久保田さん、ありがとうございました。

【参考図書】「長野県満州開拓史」長野県開拓自興会　各団編・名簿編

生き抜くため中国人の家庭に

佐久穂町出身　**神津よしさん**

南佐久郡八千穂村（現佐久穂町）出身の神津よしさんは、昭和2年（1927）1月生まれ。終戦は満州で迎えた。そして、戦後29年間も中国で過ごし、帰国された。「終戦の時、途中で（家族は）みんな殺されてしまって、私と母だけが残ったの」

昭和16年3月、家族5人。当時は穂積村。そこからほかの2町8ヶ村の人たちと一緒に満州の東安省密山県、千曲郷開拓団を目指した。着いてみるとそこは、駅はあっても小屋だけが立つ野原。「寒くてびっくりだった」「えらい所に来てしまったと後悔した」ことを覚えている。

入植した場所は、現地の人たちが作っていた畑を満州拓植公社で安く買い上げた土地。「真っ黒の土で、ピッカピカ。肥料をやらなくても良く育って、何でもたくさん取れました」。入植2年目には3町歩の田んぼと畑をもらい、家も建ててくれた。「それからは平和で楽しい毎日。来てよかったなぁと喜んだもんです」

しかし、20年8月、西東安の方から1頭の馬がもの凄い勢いで開拓団本部へ駆けてきた。ソ連軍が国境を破って進撃してきたので、一刻も早く北方の信濃村へ避難するようにとの伝令だった。男性は皆、兵隊に取られて不在。老人、女性、子どもだけで翌日から逃避行が始まった。

途中、ソ連の飛行機の機銃掃射に何度も遭い、大勢やられました。食べる物もなく、栄養失調になる。人間が生きるためには塩分とマッチ、火がいかに大事であるかが体験してわかったことでした。あちこちにあるヨモギの山は死体の山。裸にされて積み重ねられていました。逃避行は飢えと疲労、暴民の襲撃を逃れる緊張の連続。2ヶ月経ち、遂に皆で「明日降伏しよう」と決心しました。

降り出した雨を避けるため小屋で休んでいた時、「パンパン」という銃声に目を覚ましました。敵に囲まれ、銃弾が突き刺さる音。真っ暗闇。父は無言のまま外へ飛び出していきました。

母はオンドルのそばにあったモロ（野菜を貯蔵する穴）を思い出し、「早く入れ」と私を呼んだので、すぐにその中へ入りました。そして私が「姉さん早く！」と呼んだ時、「オレはやられた」という姉、年子の一言が聞こえました。私たちは助けることも出来ず、母と二人でふるえていました。

何時間経ったのか…、外の音がしないので、そっとモロを出てマッチをすって姉を見ると、足を撃たれて大量の出血。オンドルの上で、目を見開き、歯を食いしばり亡くなっていました。23歳でした。あまりの怖さに涙も出ない。気が狂いそうだった。身ぐるみもはがされた遺体に、粟をかぶせました。その時のことが一番印象に残っています。

この時、父、弟も含め20人以上が殺されてしまった。次の朝、神津さんたちは降伏し、滋賀県の開拓団の所に送られた。だが、食べる物も着る物もなく、冬に向かって生きてはゆけない。だから「好きも嫌いもなく、生きるために」中国の男性の妻になる道を選んだ。当時18歳。家族の中で、もう一人生き残った母キミノさんも中国人の家に入った。

山の中の集落、日本人は3人だけ。情報もない、言葉もわからない。「まさか日本へ帰ってこれるなんて思わなかった」と振り返る。それでも「主人は優しく、家族全員親切で、いろいろ教えてくれました」と神津さん。周りは心の広い人が多かったようで、30年近く、いじめられることもなく、生まれた子どもは成長し、母親として日々を送ってきた。

終戦から27年、日中国交正常化が成立した2年後の昭和49年3月、ようやく母と二人、日本へ帰る日がやってくる。14歳で日本を離れてから33年の月日が流れていた。「帰ってきた時、『日本は狭い』と思いました。なにせ中国は広いから」。でも山があって、八ケ岳のきれいな水がある。それが「故郷のいいところだなぁ」と感じたとも。その後、ご主人と子ども6人の家族も初めて日本へやってきた。

「戦争は百姓や庶民が犠牲になるだけ。偉い人は、そこにいない。開拓団はソ連の弾よけ、結局みんな犬死に」「戦争によって愛する家族を失い、引き裂かれ、運命に翻弄された自分のようなことは二度と繰り返してはならない。戦争は絶対してはいけない!」

中国にいた頃、日本語を忘れないよう母が常に語り聞かせてくれたという。神津さんは、まだ覚えている開拓団の歌も披露しながら、なぜ戦争が悪なのかを、そう教えてくださいました。

【参考図書】「長野県満州開拓史」長野県開拓自興会　各団編・名簿編

中国で学ぶ「争いは差別から」

南木曽町　大浦　昭さん

昭和40年代、古いものは壊され、新しいものを貴ぶ時代。自然と文化財保護を優先する集落保護を日本で初めて試みた、妻籠宿。そんな中山道の宿場町があることでも有名な、人口約４３００人の木曽郡南木曽町で訪ねたのは、大浦昭さん。昭和14年（１９３９）、10歳の時、家族７人で読書村開拓団として満州に渡る。それから敗戦を挟み14年、中国大陸で生き抜いてこられた。

文化財がしっかり守られている妻籠宿

16年12月、大東亜（太平洋）戦争が始まると、大浦さんたちが通っていた開拓村の国民学校での勉強は午前中だけで、午後には畑を作ったり兵隊ごっこのようなこともやったりするようになった。

20年になると青年学校では軍事教練ばかり。そして、8月12日からは地獄のような逃避行が始まる。父は直前に出征していた。現地民の襲撃に遭い、銃弾が飛び交う中を必死に逃げる。途中、重傷を負った人や、ついていけなくなった人の置き去り、幼い子を川へ流すといったことが何度も繰り返され、ついには大人が子どもやお年寄りの命を…。逃げる間、道端などいろんな所に亡骸があったが、それを恐ろしいとも思わず、生きている人の方が怖いと思っていた。南木曽からは８００人余りが満州に渡り、約４３０人が亡くなった。

９月に入り、伊漢通という所に出来た収容所にたどり着く。そこで、すぐ下の妹がさらわれる。冬を迎え、栄養失調と伝染病で体の弱い子供が次々命を落とす。母が子どもを一人でも守ろうと中国人に託そうとして、だまされてしまった。母はショックのあまり寝込み、間もなく亡くなってしまう。葬ろうにも、地面はカチカチに凍っていた。

大浦さん自身は弟らと中国人の家庭に救われ、使用人として農作業に明け暮れた。

28年7月に帰国。引き揚げ船が着いた舞鶴港に、先に帰国した父が待っていてくれた。８年ぶりの再会。敗戦間際に満州で別れた時の父の面影は失せ、大浦さん自身も24歳に成長し、お互い最初は誰なのかわからなかった。

戦争に負けてから8年間、中国では「日本の鬼の子だ！」と差別された。日本に帰って来てからは、今度は「赤」呼ばわりの差別を受けた。そんな中、大浦さんは山仕事からキャンディー売りまでいろんなことをやって今を築いた。「青春なんてなかった。だから今が青春」。そう笑って、ご自身で描く水墨画を見せ、手作りの二胡の音も聞かせて下さいました。

「今思えば、満州に渡った当時、周囲にいた中国や朝鮮の人たちは貧しい所で暮らし、お風呂も入れない状況だった。それなのに『お前たち汚い』とか『臭い』とか、からかったりしていた。それが差別になっていく。今も社会でいろんな問題が起きているのは、そういうことからだと思う」

「皆、自分のテリトリーは邪魔されたくない。そこへ無理に入っていこうとするから争いになる。動物だって人間だって一緒じゃないかな」

相手を認め尊重すること、相手の嫌なことをしないこと。それだけで争いはなくなるはずなのに…。

収容所暮らしをしていた時に行方がわからなくなり、敗戦から4年後に中国で見つかった妹さんは、その後永住帰国し、今は東京にお住まいのようです。中国で家庭を持ち、子供が7人、そのまた子どもを合わせて総勢約40人、皆で日本へ帰ってきたとのことです。

中国で生き抜くために中国語を身に付けた大浦さんは、度々通訳をすることも。そんな大浦さんが今、思うのは「全てを運命のせいにするのは悲しすぎる」ということ。

一家の長も国の長も、舵取りを誤ると皆が迷う。そんなことのないようにする責任の重大さを肝に銘じなければならない。

中国での激動の時代と、帰国後の苦労の多かった日々を語って下さった大浦さん。最後に「いつも歌が心の支えだった」と、つらかった当時、よく歌ったという歌を何曲も聞かせて下さいました。

【参考図書】「帰家穏座　あきら八十年の轍」大浦昭

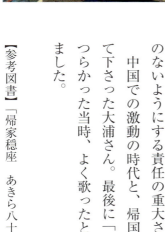

指導者の決断に命を救われた

木祖村　田上　望さん

木曽川源流の村、木祖村。今はおよそ3千人が暮らす。お六櫛《ぐし》が名産で、藪原宿も宿場町の面影を残す。お話を聞かせて下さったのは、田上望《たうえのぞむ》さん。昭和19年（1944）、国民学校高等科2年を卒業し、14歳で満州に渡った。

「当時の学校の先生は『義勇隊に行け』と勧めた。しかし、姉が勤労奉仕隊として先に行って満州の現状を見ており、開拓団の方がいいということで、9人きょうだいの次男坊だった自分は第二木曽郷宝泉開拓団に加わった」。宝泉開拓団は当時西筑摩郡の木祖、日義、奈川の3村から160戸が北安《ペイアン》へ行った。団員は総勢581人。

勤労奉仕隊とは、4月から10月までの半年間、満州へ開拓民の手伝いに行った人たちで、旅費も日当ももらえたという。第1次が昭和18年、第2次が19年。そして20年に第3次で行った人たちが開拓民と一緒で、これまた終戦と同時に大変な目に遭ってしまう。大陸に放り出されて巻き込まれた、あの大混乱だ。

旧ソ連軍の参戦とともに、宝泉開拓団も逃避行を強いられる。当時のことを田上さんは「自分たちは団長にめぐまれた」「長野県の開拓団の中では珍しかったかもしれない」と振り返る。

絶望し、家の中に皆を閉じ込めて手榴弾を投げ込む、女性や子どもを撃ち殺す、集団自決する…。それぞれの団で多くの人が命を落とす中、宝泉開拓団の団長は「俺が連れてきたんだから俺が連れて帰る。俺について来い」と呼びかけ、集団自決を選ばずに逃避行を続けた。

それでも、途中で発疹チフスや栄養失調などでたくさんの方が命を落とした。冬を乗り越えた田上さんは敗戦の翌年、引き揚げ船に乗って帰還した。

そうした体験から「やはり指導者は大事だ」と力を込める。「今は国の指導者も戦争を体験していない世代、戦争の惨めさを知らない人ばかり。俺たちまではみんな兵隊に行かされた。そういうことが起きたことは忘れちゃいかん。俺たちが声を上げなければ」

今、身近なところにも心配はあるという。

「子は親の背中を見て育つ。親が子を叱らなくなったらダメ。だで、今の子は我慢することも知らんで」「世の中便利になり 平和なのは良いこと。でもどうして平和になったか。過去の悲しみの上に今があるってことを忘れちゃいかん」「歴史を学べ。そして考える力がなきゃいかん。アメリカが当時新型爆弾、原爆を落としていることも忘れちゃいかん」

そんなたくさんのメッセージをいただきました。また、2013年に下伊那郡阿智村に完成した満蒙開拓平和記念館についても願いがあるそうです。

「自分たちの資料もたくさんあるし、まだまだ展示してほしい物もある。国は兵隊さんばかりにお金を出しているけど、もっと開拓団、中国で亡くなった人たちのことを考えてほしい。当時は国策で行っていたんだから、国が予算を組んで記念館の規模を大きくして、もっと展示し、過去を広く知ってほしい」

木祖村の村民センター前に立つ宝泉開拓団記念碑と平和之塔

まだ16歳だった昭和21年6月、故郷の木祖村へ2年ぶりに帰った。その時、母に「ちっとも大きくなってないね」と言われたことを覚えているという。その田上さんは今も、自身の体験を中学校などで語られたり、炭焼きの技術を若者に伝承されたりしている。

以前伺った時、有志の皆さんで開いていた「木祖村 戦争体験を記録する会」が、村在住者の戦争体験の話をまとめて本にされたとのこと。当時お話を伺った方たちも既に何人かが亡くなってしまいました。皆さんが残された言葉、大切に読ませていただきます。

【参考図書】「第二木曽郷　宝泉開拓史」

樺太引き揚げ「どん底」の日々

佐久市　佐藤愛子さん

群馬との県境、鯉はもちろん、秋はコスモスでも有名な佐久市。平成17年（2005）に南佐久郡の臼田町、北佐久郡の望月町、浅科村と合併し、新しい市に。その旧臼田町の田口で、佐藤愛子さんにお話を伺いました。生まれたのは大正13年（1924）10月、樺太。親が開拓で樺太の大泊町に移り住んでいたのです。

当時、樺太は漁業や林業、製紙、パルプなどの工業、石炭の採掘が盛ん。佐藤さんによると、本州で働くよりも給料が1.5倍くらい高かったそうで、お米は採れないけれど、食べ物の苦労もなく、美味しい海産物を食べていた記憶があるとのこと。

王子製紙の大きい工場もあり、多い時は40万人も住んでいた。終戦当時、既に結婚し、小学校の先生をしていた佐藤さんは、昭和20年8月15日の玉音放送を運動場で聞いたという。そし

て、ソ連軍が入ってくる17日にはご自身を含む女性、子どもがいち早く逃がされた。佐藤さんのご主人をはじめ、残った男性たちの多くがソ連の捕虜となる。

当時のソ連から危険な最前線に最初に送られてくるのは、囚人たちといわれた。「こちらが両手を上げて抵抗しない意思を示しても、万年筆や腕時計などを持っていかれるし、ちょっとでも逆らえば銃殺される」。後に聞いた話では、敗戦間もない頃は、パルプ工場の材木が積んである所やその陰で強姦され、殺されて投げ捨てられたような女性の遺体の片付けも捕虜がさせられた。当時、小学校5年生ぐらいの子どもでも同じようにやらされていた。

佐藤さんたちは樺太から船に乗り、北海道の稚内にたどり着く。そこから道内、本州を南下。焼け野原の東京を経て、人で溢れる満員列車に乗り、姉、その子どもたち3人と一緒に、ご主人の故郷である臼田町へ帰り着いた。

ご主人の実家にも長野県にも、来たのはこの時が初めて。驚いたのは、食べる物も着る物も満足にないことだった。「樺太は電話もあり、暖房もしっかりしていて、いろんな部分で進んでいましたから」

履物を作る材料さえなかったから、裸足だったという。「ほんと苦労した。お百姓をして、なんとか暮らしていました」。そんな中、何に希望を持っていたかといえば、ご主人に会うこと、子どもを守ること、ただそれだけのために頑張った。

昭和22年12月にはようやくご主人が無事帰国。佐藤さんはそれまでの「どん底生活、みじめな生活」が一番印象に残っているという。

初めて暮らす佐久の土地。「田には鯉やフナを放って収穫の時期に食べたり、イナゴを追いかけたり」。農作業に汗を流し、子どもたちを育て、自然の中で暮らしてきた。

「着る物がないなんて今は信じられないでしょ？　だからモノのありがたさを伝えるのは難しいと思うし、感謝しろって言っても、これだけモノが溢れていたら無理」

「思いやりの心を持てと言っても、何一つ不自由もなく、満ち足りていれば困ることがない、困ったことがない。だから思いやりの心が育たない。当たり前だと思う」

「だけど、戦争は絶対だめ。戦争を起こして負ければ、今いる所には住めないいんだよ」

戦争によって住まいを追われ、生まれ育った樺太から命からがら佐久に移り、物のない時代を懸命に生きてきた人の言葉は重い。

50代から始めたという絵画は、90歳を過ぎて県美術展で入賞を重ねるほどの腕前。今も七宝焼や俳句などいろいろなものに興味を持ち、活動的な佐藤さん。「思いやりの心が溢れる、戦争のない世の中をつくって下さい」。優しい笑顔で、使命も託して下さいました。

佐藤さん、これからもたくさんの作品を生み出していって下さい。

白いエプロン、白米のおにぎり

松川村　楜澤　頭さん

今は男性長寿日本一、そして鈴虫でも有名な北安曇郡松川村。そんな安曇野の北部、約9900人が暮らす村でお話を聞かせてくれたのは楜澤《くるみざわ》頭《はじめ》さん、86歳。生まれは満州。4、5歳の頃、満鉄（南満州鉄道株式会社）に勤める父がソ連との国境近くに転勤した時に一度、母の実家があった有明村（現安曇野市）に引き揚げた。その後、父が治安のいい地域の駅長にもなったことから、小学校5年の時に再び満州に渡り、終戦を経て中学3年で引き揚げてきた。「昔の話なんで、忘れちゃって駄目だね。それほどボケちゃいないと思うけど」。そう言いつつ、当時の記憶をたどって下さいました。

満州では、最初ハルピン、その後、ジャムスで暮らした。当時まだ中学生とはいえ、動員されて家から離れた開拓地や工場で働いていた。

終戦後は、奉天（現瀋陽）の街で四十数人のクラス全員で共同生活。そこで居留民会という組織があり、雇ってもらって働いた。

各地で暴動も起きる。ある時、一団がソ連兵を先頭に、鉄砲をパンパン撃ちながら入ってきた。2人ほど流れ弾に当たって亡くなった。日本人とわかると襲われる危険があったので、満服という中国人の服を着たり、片言で中国語をしゃべってごまかしながらの生活が続いた。昭和21年（1946）の2月か3月頃に父が探しに来てくれて、撫順の炭鉱で家族一緒に生活した。

そして7月にようやく帰国の途へ。無蓋車で葫蘆島まで来て路地で3日くらい過ごしていると、8千トン級の「摂津丸」という船が迎えに来てくれた。祖国に帰れるということで、地べたにひれ伏して喜んだ。船の中で出された割りめし（麦ごはん）が美味しかった。

当初佐世保に入港する予定だったが、九州を回って広島の宇品に上陸。白い割烹着の国防婦人会の人たちが接待してくれた。長野への途中、広島駅周辺の街を見て驚いた。自分たちは満州でえらい目に遭ったけど、日本国内もえらい目に遭っていたんだな、と。

汽車が木曽路に入る頃、農家の人だろうか、美味しそうなおにぎりを食べていた。そのご飯の白さと、宇品で迎えてくれた婦人会のエプロンの白さが今も目に焼き付いている。

まだ撫順にいた頃、弟が亡くなった時の光景も忘れられない。栄養失調で母の乳も出なくなる。ある日、布団から出ている糸を弟の鼻のあたりに当ててみると揺れない。息をしなくなった。皆で手を合わせて泣いた。

近くの裸の山が2ヶ月もしないうちに白くなった。発疹チフスなどで赤ちゃんたちが毎日死んでいく。その亡骸を埋めて墓標を建てるから、その色に染まったのだ。しかし、父は次男を埋めていくわけにはいかないと、枕木を取ってきて焼き、骨を包んで持って帰ってきた。


父の実家は佐久だったが、次男で帰る家がなく、結局母の実家がある有明に向かう。栄養失調の母は、松本の駅を降りた時にもう階段が上れなかった。みんなの肩を借りてやっと上った。有明の駅からは、歩けないので大八車に乗せた。当時3歳の妹は骸骨のようになっていたが、生きて帰ってきた。


村の開拓地に入植し、新たな生活が始まった。父は「長男は高校くらい出さなきゃいけない」と松本県ヶ丘高校に行かせてくれた。

高校の卒業を控え、先生が大学に行かせてやってくれないかと親に頼みに来てくれた。本当にありがたかった。そして、東京の伯父の家に下宿しながら都立大学（現首都大学東京）に通い、卒業後は松川村の小学校の代用教員を振り出しに三十数年の教員生活を送った。

椢澤さんが5年生までいた小学校の同窓会は今も続き、満州に渡った当時を思い出す同級生からは「中国人になったかと思ったが、よく帰ってきたな」なんて言われることもあるそうです。

椢澤さん、終戦後はどんな思いだったのでしょう？

「当時は敗戦をまともに受け入れられなかった。ホッとしたなんてドラマでやっているけど、そんなことなかった。周りの日本人はみんな残念がって、いつかこの思いを晴らすぞ！という気持ちだった」

「東京裁判でも、日本人全体が裁判にかけられたような感じで、切ないなぁって思った。間違ったリーダーがいたかもしれないけど、日本中、疑いもせず皆が『鬼畜米英だ』と楯ついていった。そして、こういう結末になった。私たち全体が片棒を担いできたと感じて、他人事じゃなかった」

「そんな戦時中のことを、この年になってようやく素直に話せるようになった。昔は話すことも嫌だった。なんか押し付けるようで…。今は伝えていく義務もあると感じている」

入植当時、この辺りは松林ばかりで鈴虫の繁殖地。縁の下でもリンリン鳴いていたという。池田町の東山の方から土を持ってきて田んぼにした。そして今では美味しいお米が出来る。昭和25年に電気が通った時は歓声が上がったそうです。

様々な歴史、過去の苦労や悲しみの上に今がある、この国、この故郷にも。あらためて、その事実や思いを風化させないことは大切だと思いました。

ソ連兵から必死で隠れた夜

小谷村　**山岸昭枝さん**

長野県北西部、新潟との県境、およそ3千人が暮らす小谷村。お話を伺ったのは山岸昭枝さん。横浜から移り住み、最初は戸惑いながらも、自然や地元の人々、動物とのふれあいの中で、次第に人間らしい生き方とは何かを見出していく姿を描いた物語「ちゃんめろの山里で」を出版し、ドラマ化もされているという方。

ところで「ちゃんめろ」ってご存知ですか？「ふきのとう」のことを小谷近辺ではそう呼ぶそうです。北信では「ふきったま」と言ったりもします。その土地土地の呼び名、それもまた良き伝統ですね。そんな山岸さんの体験談は中国から。

出身地は福岡県。昭和3年（1928）3月生まれの山岸さんは、15年、12歳の時に母とともに、姉がいた北京に渡る。ご自身は10人きょうだいの一番下で、高等女学校に入った年だった。翌年に太平洋戦争が始まっても、平穏な暮らしが数年続いたが、19年頃になると北京でも戦争の影響が出てきたので、安全のために満州・牡丹江へ移った。しかしソ連の参戦で逃避行が始まる。

満鉄（南満州鉄道）の列車に乗り、避難を始めて間もない日、駅の近くにソ連軍機が飛んできた。慌てて車両の下にもぐった直後、すぐ横の地面を機銃掃射の弾が突き刺さっていった。

逃げるのに精一杯。収容所でも生活するには何かしなければいけないから、物を売ったり、仕事を探したりして歩いた。

「麗人求む」という広告に、訳もわからないまま、3つ上の姉と友人とで訪ねていった。そこは芸者の置屋のような所。食べるためには、と割り切る。仕事はお酒を出したりの接待。お客は日本人や中国人などさまざまだった。

ちょうどそこに来た日本の有力者のお客さんがお金を出して姉と自分を引き取ってくれた。ただ、友とは別れることに。「ごめんね」「いいのよ」という何気ない会話。それが最後。友人がその後どうなったかはわからない。「自分だけ助かり、友を助けてあげられなかったことが今でも心残り…」

11月頃の寒い夜、収容所にソ連兵が物盗りと強姦目的で入ってきた。2階の窓から抜け出し、姉と天井裏に隠れたことも。「怖かった」。当時17歳。髪も丸坊主にして、女性であることを隠した。

しかしその後、姉は栄養失調で亡くなった。その際、口から吐き出されたものが…。大きな「回虫」だった。その時の光景と、母の言葉が忘れられない。「お腹の中に何も食べるものがなくなったとね」。火葬場はいっぱいで順番待ち。ただ、遺骨だけは持って帰ってくることができた。終戦から1年経って母と二人、舞鶴港へ引き揚げてきた。

今はこんなことも思い出す。満州で避難列車に乗っていた時、隣の線路を走る日本兵の軍用列車が追い抜いていった。「みんなで思わず『頑張ってね！』なんて声かけて。後で知ったら、とんでもなかった」。先に南下していく途中だった。

そうした経験から、今の人に伝えておきたいことは「国にだまされるな。結局、国は守ってくれないぞ」ということ。


今は山里で自給自足しながら暮らしている。山岸さんのご主人、実は伊那市出身の映画界の方。製糸工女の物語「あゝ野麦峠」や、満蒙開拓青少年義勇軍を描いたアニメ作品「蒼い記憶」などの映画にも企画から携わっていた。これまたビックリ！

また、「小谷若者の村」という、夏に横浜から子どもたちを招き、数日間、農村生活と自然体験を楽しんでもらう活動、今でいう農村体験を30年も前から実践していたとのこと。素敵なお二人。自分たちも、自然界のリズムを感じながら、しっかりと先見の明を持っていきたいですね。

貨車に書かれた言葉、胸に響く

飯綱町　戸田利房さん

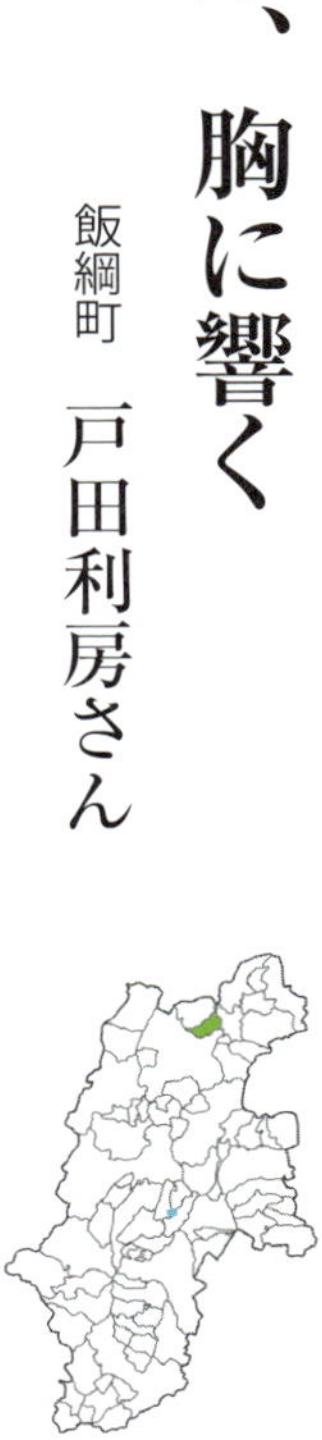

貨物列車でひとり、信越線の牟礼駅に着いた。8年ぶりの故郷。約1里（4キロ）の道を懐かしみながら歩く。通いなれた近道は荒れていたけれど、清水の流れの傍らで一休み。峠を越えて畑の中の近道を下り、実家へ。変わらない故郷はあたたかく迎えてくれた。

上水内郡の牟礼村と三水村が合併して平成17年（2005）に誕生した、約1万1千人が暮らす長野県北部の飯綱町。70年前の思い出を語ってくれたのは戸田利房さん、92歳。

生まれは現在の信濃町大井。少年時代は満鉄（南満州鉄道）に入りたかったという戸田さん。満州に憧れ、昭和14年（1939）、17歳で満州電信電話会社に入り、学びながら働く。しかし、皆召集されて勉強どころではなかったという。そんな満州では、なんとあの国民的名優・森繁久彌さんともご一緒だったようです。

森繁さんはアナウンサーとして満州電信電話の新京中央

放送局で活躍していたんですね。アナウンサーになったきっかけがなるべく徴兵を避けるため、遠くへ行けば召集されずに済むのではと考えていたと、後に著書に記していますが、ラジオドラマも作ったりして、戸田さんによれば「なんでも出来る人でした」。

終戦を迎えたのは、疎開のための列車移動の途中。列車が着いた本渓湖駅のホームから、なぜか君が代が聞こえてきたという。その後は、各地で暴動も起きる中、学校の教室や元いた宿舎に身を寄せるも、ソ連兵が入ってきて金目の物は奪われ、女性は襲われる。そんな恐怖体験が重なった。ソ連兵に「ダワイ」と声をかけられ、強引に兵舎へ連れ込まれ、雑用にこきつかわれることもあった。

また、ソ連軍から、日本人で軍籍にあった者は届け出るよう通達も出た。正直に出頭すると、若い人はほとんどシベリアへ連行。拒んで逃亡を企てた者は、見せしめに皆の前で銃殺された。

その時は、近くに住んでいた仲間たちと話し合い、おそらく軍事関係の書類は処分されていると思うので、自分たちが所持していた軍事手帳、奉公袋などを全て焼却し、ほとぼりの冷めるまでしばらくじっとしていたという。「今考えれば、まじめに届け出なくて、ズルしたことがよかった」。21年8月に新京（現長春）で滑走路の拡張工事を手伝ったのを最後に10月、無事故郷に帰った。

当時、戸田さんが一番印象に残っているのは、誰が書いたのか、満州の貨車に白墨で書いてあった言葉。「踏まれても なお立ちあがる 麦の草」。戦争に負けて惨めだった時、この言葉が響いたという。

「今は平和ボケしちゃっているね」

生きていくための知恵、立ち上がる強さ、いろんなことを学びます。

【参考図書】「青春の地はるか―五十年目の旧満州への旅」森繁久彌（ＮＨＫ出版）

中国の人々の気持ちが嬉しかった

御代田町　中澤清治さん

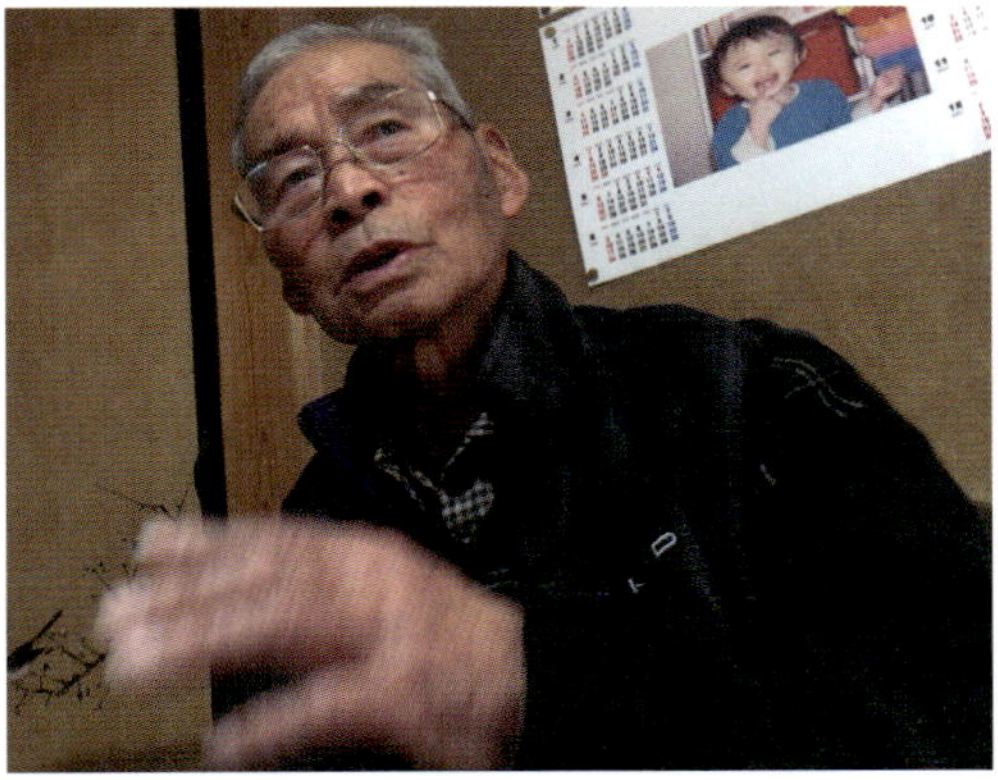

浅間山に抱かれた高原の町、北佐久郡御代田町。昭和31年（1956）に伍賀村、御代田村、小沼村が合併して誕生以来、当時より人口で1・8倍、世帯数で3・6倍となり、1万5千人余りが暮らす。そんな町でお話を聞かせて下さったのは、西軽井沢で農業を営む中澤清治さん、88歳。

中澤さんの故郷は北信の小布施町。農家で10人きょうだい。貧しかったこともあり、高等科を卒業した昭和18年、先生の勧めもあり、青少年義勇軍として大農場経営を夢に満州へ渡った。当時、長野県内からは約750人もの若者が一緒だったという。

北辺の守りと食糧の増産。それが「理想郷の建設」といって、「最も立派なお国へのご奉公」とも思っていた。しかし、20年8月、無条件降伏、敗戦。日本政府からも満州国政府からも放り出され、ソ連の侵攻によって連行され、収容所で作業をさせられた。

冬の寒さは厳しく、一冬に50人もの若い命が大陸の荒野に散った。そこで印象に残っているのは、戦争が終わって中国人と一緒に作業をした時に初めて、「日本人はひどいことをしてきたんだ」と気付いたこと。それでも恨まず、ご馳走してくれたり、やさしくしてくれる中国の人の気持ちが嬉しかったこと。

「そういえば、父は家の手伝いに追われて学校をまともに出ていなかったので字も満足に読めなかった人だが、はじめから『満州に行っても、きっと現地人の恨みを買うことになる』と言っていた」。中澤さんはそんなことも覚えている。お父様は、世論に流されずに、しっかりと本質を見ておられたのでしょうね。

中国の人たちは中澤さんに、何度も「こっちに残れ」と勧めてくれたという。が、やはり「故郷に帰りたい」の思いは強く、21年9月、帰国。しかし故郷に帰ってくるも、家は相変わらず貧しかった。国が用意する開拓地へ移ることになった。それが今、耕作に励む御代田町の農地だった。同じように日本全国、長野県内でもたくさんの開拓地が用意された。

石ころだらけで決して条件の良い土地ではなく、まさにここからが開拓の始まり。男同士、3年間は共同生活、煙草も石けんも貸し借り、牛小屋を建てるのもみんな一緒。森を切り開き、丸太の掘っ建て小屋からのスタートだった。

各地から集まった60戸の開拓民は、何事も一緒になって暮らしてきた。「満州帰りの、すごい連中がいる」と地元でも噂になったほどだったそうです。

昭和48年頃からか、平成バブルの頃まではたくさんの業者が菓子折りや一升瓶を持ってやって来た。開拓地は別荘地やゴルフ場、テニスコートの開発などにもってこいの土地。しかし、どれだけお金を積まれても渡したくはない。

かつての開拓地の近くで

苦労の中で分けていただき開拓してきた土地、3カ所目にしてようやく落ち着いた「故郷」、自分の土地だけは守り続けた。周りの皆も同じく、自らの家と農地は守り、地区でも端の方の共有地を切り売りし、施設建設などにあてた。その開拓地も、今では住宅800戸、人口2千人くらいの大きな地区になった。

そんな激動を見てきた中澤さん、今の若い人に伝えたいことはありますか?

「戦争は絶対しちゃいけない」「戦争は殺し合い。だけど、殺し合いになる前に、よその民族をいじめるでしょ? それはよくない」。夢を抱いて中国大陸に渡り、戦争の現実を目の当たりにし、そして中国の人々と触れ合う体験をしてきた中澤さんの言葉です。

開拓村の歴史、真実伝えたい

軽井沢町　坂本幸平さん、レエ子さん

軽井沢と聞くと、避暑地の別荘や観光客でにぎわうオシャレな街のイメージ、ありませんか？　もちろんその通り。そんな軽井沢町で時代に翻弄されてきた開拓地がある。天皇皇后両陛下も何度も足を運ばれている大日向です。お話を聞かせて下さったのは坂本幸平さん、レエ子さんご夫妻。昭和22年（１９４７）２月の入植から70年。当時65戸で開墾を始め、今農業を続けているのは坂本さん１軒だけという。

幸平さんは昭和８年３月、レエ子さんは10年10月、ともに南佐久郡大日向村（現佐久穂町）に生まれる。13年、満州開拓移民として大陸へ渡る。２１６戸７９６人が移住し、舒蘭《じょらん》県に満州大日向村を作った。開拓のモデルとして日本中から注目されて多くの視察団が訪れ、その後多数の開拓移民が満州に渡ってくることとなった。もちろん開拓とは名ばかり、現地の人の土地をなかば強制で買い上げていた。

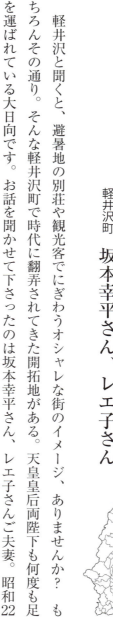

その後3年の間に小学校が開校、大日向神社に診療所も出来た。レンガ造りの小学校に130人を超える児童が通い、幸平さんも渡った翌年に入学。視察に大勢来るので「お行儀をよくしろとか綺麗にしろ、お辞儀をちゃんとしろ、挨拶をしろ、とよく言われた」。

信州での貧しい暮らしから、一時でも広大な土地が与えられ豊かになった気がした。しかし高等科に上がった頃から「なかなか厳しくなった」。軍事教練があり、兵隊さんの服を作るため亜麻から繊維を取ることもやった。

そして20年8月、ソ連の侵攻で環境が一変する。「これを話せばもう悲惨なことの連続で…」と幸平さん。神社が真っ先に燃やされた。開拓に行った皆さんが口を揃えて語るソ連兵や現地民の襲撃、集団自決、そして寒さに栄養失調など、死の逃避行ともいわれる体験だ。「大所帯でまとまっての移動で、バラバラの逃避行、異状の犠牲はなかった」とのこと。それでも大日向村の方も半数の約390人が帰国の途中で命を落とした。祖母や小さかった妹も満州で亡くなった。

21年9月、佐世保に上陸。数日後、故郷の小海線羽黒下駅に到着した。しかし、またここからが大変。満州に移住する時に私財はもちろん家も処分してしまったから落ち着く場所がない。皆親戚の家や公民館、寺院などに身を寄せた。

半年後の22年2月、満州に続き、軽井沢に再度開拓に入る。ここからが本当の開拓。人の住んでない場所、森を切り、根っこを掘り起こして開墾していった。そして4月には南佐久の大日向から65戸165人がやってきた。幸平さんは町の中学に入るが、学校どころでない。「食べる物がない、着る物もない」。標高1100メートルの土地で生きるため家族と必死に畑を開いた。

レエ子さんはその頃、軽井沢の西部小学校に5年生から入った。鉛筆は1本しかない。短くなったらナイフを友達に借りる。消しゴムがない。また借りる。図工の時間、クレヨンがない。「緑貸して、黒貸して」、1枚の絵が借り物のクレヨンで完成する。そういう子がクラスに8人くらいいた。

母を満州で栄養失調と発疹チフスにより亡くした。その時、レエ子さんは涙が出なかったという。「そこがもう麻痺しちゃっているところですよね」。満州では敗戦後の混乱で、遺体は当たり前のように何体も目にしていた。

20年8月、最初の襲撃であわてて小山へ逃げた時のこと。「小さい子が泣くと見つかってしまうからと、一人の女性が途中の粟の畑の中で、おんぶしてた帯でギューと自分の子どもの首を絞めているのを見た。もうびっくりしちゃって足が止まった」「私はそのまま逃げたが、あの子はどうしたかかな？　息をふきかえしたか、野犬に食べられてしまったか、中国人に拾われて生きていればいいけど、なんていつでも頭から離れない」

次の襲撃では、周りの人たちが大豆畑に隠れた。「私は逃げ遅れて、お勝手の所で荷物や服を取られちゃったんだけど、畑の中の人は槍でつつかれていた。暴民が去って、しばらくしたら木が揺れて、襲われた人が血だらけになりながら水を求めて出てきた。井戸まで汲みに行こうとすると、何人も亡くなっていた」

初めて泣いたのは、帰国し、汽車で父、妹弟と4人で羽黒下駅に着いた時。叔母さん（母の妹）が迎えに来ていた。「母にそっくりなんです。そこで初めて母が本当にいなくなったんだって実感して涙が出ました」。叔母の家ではテーブルいっぱいにご馳走を用意してくれていた。「また涙で目も開けていられないくらいになった」。緊張の糸が切れたのかもしれない。叔母さんは母の最期を聞きたがった。が、面と向かって話そうとするだけで涙が出てしまい、結局亡くなるまで直接伝えられなかった。

軽井沢に入植し、皆で力を合わせて開墾した大日向の人たち。しかし、次第に軽井沢人気に拍車がかかり、周辺で開発が進み、土地の値がどんどん上がるようになる。経済が豊かになっていく。そんな開拓の村は入植時、知られざるエピソードもあった。帰国した大日向の開拓民は岩手の開拓地に行くことがほぼ決まっていたが、レエ子さんの父が故郷の近くを希望して軽井沢の関係者に掛け合い、地元の人を説得。そしてなんとか現在地に入植することとなったのだという。

レエ子さん、実は大日向が嫌いで東京へ働きに出ていた時期がある。新しい母が受け入れられず、父とも衝突。満州の避難生活の中であったという理不尽なことを口に出し、くってかかったことも。「ばか真面目に生きているから私たちが苦しむんだー」って。独身でいようと思ったが、25歳の時、大日向の教会関係者のすすめで、満州時代から知っていた幸平さんに嫁いだ。「農家でやらなければいけないと思ったのは、ゴルフ場の話が出てきた頃から。また故郷がなくなってしまう、それはいけないという意地、反骨精神が支えていたのかもしれない」

分村一号、みんなで力合わせ、戦後は軽井沢で頑張ったという大日向の物語。でも、奥にある人間模様は深く、語りつくせないこともある。

「今までは、当たり障りのないうわべだけの話が多かった。本質を見ていない、そういう感じだった。私たちも年も年だから本当にあったこと、真実を伝えなければと思う」「中国の人にしたことは誰も言わない。そんなことじゃだめ。私たち体験者が声を上げなければ。今まで生かされてきた意味がそこにあるかもしれない」「大日向では開拓の話をすること自体、皆嫌がる。昔貧乏だったということを言いたくない。ここに開拓記念館あることだって嫌がる人がいる。でもやっぱりあれだけの犠牲者をこの目で見てきていると、口をつぐんで、なかったことには出来ない」

過去があって今があり、沢山の命が繋がって僕たちがいるということを思えば、しっかり史実を伝えなくては、亡くなった方が浮かばれませんよね。皆さんが命を刻んで確かに歩んできた道、ありのままを伝え、それを聞いた方が今後に活かし、心豊かで平和な未来を築いていってほしいと思います。これからも、夢のつまった大日向産の美味しい野菜を作っていって下さい。

八路軍の助けで危機逃れる

富士見町　樋口　誠さん

富士山がよく見える富士見町で、突然の訪問にもかかわらずお話を聞かせて下さったのは、樋口誠さん。昭和12年（１９３７）年、諏訪郡富士見村（現富士見町）で生まれ、まだ幼い15年5月、家族と満州に渡った。

当時の日本は「産めや、増やせや」の時代。樋口さんは10人きょうだいの7男で末っ子。村では、きょうだい皆に分けられる土地や畑があるわけでもなく、多くの家族が満州に渡った。富士見村からは県内でも多い９００人以上が渡っている。実は、樋口さんのお父さんは村長だったが、辞めて富士見の分村の団長として満州へ渡ったのだ。

入植したのはハルピンの近く、木蘭県《もくらん》。既に安く買い上げられていた土地に入ったが、あまり反発はなかったようだった。現地の人も家で雇って働いてもらい、五族協和を目指していた。

諏訪大社の分社もあり、御柱祭の開催年だった昭和19年は満州でも御柱祭をしていた。行ってすぐにレンガ造りの学校と病院が建てられた。

このレンガ造りが、敗戦以降の避難場所として役立つことになる。各地に暴動や襲撃が起きる中、開拓民はここに集結して暮らしていたので被害が少なかった。

敗戦から年が明け21年1月末、映画のような場面があった。頻繁に暴徒に襲われる日々、少し先に中国の兵隊（八路軍）がいるのがわかったので、助けを求めに行こうという案が出た。逆に皆やられてしまうかもしれないと反対意見もあったが、もうそれしか方法がないからと行くことにした。団長は残らなければならず、17歳になっていた兄の厚が馬橇《そり》の旗手として、通訳の人と一緒に約20キロ先の八路軍のいる場所まで向かった。そこで軍に状況を話すと、反応が良く、50騎の騎馬隊を準備してくれた。

兄たちが向かった翌日、騎馬の大群が向かってくるのが避難場所から見えた。待っている人たちは、敵が襲いに来たかと思い、「白旗を揚げろ」「なければ女性の腰巻でもいいから揚げろ！」と団長が叫んだ。

もう皆で覚悟を決めていると、見張りが声を上げた。先頭の「眼鏡《めがね》が光った！」と。当時、満州の中国人は眼鏡なんて持ってなかった。兄は眼鏡をかけていたので「あれはアツシだ！」と分かる。隠れていた皆がわーっと出ていった。学校の隣の病院が暴徒に囲まれており、援軍の八路軍は応戦に行ってくれた。隊長は見せしめに暴徒の1人を火あぶりにした。

その後は食べる物がなく、中国人の部落に分散されることになり、そこで手伝いなどをして食べさせてもらった。冬場はマイナス30度の世界、亡くなった方を埋葬すら出来ない。犬も野放しだから、食われて骸骨になっている亡骸も多かった。

小学2年当時の強烈な記憶が、後で知った話などとリンクしながら蘇る。

「団長だった父は、帰国には何としてもお金が要るからと、敗戦から間もなくハルピンに一人出てお金を集めていた。後になって『自分が皆を連れてきてしまったから、責任を感じて自決するつもりで神社に行ったけど、自分がいなくなったら皆が困ると思い、とどまったことがあった』と聞かされた。」

そんな樋口さんのお父さんは帰国後、昭和30年に4村が合併して富士見町が出来た時に再び町長になられている。

春になり、樋口さんたちは無蓋車に乗って帰国することに。汽車ではトイレひとつも大変だった。帰ってきても「満州帰り」なんていうイジメが当時はあったという。でも、満州で一番犠牲になったのは、小学校に上がる前の子どもたち。生まれてきても、食べる物、着る物、おむつすらないから生きてゆけない。その場で注射をして眠らせるなんてこともよくあったそうだ。

「当時1歳以下で帰ってきた者はいくらもいない。帰りの船に乗ってすぐに生まれた子もいた」と樋口さん。船長さんが「幸」の字を取って名付けてくれたその女性は今、関東方面で元気に暮らしているそうです。

今、樋口さんが若者に伝えたいこと。それは、やっぱり「戦争はダメ。国と国の喧嘩は、やるかやられるかになってしまうから」。そして、「個人と個人が付き合えば、相手はとても優しく接してくれる」ということ。戦後、日本の童謡や民謡をお土産に中国へ行ったことがあり、再度訪れた時、相手方はそれを練習して日本語で歌ったり踊ったりしてくれたという。

最後にひとつ、満州当時の忘れられない思い出を語って下さいました。

「長屋暮らしでトイレは家の外。『寝る前に行ってきな』なんて言われ外に出て、たまたま近くに奉仕隊で来ていた18か19歳くらいの女性に出会った。「小春さん」といい、会うたびにいろんな話をした。『内地からこんなところに来ちゃって、しかもこんな状況になっちゃって…』と後悔していた、その小春さんが歌を歌ってくれた」

「両親と離れ、ホームシックだったのかな。ある時、俺の肩に手をやって『マコちゃん、大きくなったら小春さんのことお嫁にしてくれる?』と口にした。いがぐり頭に涙がポタポタ落ちた。今考えれば、命の危険がわかってたから、小学生の俺にそんなことを言ったのかなぁ、と」

その小春さんはある晩、匪賊に襲われた時に撃たれて亡くなってしまった。樋口さんはその歌を、いつも一人の時、思い出したように歌うのだという。その題名もわからない歌、声を詰まらせながらも聞かせていただきました。

異国の子守歌、つらい思いをした女性の声、悲しい思いをした当時の人たちの叫びが、今でも心に響いてきますね。

「いつか日本へ」教え子らとともに

塩尻市　小野　節さん

「セツさんで通ってますけど、本当はミサヲといいます」。生まれたのは大正14年（１９２５）２月11日。今は建国記念の日も、昔は紀元節。それにちなんで名付けられたという小野節さんを塩尻市北小野に訪ねました。

出身は大阪で、３人きょうだいの一番上。10歳で母を亡くし、祖母に育てられた。女学校時代に戦争が始まる。「(戦争が)怖いとは思わなかったし、勝った勝ったで提灯行列に加わったりと、その頃は軍国少女でした」。勤労奉仕で軍事工場にも行き、卒業後は地元の南池田村の銀行に勤めた。

当時は女子青年団にも入り、村で兵士に送る千人針や慰問袋を作ったことも。兵隊さんから返ってきた礼状に書かれた詩が印象に残る。「万歳という言葉の重

さ　戦いにきて初めて知った　萩の花の散る　丘の戦闘であった」。差出人は「モリタソウヘイ」とあった。

昭和20年に入ると大阪も空襲を受ける。その頃も「戦争が嫌だとは思わずに、国のために何か役に立つことをしなくちゃと思っていました」。小野さん、この時20歳。お見合いで軍医と結婚。お相手が勤務する陸軍病院がある朝鮮へ渡る。待っていたのは混乱の日々だった。

九州の門司港を出て、平壌の官舎に入ったのは5月8日頃。それからわずか3ヶ月後、ソ連軍が侵攻してきた。終戦のラジオ放送は官舎で奥様方と聞いた。「ソ連兵は野蛮でモノ取りや強姦などがあるとも聞いていて、一番年下の私は『絶対見つかってはダメ』と言われた。当時は（自決用の）青酸カリも渡されていました。私の知る限り、飲んだ人は周りにいませんでしたが」。間もなく、病院は「マンドリン」と呼んだ銃を持つソ連兵に取り囲まれる。「その時の話をすると手が震えてしまう」。小野さんはそう言いながらも、ゆっくり語って下さいました。

「官舎の裏、2人で七輪で炭をおこしていたら、ソ連兵が来るのが見えたので、そっと鍵を閉め、逃げた。私は何とか逃げ切り、隙をみて隣の病院へ。でも、もう1人の彼女は捕まってしまった。とうとう官舎の中までソ連兵が入り込んできた。その後、病院で彼女と合流できたが、お医者さんに洗浄してもらっていた。それはそれは恐ろしい体験。一足遅ければ（襲われたのは）私だったかもしれない、その時の恐怖は脳裏から離れない」

中国の八路軍本隊が街に入ってきてからは身の安全は守られたという。そして明治節の11月3日、貨車に病院の患者を乗せて満州・延吉へ移動し、レンガ造りの病院に着く。しかし、そこは「病床に1枚毛布があるだけのような所」。終戦後、日本人捕虜の集結地となったようだった。環境は劣悪。栄養失調や、発疹チフスなど伝染病の流行により、1日に20人、30人と息絶えていく。軍医の夫も感染してしまい昭和21年に亡くなった。

「私は多少の看護は出来たので、病院で手伝ったりしました。そんな場所ではトイレに行くだけでも苦労し、冬は体も洗えない。女性は生理になると、それは大変。草の柔らかい葉っぱとか、そんな物を取ってきてまかなっていました。あの頃、（戦争に）負けて悔しい、という気持ちとともに、生きて日本へ帰れるかもしれないという思いはどこかにあった気がします」

昭和22年頃になると、周囲では帰国する人も出てきたが、まだ多くの日本人が残された。その中には看護婦のほかに、中国人労働者に技術指導ができる技術者も多かった。これではいつ帰国できるかわからない。残留した人たちは中国の当局に掛け合い、子どもたちのための学校をつくってもらった。それが日本人民主完全小学校。小野さんはそこで、兵隊として満州に来ていた、後に結婚することになる男性と出会う。吉林市でも同様の学校がつくられ、二人は共に設立に参加した。

学校は寄宿舎で、生徒と教師が寝食を共にしていた。教科書は自分たちで作り、小野さんは教師として国語を教えた。27年には、お二人の間に娘さんが生まれた。

翌28年、引き揚げが決まり、小野さんは8年ぶりで日本の土を踏む。舞鶴に着くと弟が迎えてくれたが、顔がわからず「あんた誰？」と言ってしまった。大阪の実家へ向かう列車の中、その弟が大きな手ぬぐいを渡してくれた。祖母に「ミサヲが泣いたら渡して」と言われていたらしい。が、涙は出ない。「でもやっぱり、家に帰ってみんなに会った時は泣けました」

今、吉林での教え子が全国にいて、年に一度は集まる。子どもらとともに耐えた日々を振り返り、「いつ日本に帰れるかわからないのは、やはりつらかった」と小野さん。

本当に、いろんなことがあったのですね。激動の中を生き抜いた体験を語って下さった小野さんからは「今は自由に何でも出来る時代、自分自身、家族、友達のために頑張ってほしい」と、メッセージもいただきました。

みんなの人生を狂わせた戦争、もう二度と起こしてはいけません。

第6章　灯の下

それぞれの終戦

特攻死した兄との最後の会話

安曇野市出身　上原清子さん

人の世ハ　別れるものと知りながら　別れハなどて　かくも悲しき

出撃直前、こんな走り書きを残した安曇野出身の特攻隊員、上原良司さん。その妹、上原清子さんに、お兄さんとの思い出などのお話を聞きました。

「5人きょうだいで、上から良春、龍男、良司、私、登志江。良司はごく普通の兄でしたが、がったぼうず（いたずらっ子）でね。家での食事の時はちょうど私の前に座って、よく口喧嘩して泣かされましたよ」

やわらかな笑顔を見せながら語って下さる、大正15年（1926）2月26日生まれの清子さん。伺ったのは、間もなく90歳を迎えるという日でした。

学年で3つ上の良司さんは近くの池田町に生まれ、その後に移った有明村（現安曇野市）で育った。「近所の

有明山を望む穂高川の周辺

川でもよく遊びましたよ」。家の周りの田んぼをテニスコートにして、皆で楽しんだり、家にはレコードなんかもあったりといった思い出を、当時の写真も見せていただきながら、いろいろ聞かせていただきました。お医者さんの家で、裕福だったんですね。

しかし日本は戦争へ。ちょうど年頃だったお兄さんたちは3人とも戦地へ行き、そして皆、生きて帰っては来なかった。

出撃前の4月、故郷に戻った良司さんが「天国に行くから靖国神社には行かないよ」と妹の登志江さんに言ったとか、穂高川にかかる乳房橋を渡る時、はるか遠くで見送る家族に向かって大きな声で「さようなら」と叫んだのを母が聞いたとか…、そうした話はよく出ますが、清子さん自身が聞いたということではないようです。

そんな清子さんが、最後に良司さんに会ったのは、東京・調布の飛行場での面会でした。他にも多くの方がいたので二人きりになれたわけではなく、みんなで冗談を言って別れた。でも、そんな冗談でも言っていなければ、

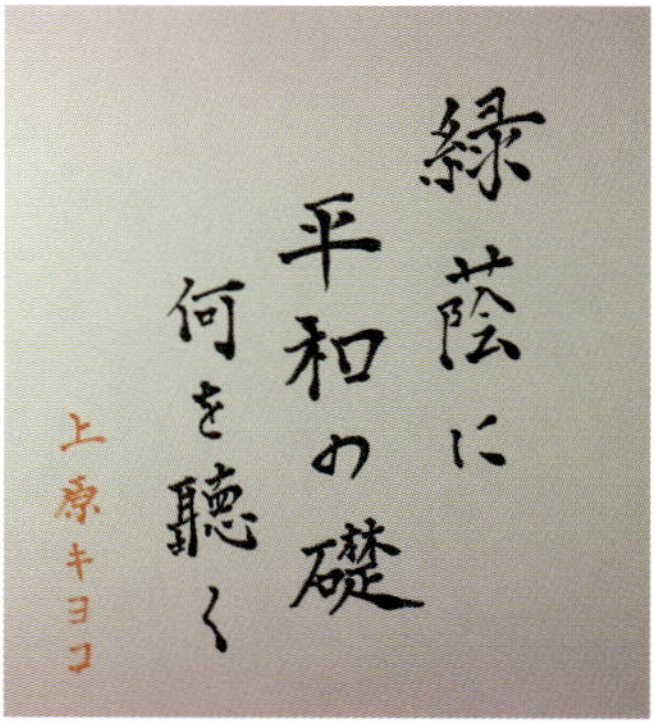

清子さんが色紙に書いた一句

やりきれなかったのではないか…。涙を浮かべながら、そう話して下さいました。

当時は毎日カボチャを食べたりと、食料の苦労もあったが、戦争だから仕方がないという気持ちだったそうです。「父も軍隊に行っているし、男は戦争に行くのは当たり前だったから、兄たちが一人また一人と、家からいなくなっても、当時はそれほど違和感はなかった。だけど、戦争が終わった時に、玉音放送は直接聞かなんだと思うけど、敗戦を知り、あの兄たちが死んだのは何だったのかな、と虚《むな》しくなりました」。そして「これからどうなるんだろう」と思ったと。

今の若者や社会に伝えたいことはありますか？

「歴史をしっかり学んでいただきたい。自分の考えをしっかり持って、いろんなことに対処してもらいたいですね」

やっぱり歴史に学ぶということは大事です。都合の悪いことは見て見ぬ振りではなく、しっかりと事実を見て、本質を捉えて、今後どうして行けば良いのか対処していきたいですね。

そう、良司さんは故郷への想いを、こんな短歌にも残していました。

かにかくに　有明村は恋しかりけり　思い出の山　思い出の川

清子さん、まだまだ、いろいろ教えて下さい。ありがとうございました。

毎晩の空襲警報「逃げるのも嫌に」

上松町　伊藤澄子さん、伊藤政恵さん、長野モモエさん

前列左から長野モモエさん、伊藤澄子さん、伊藤政恵さん

大相撲で大活躍する御嶽海関の出身地、木曽郡上松町。人口約4700人、森林鉄道の面影が至る所に残り、中央アルプス木曽駒ケ岳がそびえ、木曽川が流れる。そんな町でお話を聞かせて下さったのは女性3人。2人の伊藤さんと、長野さん。皆さん幼なじみで、なんとそろって90歳です。

小学校の頃を振り返っていただきます。

「人数は今の倍くらいいたかなぁ。礼、智、仁、勇組まであったから」

ん？　それクラスの呼び名ですか？

「そう。当時の学校のクラスは1組、2組とかではなく、礼、智、仁、勇。高等科では信、義、和といった。ひと組

50人くらいいたんじゃないかな」

「履物は藁草履。それで歩くから学校の廊下は藁くずで散らかっていましたよ。でも磨かれてピカピカ綺麗だった」「『前、前、後ろ、後ろ』なんていう銃剣術もやりました」

「勤労奉仕で、授業というよりお手伝い。人糞を肥料としていたから、それを畑にまいたりした記憶があります」


皆さん、日中戦争が起こった時のこと、太平洋戦争が始まった時のこともよく覚えている。

「兵隊さんを毎日のように送り出していた。駅で9時9分発の列車を、万歳、万歳と声を上げながら見えなくなるまで見送りました」

「まだ子どもだから旗を振るくらいだけど、日課のようになっていました」

「食料事情は戦後の方が大変でした。山に生えているものは何でも口にしましたよ。今もぎょうぶ(リョウブ?)を見ると、食べていたことを思い出します」

ウサギ狩りもやったそうです。そして荻野原が楽しい思い出の場所で、運動会をやったり、遊んだりしたとも。


そんな中で、一番記憶に残っていることをお聞きします。

伊藤政恵さんはB29が頭上を飛行していったことを鮮明に覚えている。結果的には爆撃はなかったが、空襲警報が鳴るたびに電球に赤と黒の布で作った覆いをかぶせたりした。

看護婦をしていたので、昭和20年8月15日の玉音放送は医院のラジオで聞いた。「しーんとした中、みんなで聞いていましたよ。まさか日本が負けるとも思わずに…」

伊藤澄子さんは川崎にあった富士通の工場で働いていた。上松からも4人ほど一緒に行っていたそうです。終戦間際には、荷物を背負ってごろ寝するようになり、空襲警報が鳴るといつでも逃げられる体勢で過ごしていた。

「毎晩毎晩逃げているので、そのうち逃げるのが嫌になって、今夜はここで死んでもいいから、動きたくないと思ったこともありました」

友達のリュックに焼夷弾が当たり、リュックがバラバラになったことも。それでも運良く怪我はなく助かったという。

敗戦3日後には木曽へ帰ることになった。その帰りの南武線列車内でのこと。「私の髪は三つ編みのお下げ。そばにいた米軍の兵士がよほど珍しかったのか、私の髪を手に取った。何をされるかと、それは怖かった」

そして、終戦とともにケチャップが入ってきたことも覚えているという。

もう一人、長野モモエさんはなんといっても、火事のことを思い出すそうです。実はこの上松、火事の多い町としても知られていたようです。終戦の年の5月に大火事があって大変だった記憶が人々の中に深く残っていたり、また戦後の昭和25年にも町が全滅するほどの大火があったりした影響なのでしょうか。

昔とすっかり景色が変わったと３人が話した「寝覚の床」

木材の町。蒸気機関車の火の粉がよく飛んできたから？　起伏が激しい土地で、消火用の水を川から簡単に汲み上げられなかったから？　いやいや、その他に何か原因があったのでは？　地元では原因究明の揚げ句、喧嘩になったこともあったそうな…。

水といえば、この町にある観光名所が「寝覚《ねざめ》の床」。県歌「信濃の国」にも登場するスポットです。

あそこはおすすめの場所じゃないですか？　３人にそう尋ねると「今は水がなくてだめ」と即答。昔の姿を知っている方からすると「見る影もない」そうです。「昔は水が満々としていて見事だった。今は岩だけ」「やはり（上流に）ダムが出来てから。水を売っちゃったから…」

そんな率直な、愛嬌も豊かな３人。「まだ20人くらいは同年代いますよ」。さすが長寿県長野。皆さん、いつまでもお元気で。

皆で心の洗濯ができれば

岡谷市
濱　文恵さん

諏訪湖を望み、かつて「東洋のスイス」と呼ばれた岡谷市。戦時中に東京で結婚し、当時の様子を聞かせてくれたのは、濱文恵さん。「自分は何もいらない、人のことが優先」という92歳。今でも洋服などはご自分で作ってしまうそうです。

諏訪高等女学校（現諏訪二葉高校）在学中に上京。洋裁でお金をいただきながら生活し、19歳で結婚、6歳上の警察官だったご主人を支えた。「戦時中なので、隠れるよう目立たぬように嫁いだ」そうです。

東京では世田谷に暮らしたが、夜は空襲警報ばかりでゆっくりと眠れなかった。「シューという音がして、自宅前の畑にも爆弾が落ちてきたことがあった！　目と耳をおさえる、そんなこともしました」

昭和20年3月の大空襲で、炎に赤く染まる下町の空も世田谷から見た。「天を焦がすとはあのこと。街が全部燃えているって、凄いことですよ」。世田谷の三宿にあった火薬庫にも爆弾を落とされ「朝までバンバン爆発していた」ことを覚えている。蚊帳の金具まで供出した。「そこまでしなければならないなんて、勝てっこないじゃない」。表立っては言えないけど、当時は皆、そう思っていたのでは…。

日本語や絵も交えたアメリカ軍の宣伝ビラも空から落ちてきた。日本は全滅だからもうあきらめなさい！といった戦況が書いてあった。「拾ってはいけないと言われていたけど、拾いましたね」。そんなビラがかたまりで落ちて屋根を突き抜け、寝ている赤ちゃんに直撃、なんていうこともあったようだ。そして敗戦。濱さんの記憶に残る一つは、皇居に行って座った時の砂利が熱かったこと。あの日、夫から「大事な放送があるから」と言われ、家のラジオで玉音放送を聞き、たまらず向かったのだと思う。「とうとう、来るところまで来たな…」という感覚だった。戦後は混乱の中、アメリカ兵の奥様方が「良いお客さん」。洋服をたくさん作り、買ってもらった。

70歳を過ぎて、ふるさとへ。今も洋服を作るほかに絵を描くこともあるという濱さん。大切にしていることは「足るを知る。人間は心の持ち方で変われる。きっと何かのお役目があって生かされている、全てにありがとう!を心がけています」とのこと。その気の持ちようが、元気の源かもしれませんね。そんな濱さんに、若者や社会に伝えたいことをお聞きします。

「皆、綺麗な心で生まれてきているんだから、汚染されず、そのままでいてほしい。争いっていいことない。皆、心の洗濯が出来れば、戦争という邪悪な方にはいかないと思います」

夫婦、無我夢中で働いた戦後

東御市　小林保雄さん

旧東部町と旧北御牧村の東と御の文字を取って平成16年（2004）に誕生した東御市。お話を聞いたのは昭和4年（1929）生まれ、旧東部町の祢津地区で育った小林保雄さん。この地域はお米を作っている農家が多く、小林さんも代々農家を受け継いできました。

祢津の尋常小学校を出て、小県農学校（現東御清翔高校）に進み、その農学校生の時、援農隊で北海道・釧路へ。そして志願して試験にも合格し予科練（海軍飛行予科練習生）へと進む。盛大に送り出してもらったという。現在お住まいの新張《みはり》からも2人が行ったとか。

沼津に移り、2ヶ月ほど基地で任務にあたった。その軍隊では「食べ物はあったけど飛行機がなかったからダメ。何もやらなかった。大きな爆弾が落ちたこともあった」。敗戦は沼津で聞いた。「まさか負けるとは思わなかった」。敗戦から1ヶ月くらいして故郷へ帰ってきた。家族は喜んでくれた。

「娘は満州、息子は兵隊にと、みんな家を出て行ってしまったから、千曲川の橋の上から川へ飛び込んで死のうと思った」。奥さんのみねさんは、嫁いできた頃におばあちゃん（保雄さんの母）からよくそんな戦時中の話を聞かされたようです。

昭和3年生まれで、滋野の小学校を出た1つ年上のみねさんも、戦時中のお話に加わって下さった。「私たちも防空壕掘った。姉たちはみんな勤労奉仕で取られて家にいないもんだから」。上田に焼夷弾が落ちていくのも見たとか。上田の蚕業学校に焼夷弾が落ちた時は、皆で防空壕に逃げ込んだ。「おっかなかった」

戦後、田舎に暮らしていても食べ物がなくて困った。サツマイモを食べて働いていた。「人生が見えなかった。無我夢中だった」。みねさんも、よく働いた。畑から帰ってくれば「遅ければ怒られるだし、早くても怒られるだし」。毎日、便所に行っては泣いていたという。

小林さんが戦時中で最も印象に残るのは「親父が平塚まで面会に来てくれて嬉しかったこと」。今若い人たちに伝えたいことは「政治に関心を持って下さい」「指導者が悪ければ皆悲しい思いをする。だから指導者は大事だ」、そう語って下さいました。

初年兵を無事帰せると安堵

南牧村　高見澤千尋さん

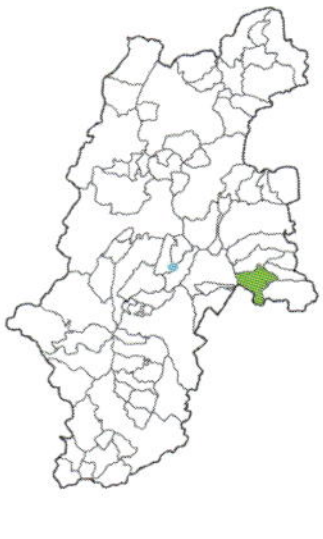

日本で一番標高の高いＪＲの駅、小海線野辺山駅（海抜１３４５・67メートル）、国立天文台野辺山宇宙電波観測所に設置された世界トップクラスの性能を誇る電波望遠鏡も有名な南牧村。そんな村でお話を聞かせて下さったのは、高見澤千尋さん。まだまだ畑にも出るという91歳。

長野県は海がない県ですが、村内の地名にあるのが「海ノ口」。そんな海ノ口で生まれた高見澤さんは、９人きょうだいの３番目として育った。南佐久農林学校（現小海高校）を卒業して志願兵に。地元の神社でお参りをしたあと、寄せ書きを胸に、村民の笛太鼓で送り出され、村の駅・海ノ口をあとにした。

昭和19年（１９４４）、松本の部隊へ入隊。金沢へ移り、陸軍歩兵隊49部隊で３ヶ月ほど訓練を受ける。その後、歩兵から工兵に転換し、水戸へ。工兵隊42部隊で教育係として初年兵を送り出していた。20年4月から3ヶ月間教育して送り出し、次の初年兵を教育している時に終戦を迎える。

「空襲も7月頃からは頻繁にあって、屋根の瓦がバリバリと割れたり、飛び散ることがあったり。白衣の看護婦が逃げる時、庭で機銃掃射を浴びて撃たれたこともあった」

「8月15日、兵隊が部隊ごと庭に並び、不動の姿勢で部隊長の言葉を聞いていた。玉音放送は聞き取りづらく、そこで部隊長が『隊員ますます頑張って励むように！』なんて言っている挨拶の途中で、間違いとわかり、急遽取り消して『日本は負けた』ということが伝えられた」

「悲観する者もいたが、これで戦地に行かず家に帰れるという思いも多少あった。自分は初年兵の教育者という立場だったこともあり、『これで兵隊を無事に家に帰せる』と、ホッとした」

終戦直後は、鉄砲など武器を処理する部隊として「いろいろな形で処理をした」。そして、8月27日、1年半ぶりに故郷へ帰る。「負けた責任を感じてコソコソと帰ってきた」ことを覚えている。下の弟も志願兵として海軍へ行ったが、瀬戸内海で魚雷操縦訓練中に終戦を迎え、無事帰ってきた。本土決戦に備えての人間魚雷だ。後からわかったが、終戦がもう少し後ろにずれていれば、生きて帰ってくることはなかったという。

そんな戦時を過ごし、高見澤さんの印象に残っているのは、やはり軍隊教育。国の教育で一方的に、本人の意志とは関係なく精神論を押し付けられたことは大きかった。

また、20年3月10日の東京大空襲の後、瓦礫を片付けていた時、トラックにたくさんの遺体を載せたこと。被害の多かった浅草橋辺りでは、目立つ外傷もなく、生前そのままの姿で亡くなっている人も多かった。「逃げる途中で酸欠による窒息死や、一酸化酸素中毒死なども多かったのでは、と感じた」。生きて帰ってこられたことが幸せだった。

野辺山は戦後に開拓で入植した方々が多く、寒さ厳しい中、先人たちのご苦労は並々ならぬものがあったようです。戦後の開拓制度で農園が広がり、現在も野辺山には70世帯ほどが農業を営んでいる。

帰郷後は農業に精を出し、70年余を経た今も、レタスに白菜、キャベツなど美味しい葉物野菜を中心に、ご家族と全国へ出荷している高見澤さん。「故郷は人情に厚い。冬は寒いけど、今は家の中も暖かいし、とてもいい所です」と、村の良さも語って下さいました。

昼食時、水を飲んでいた子に涙

飯島町　荻原長男さん

上伊那郡南部の飯島町は、人口約9700人。お話を伺ったのは北佐久郡芦田村（現立科町）出身で、現在は飯島町にお住まいの荻原長男さん。昭和2年（1927）生まれ。18歳だった終戦当時は、現在の立科町にあった三都和《みつわ》小学校の教師をされていました。

当時の男子は、学校を出ると兵隊になるか、軍需工場で働くか、先生になるか、の選択しかなかった。

敗戦の日。ラジオで大事な放送があるらしいと聞き、「降伏か、一億総玉砕かのどちらかだぞ」と若者同士で話していた。放送は近所の子どもたちと聞いたように思う。よく聞き取れず、意味もわからなかった。2日たって、あれは天皇陛下の放送で、日本が負けたのだと知った。そして、教育も大きく変わっていった。

10歳の時に日中戦争が始まり、14歳で太平洋戦争が開戦、次第に物不足、食料不足が深刻になる。学校では農家の子どもたちでも白いご飯のお弁当を持ってくる子はめったになく、サツマイモだけだったり、野草を使って餅のようにこねたものだったりしていた。

お昼にいつも教室からいなくなる子がいた。級友が探しに行ってみると、その子は弁当がないので、裏の井戸の水をポンプでくんで飲んでいた。それを聞いて、涙が出たのを覚えている。

戦争は、外交がうまくいっていなかった当時、避けられなかったことかもしれないが、「日本は手を広げ過ぎた、背伸びし過ぎた」と感じた。

戦後、約40年の教員生活を送った荻原さん。伊那地方の勤務が多く、同じ教員だった奥さんが飯島町出身だった縁もあり、住まいを構えた。

お宅の周囲には、のどかな田園の景色が広がる。「四季の移ろいを見て心豊かになる。それでも、最近は鳥も虫も少なくなった。カエルの大合唱も聞けなくなってしまった。こんな田舎でさえ…。水や空気が汚れたりしていないか心配です」と話す。現代の若者には「草を取れ！　自分の力で、自分の身体で生きていけ」「文明の利器におぼれるな」と、そんなメッセージを託して下さいました。

耐乏と工夫の生活が今を支える

諏訪市　**藤森ふさ子さん**

諏訪市で取材に応えて下さったのは、昭和３年（１９２８）生まれの藤森ふさ子さん。ＪＲ上諏訪駅から南へ歩いて20分ほど、商店や住宅が並ぶ道路沿いで、大正時代から続くお店を30年も一人で切り盛りしてこられた。

以前は近くに日赤（諏訪赤十字病院）があったので、この辺りは道の両側に店がいっぱいあり、賑やかだった。そんな中、野菜、果物、花などお見舞い品を何でも扱っていた。

「卵、５つ包んで下さい」なんて言われたこともあったそう。昔は生卵が高級品で、患者さんのお見舞いに持っていった人も多かったとか。しかし、病院の移転とともにお店の灯りも徐々に消えていった。今はたばこのほかに、自分で作った「腰びく」などを売って生活されているそう。

店舗奥に通してもらい、部屋のこたつに勧められて驚きがひとつ。電気は入れず、ファンヒーターの温風をしばらく送り込んでおしまい。「これでも温かいよぉ。電気も灯油もいくらも使わない」。節約なんですね、なるほど。

何でも考えて工夫されるようで、腰びくも全部手作りで、模様も自分で考えている。「生活苦をさんざん味わってきているから、今はちっとも困ったことなんてない」

10人きょうだいの中で育った藤森さん。四賀小学校に通っていた頃、学校に2台だけあったミシンで妹たちの着る物を作ったこともあったという。

戦争の間、印象に残るのは、空襲警報が鳴ると、家の中が真っ暗になること。「怖くて嫌だったな」。なので、終戦を聞いた時は「もう電気（灯）を布で囲わなくていいし、よかったなと思った」という。

でも、何といっても忘れられないのは窮乏生活だ。戦中戦後は物資がなく、手ぬぐい一つの配給もなくなった。「石けんもない。だから藁を燃やして灰で洗濯しました」「米と交換してくれと、着物を持って来る人もいましたよ」。いろんな苦労が思い出される。食用にイナゴを採ってきて、売ったことも。ウサギ、ニワトリ、ブタなども飼っていて、「ニワトリはよく食べました」。

藤森さん手作りの「こしびく」

そして当時、多くの家庭で飼っていたのが、お蚕さん。お尻を見て雄雌を見分けるのだという。実は藤森さん、蚕の鑑別師としてかつては引っ張りだこで、仕事で全国をあちこち歩いたそうです。

また、当時は今の携帯電話のような通信手段があるわけではなく、すぐに連絡なんて出来ない。いとこが戦死したということで葬式までした。しかし、しばらくしたら、そのいとこが帰ってきたこともあったとか。「まぁず、いろいろあるよ」


そんな体験があって「おかげで今、しっかり出来るのかもしれない」と藤森さん。そして、暮らしているこの辺りの良いところをお聞きすると「温泉があって何より」だそうです。

今の若者に伝えたいことは何でしょうか？

「私たちの頃と時代や世の中が違うから特にはないけれど、それなりに人に頼らず、自分の意志で伸びていってもらいたい。戦争当時は国民が洗脳されていたってことじゃない？　これからも注意しないとね」

何事も無から有を生み出してきた大先輩は強い。何でも人のせいや時代のせいにしてしまったり、与えられ過ぎるほど物が溢れたりしている現代、藤森さんの人生から学ぶことはたくさんありそうだ。これからもお元気で。

恐る恐る米兵に近寄った

下諏訪町　**新村領子さん**

下諏訪町は社《やしろ》に暮らす新村領子さんは、昭和2年（1927）生まれ。小県郡川辺村（現上田市）の農家に、5人きょうだいの真ん中として育った。兄も出兵している。

もう13歳の頃から勉強どころではなく、陸軍偕行社という各種軍装品を作る所で働かされたという新村さん。「陸軍将校さんの軍服を作っていましたが、それはいい物でした。銃後の守りですよ。皆、お国のためと毎月定休日の1日と15日以外は働きました。一晩中縫ったこともあります。とにかく『勝つまでは』という気持ちでした」

上田の飛行場や日本無線が爆撃された時の様子も目撃した。昭和20年8月の「休日だったたと思う」。午後3時頃、突然の空襲。敵機がこんな信州まで来るとは思わなかった。

何より印象に残るのは、食べ物がなかったこと。収穫した米も供出させられてしまうので。「街場の人たちは着物と交換によく集落へ来ていましたけど、栄養失調で結構亡くなっているんです。農家の自分たちは、やはり少しは（食糧を）隠しましたよ。それで何とかしのげました」「学校へ、小鍋に入れた雑炊をお弁当に持ってくる友達がいたのですが、私が持ってきたおむすびを渡すと、『もったいなくて食べられない』と泣いていましたね」

そして迎えた終戦。18歳だった。

「お盆で親戚へ遊びに行っていました。いとこのりっちゃん、ひでちゃんと3人でいたら、おばちゃんに『ラジオで放送があるので静かにしな』と言われて、陛下の言葉を聞きました。みんな泣いてました」「間もなく、上田にもどんどんとアメリカ兵が入ってきた。別所温泉も占領されて基地のようになっていたし、『アメリカ兵が来ると女、子どもは連れて行かれるから坊主にしろ』なんて言われもしましたよ」

「いとこのひろみちゃんが、兵隊さんを見て、『近づいちゃいけない』と言われていたのに近づいたら、チョコレートを投げてくれたんです。それを分けてもらって。舌の上にのせた時の甘ーい美味しさは忘れられない。今度は私ももらいたいから、アメリカ兵が来たと聞くと、恐る恐る近づき、見ていると手招きされ、『ハロー』と戦車から箱に入ったチョコレートを投げてもらった。そこで怖さがなくなりました」

そしてすぐ、上田の中心街の原町、松尾町辺りにダンスホールが出来て、アメリカ兵が溢れた。お金に困っている人たちはそこに働きに出たりもして

いたとか。その後、ダンスフロアーには若い人たちが溢れ、「クイック、クイック、スロー、スロー」なんてステップが流行する。新村さんは両親にきつく止められていたので、一度も行かなかったそうですが。

そんな時代を過ごした新村さんに今の若者はどう映るのだろう？

「幸せすぎちゃうね。いじめがあったり、身内同士の殺人があったり、どうなっちゃっているのか…。昔はみんなで協力、協力。つらい時も団結して耐えられたのかな」

これまで「やり残したことはない」という新村さん。良かった思い出は、下諏訪に嫁いでくる前、ミシン針で有名なオルガン針で働いたこと。「ボーナスが一番だった」と笑う。なぜ世界的ブランドのオルガン針が上田にあるのかというと、昭和20年、東京からの疎開命令を受け、線路が全国のどこよりも錆びていないことから、気候が針に良いということで移ってきたと聞かされたそうです。

新村さんの旧姓は城田さん。先祖はその昔、大河ドラマでも話題になった真田氏から名字をもらったとか。ちなみに諏訪地域の伝統行事、御柱は昔、女人禁制だったそう。ところが戦中、昭和19年の祭りは男性が兵隊に行っていて御柱の引き手がなかったので女性も手伝い、その頃から女性も徐々に参加できるようになったとか。お話一つ一つにたくさんの学びがあります。

下諏訪町の旧中山道宿場街。歴史の風情を感じます

障がいのある子ら守った温泉の町

千曲市　若林和子さん

千曲市上山田温泉の老舗ホテル大女将、若林和子さんは終戦当時、埴科郡松代町（現長野市）の女学生。その松代でも、空襲があって怖い思いをしたそうです。その後、上山田温泉に嫁いでこられた。そこが、上山田ホテル。今は建て替えられていますが、大正8年（1919）の創業当時は木造3階建てで、戸倉上山田のシンボルだった。このホテルも戦時中、大勢の疎開児童を受け入れていた。そして、そこには、今も語り継がれる、とても心温まる物語があったのです。

松代と言えば、大本営の疎開先として掘られた地下壕が有名です。世間に内緒でこの工事を進めるため、特に舞鶴山西条地区の方々は工事の前に、住んでいる家から強制的に移動させられたとのこと。「立派な農村でしたから、家もそのままで移住させられ、かわいそうでした」と若林さん。

女学校1年生の夏、千曲川の軻良根古《からねこ》の森辺りは、いい砂利が採れるということで、みんなで連れて行かれ、ざるで砂利をすくってトラックに載せた。今では重機であっという間に済んでしまいそうな作業も、当時は手作業。勉強どころではなかった。軍手もみんな体育館で糸から作った。

ある日、喉が渇いて、川の澄んだ水を飲もうとしていると、当時請け負っていたのか篠ノ井の建設会社のおじさんに笛を吹かれ、「遊んでいちゃいかん」と注意されたという。「体の小さい女性にはつらかったですよ」。若林さんは、まだ未舗装だった国道の標識が敗戦後、ローマ字入りに変わったこともよく覚えているそうです。

戦時中は国の命令で学童疎開が行われました。東京、横浜、川崎、名古屋、大阪など都市部から子どもたちを地方の安全な田舎に集団で避難させました。戦局悪化の中、国民一億総玉砕の掛け声の下、次の戦力を確保するために。親と離ればなれに疎開した児童は67万人以上ともいわれます。

しかし、国から見捨てられた学校がありました。東京・世田谷の「光明国民学校」。現在の東京都立光明学園です。この学校は当時、日本で唯一、そして日本で初めて、体の不自由な方、肢体不自由児のための公立学校でした。

当時はまだ障がいのある人たちへの理解も低く、疎開を受け入れてくれる所などありませんでした。「手足が不自由だから」。それだけの理由で、爆弾が次々と落とされる危険な都市に取り残されてしまった子どもたち。昭和20年（１９４５）3月10日の東京大空襲を受け、不安に迫られた校長先生は、自ら疎開先を探しに長野市に入る。ただ、すでにおよそ3万人を受け入れていた長野県。空いているお寺、旅館もない…。

そんな中、戸倉上山田温泉はどうか、との情報を聞いた校長先生は、現地に足を運び、粘り強く地元の人に説得を試みます。3度目で熱意が通じ、上山田村の村長さんが受け入れてくれました。それが、当時村長自身が経営していた上山田ホテルでした。

東京から到着したのは児童、付き添い、教職員の総勢148名。長野までの移動にも大変な苦労があったようですが、そのわずか10日後、世田谷にあった光明学校の校舎が空襲によって焼け落ちます。あと10日、疎開が遅れていたら…。

疎開生活を送る児童たちの様子

親と離ればなれになり、最初は子どもたちの泣き声も絶えなかったようです。しかし、美しい自然や周りの人の温かいサポートで打ち解けていく。3ヶ月ほどで終戦を迎えますが、すぐには校舎も再建出来ず、上山田ホテルを集団合宿教育所という学校にして学ぶことに。それから4年もの月日が流れます。
24年の5月、ようやく子どもたちは東京へ戻ることが出来ました。日本一長かった光明学校の疎開の終わりです。

後に、生徒の一人が当時を振り返ってこんな文章を残しています。

「私としては、東京のいつ死ぬかわからない日々に比べ、夜たたき起こされることもない上山田の生活は幸せでした。山や川で都会ではできない遊びを見つけ出し、できるだけ楽しいと思うように努力していたと思います。もちろん家族と離れて暮らす寂しさや空腹のつらさはあっても、今は我慢するしかないし、つらいつらいと考えるより、どんな小さなことでもいいから楽しいことを見つける努力をすること。そう考えていると毎日があまり苦にならず、今にして思えば、城山に登り、千曲川で泳ぎ、食料の足しにと野草をつみ、さつまいものツルの皮をむき、炎天下の食料の買い出しの手伝いでリヤカーのあと押しをしたり、等々懐かしい思い出ばかりです。

それにしても、あのひどい状態の中で 命がけで私たちを守ってくださった先生方や寮母さん、また当時障がい児に対する差別や偏見の多かった時代に上山田の町の人々が私たちをあたたかい気持ちで包んでくださったことは生涯忘れてはいけないと思っています。」（「信濃路はるか」より）

若林さんが後で聞いた話では、当時はバリアフリーでもなく、みんなで支え合いながら厳しい暮らしをしていたようです。そして室内も、装具などで畳や床はボロボロに傷んでいた。ホテルとして大変だったことは、一般のお客様が来なくなってしまったこと。1階は校長先生、2階が子どもたち、3階は先生や看護士さん。離れに宿泊出来る部屋はまだあったのだけど…。しかし、当時、経営者のおじいさんは料金が入らなくても文句も言わず、泰然としていたといいます。経営は大変だったろうに、どうやって食べていたんだろう？

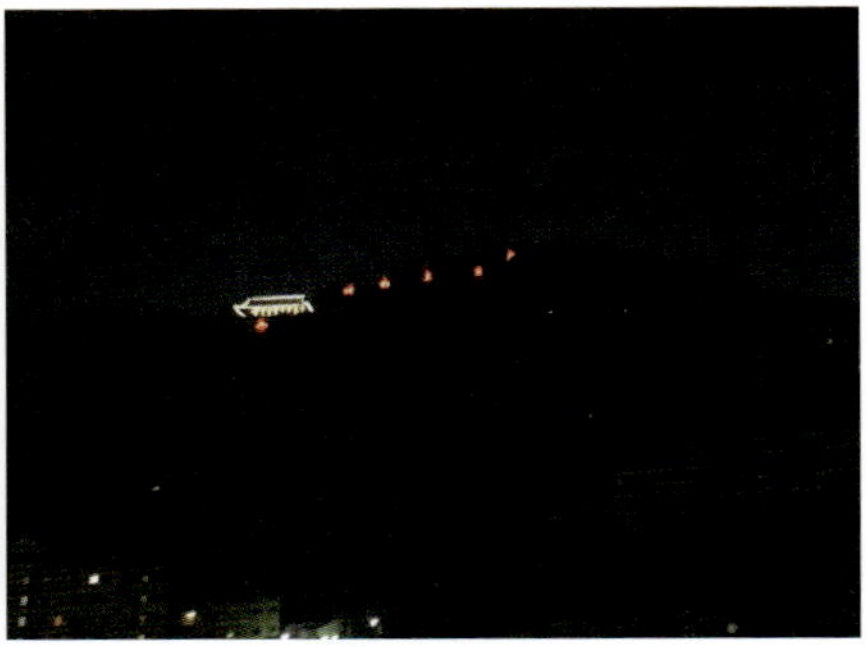

上山田にもそんな過去があったのですね。

子どもたちを教え導いて行く役割の教師でさえ、戦争という悪の渦に巻き込まれると、良心をなくし、正しい判断力を失ってしまう。そんな人が多くいた中、ここまで子どもたちのことを守った人たちがいた。

戦力にならないから、障がいがあるからとの理不尽な理由で学童疎開の対象外にされた生徒たちを自力で避難させた校長先生、そして温かく迎え入れてくれた村の人たち。知らなかったもう一つの戦争の姿がここにありました。この史実もしっかりと伝えていきたいと思います。

そう、疎開当時の子どもたちも喜んだのが、ホテル自慢の温泉。源泉そのままかけ流し、加熱・加水は一切なしの贅沢な天然温泉。透明に近い硫黄泉、体も心も温まります。

【参考図書】「長野県民の１９４５」長野県立歴史館
「信濃路はるか」光明学校の学童疎開を記録する会（松本昌介代表）
「長野県教育史・第15巻史料編九」
【資料提供】松本昌介氏　長野県立歴史館（２０８ページ写真）

兵隊検査で落とされた訳

下條村　山崎光司さん

飯田市の南、下伊那郡のほぼ中央にあり、約3800人が暮らす下條村。近年は少子化対策の取り組みも注目されている。待ち合わせの役場に迎えに来てくれたのは、田植えの手伝いに長野市から帰って来ていたお孫さん。そこから陽皐《ひさわ》地区に案内していただき、明和（1764~1772年）の江戸時代から続く家の13代目、山崎光司さんにお話を聞きました。

昭和3年（1928）7月生まれの山崎さん。「学校に行っとる時分になぁ、勉強どころではなく、山の奥の土地を開墾してイモを作らされ、学校でも竹で槍を作って戦う訓練もした」。下條の学校で兵隊さんを見送ったことも覚えている。

軍国教育の中で当時の中学校、青年学校へと進み、同級生は志願して兵隊になっていった。「自分も志願して3回も試験を受けた。しかし受からない。みんな合格するのに一人だけ落ちるから情けなく、小さくなって帰ろうとすると、村長が背中を叩いてきて言った。『山崎君、君の親父から頼まれて不合格にしているから悪く思わんでくれ』と」

山崎さんは、父が49歳の時に生まれた。「兄は戦死しとるもんで、弟の自分まで志願して戦争に行って戦死したら、あと家が困るから志願してくれるな」ということだったのだ。

7歳上の兄は徴兵検査で甲種合格し、陸軍に入隊。南方の島に上陸寸前、乗っていた船に魚雷を受けて戦死した。他にも下條から戦地に行って帰れなかった方は多い。

そして終戦の日のこと。

「この下（の集落）に東京から疎開してきた早川さんという学者がいた。近所付き合いをしていて、この辺りでラジオがあったのはうちくらいだったから、たまたま終戦の日も昼頃来ていて、天皇陛下のお言葉を一緒に聞いた」「子どもだもんで難しくて何がなんだかわからなかったが、早川さんが『戦争が終わったんだ』と教えてくれた」

終戦の年は7、8、9月と、ほとんど雨がなかった。ところが10月5日の神社のお祭りの日、雷が鳴ったかと思うと凄い雨。川沿いの家は流され、土砂に埋もれてしまった人も多かった。川にも流された木などが引っかかり、橋が流されていった。水の怖さを知った。

戦中戦後、農家だからといって食べ物が豊富だったわけでもなく、サツマイモまで供出させられた。

当時は両親と3人で暮らしていたが、山にサワフタギという木があって、その葉っぱを摘んできては刻んでご飯と一緒に食べた。

「今はなんでもあるでな」。なので、山崎さんが今の人たちに伝えたいこととすれば「食糧難で苦労したもんでな、あんまり贅沢するなってことかな」。

時代とともにいろいろなことがあったが、この辺りの風景は変わっていない。「荷物を運ぶのに馬でなく車を使うようになったくらい」。嫌いな物もないという山崎さん、子どもの頃に煙管《キセル》の掃除を手伝ったのがきっかけで覚えたというタバコは、未だに吸い続けている。

映画ロケも近くであるほど、日本の原風景が残る下條村。この土地の魅力は静かで、日本アルプスの見晴らしが良いこと。10月〜11月頃になると天竜川に霧が出て、まるで山水画のようで、とても綺麗なのだそうです。

残った人形、村人の優しさ

大鹿村　今井　積さん

天龍川の支流、小渋川沿いのくねくねと曲がった一本道。いくつもトンネルを抜けた先にある大鹿村は下伊那の北部に位置し、人口は千人ほど。お話を伺ったのは、大正12年（１９２３）生まれの今井積《せき》さん。昭和初期、アメリカから全国に約1万2千体、この下伊那地域にも16体贈られてきたという日米友好のしるし「青い目をしたお人形」が今も保管されている小学校で戦時中に先生をされ、その人形の洋服を作ったこともあるそうです。

足を運んだ日がちょうど、３００年にわたる伝統を持ち、年に2回あるという有名な大鹿歌舞伎の上演日。その会場の音が聞こえるほど近くにあるお宅を訪ねると「この歌舞伎は面白いんだに」「おばあ（ご自分）の話より、歌舞伎見てきたら」。そう言いながらも、今井さん、戦時体験を詳しく語って下さいました。

子どもの頃は村の小学校に通い、その後、飯田の学校へ進学した今井さん。17歳から25歳まで大河原小学校（現大鹿小）の教員をし

ていた。その小学校に、アメリカから青い目の人形ルイーズちゃん（正式名は「マートル・ルイーズ・ヒルズ」）が来たのは昭和2年（１９２７）５月25日。洋式の人形は珍しく、寝かすと目を閉じ、起こすと目が開き「ママ」としゃべる。男の子まで夢中になり大事にしていた。

太平洋戦争が始まって、あくる17年の春、敵国アメリカから来た人形は「焼いてしまえ、壊してしまえ」という命令が出た。その時、当時の校長先生たちの考えで、ルイーズちゃんは焼かれることなく、段ボール箱に入って、家庭科室の戸棚にしまわれた。その頃、今井さんが作った短歌がある。

「児《こ》らみなが　帰りしあとの　まさびしさ　アメリカ人形の服などをぬう」。静まり返った放課後の校舎で縫い物をする19歳の今井さんの姿が浮かぶ。

時が流れ、大河原小創立１００周年の昭和48年、先生たちの間で、テレビなどで話題になっていた青い目の人形の話になり、確かこの学校にもあったはずだと校内を隅々まで探してみると、３階の小講堂の押し入れから見つかった。31年ぶり。学校が新しくなった時も、中身が何か知られずに他の荷物と一緒に運び移されていたらしい。人形は戦時中に焼かれたりして、今は下伊那でも3体しか残っていないとのことです。

今井さん、戦時中の教員時代は勤労奉仕が主で、農家の手伝いなどで勉強どころではなかったといいます。子どもたちを連れて毎日あちこちの畑に。そんな時に作ったという短歌も教えていただきました。

「兵の服　片袖になるかと問いにける　アカソ採る子の　いまだ幼く」

アカソという、服になる草を子どもたちが採っていたんですね。校内で干して繊維工場に持っていくと糸になり、軍服が出来たのだという。また当時は学校林があって、夏に高学年の児童が入って木を切り出し、小さい子たちが細かくストーブの薪にして干したりしていたそうです。

履物はようやくゴム靴、ズックなどが出てきた頃。配給されてくると全員分はないので子どもにくじを引かせて配った。次に回ってきた時は、まだ持ってない子が優先でくじを引く。長靴が当たってしまった子は夏でも履いたり、ズックの子は冬でもそれだけだったり。サイズもそれほど細かくないので、多少大きくても皆履いていたという。

子どもの数も多く、全校で５００人くらいの児童がいた。舗装もされていない道路を皆歩いた。飯田に用事で行こうものなら1泊。そんな時代。「この村の人たちは優しかったんだなぁと、残された人形や受け継がれる歌舞伎などからもわかる」と今井さん。

そう、有名な大鹿歌舞伎といえば、今井さんはそんな歌舞伎の思い出を「村芝居　こぼればなし」としてまとめてもいらっしゃいます。先人たちが残した思いとともに、こういう実際にあった話が語り継がれていってほしいですね。今井さん、最後は大鹿歌舞伎の手締めを披露して下さいました。

「シャン　シャン　シャン　オ　シャシャン　ノ　シャン」

今度はゆっくり、国の重要無形民俗文化財にもなった村の芝居を観に寄ります。

人形に罪はないのに　燃やされる
青い瞳で何を見た
隠して守った人もいる
今こそ友好　架け橋に

村芝居　見守ってきた　みんなの笑顔
青い瞳も　黒い瞳も　思いは一緒
山の中から平和を願う

エピソード

多くの人に出会っていると必然的に別れも多くなる。寂しいことだが自然の摂理にはさからえない。その中で、今も印象に残ることのひとつ。

２００９年から10年頃、お孫さんの紹介でお会いした上田のおばあちゃん。話を聞けば、未だに戦地に見送ったご主人の帰りを待っているのだ。しかも、いつ帰って来てもいいように門を開いたまま鍵もかけずに。当時の服なんかもそのままに。

一家の大黒柱を失い、女手一つで苦労して子どもも育て、今は沢山の孫、ひ孫に囲まれているが、心の奥に秘めた思いは熱い。簡単にパートナーを変えていく今の時代に見せてくれた、これぞエンドレスラブ。その体験談を究極のラブソングにさせていただいた。「１９４５」。この曲が出来上がった時に再び会いに行き、ご家族みんなの前で歌った。その後ＣＤ完成時もお渡しに行った。病院ではあったが、お元気な笑顔で迎えてくれた。

２０１４年夏、訃報が届いた。別れは突然やってくる。上田の斎場にお焼香に伺い、受付を済ませ、お寺さんがお経を唱える葬儀会場へ。するとどこからか聞き覚えのある音楽が。そう、その曲「１９４５」が流れているのだ。

どう寄り添っても斎場のイメージと離れたロックサウンド、歪んだエレキギターの音。究極の愛、情熱を激しく表現したかったのでバラードではない、その曲が。胸が熱くなった。お孫さんと「ご愁傷様です。そしてありがとう、曲まで流していただいて」といった会話を交わしたと思う。すると「この曲は、おばあちゃんですから」と。

あの時お話を聞かせてくれたおばあちゃんは目の前から旅立ってしまったが、ここにあの日のメロディーが流れている。一人の人生が曲となって未来永劫、語り継がれる。とてもありがたくも重みのあるお役目をいただいたような気分だった。

手を合わせながら「おばあちゃん、やっとご主人に会えましたね。あの日話していた花咲く場所に、今は二人でいらっしゃいますよね。ありがとうございました」そんな最後のご挨拶をさせていただいた。長い間ずっと胸の中に生き続けた愛する人、思い続けた69年。僕たちもそんな愛情を胸に、日々過ごしていきたいですね。
そしていつまでも歌い続けていきます。平和を願った皆さんのこころの叫びを。

１９４５　あなたを待っている
１９４５　あの日からずっと
１９４５　あなたを忘れない
１９４５　これからもずっと
１９４５　FOREVER

第7章 勤労学徒

国を信じ、ひたすらに

北の大地で農産の重労働

小諸市　山口昭助さん

昭和29年（1954）に北佐久郡小諸町と合併した川辺村で育ったという小諸市の山口昭助さんは、昭和3年5月生まれ。6人きょうだいの末っ子で、元々は清水という姓。「懐かしいだよぉ」と元気な声で、学生時代のことを語ってくださいました。

北佐久農学校（現佐久平総合技術高校）に進んで2年生だった昭和19年、16歳の山口さんは「援農隊」として北海道に派遣された。

そう、戦時中の日本は農村の働き手である男性たちが兵隊に取られていたこともあって、深刻な食糧難に陥っていた。ならば、広い北海道で集中的に増産を進めようと考えた政府は、全国の農学校の生徒を北の大地に送り込んだのです。昭和18年以降、国策によって国民学校の児童・生徒から大学生まで全国から約20万人を動員したといわれています。

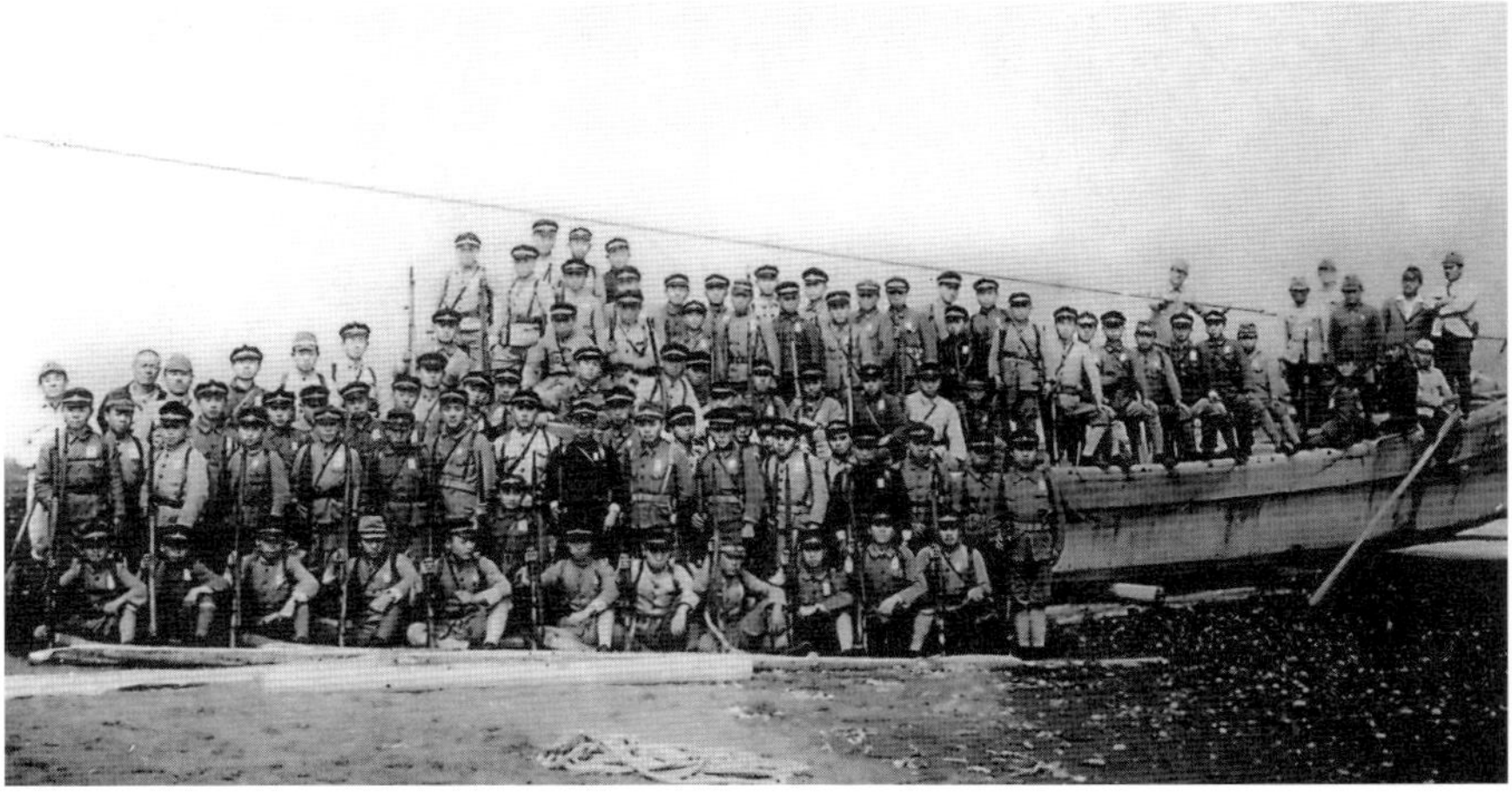

北海道に派遣された若き援農隊員。浜辺で戦闘訓練も行われた

山口さんたち北佐久農学校の2年生84名は、道南部の太平洋に面した大樹《たいき》村（現大樹町）へ派遣された。農作業のかたわら、浜辺では、上陸してくる敵を迎え撃つ想定で戦闘訓練もしたという。使うのは本物の銃でも、弾は入っていなかったそうですが。なので、勉強どころではなく、農業と軍事訓練に明け暮れた。

「当時はお国のためにと勇んでいたけど、今考えると、戦争は悲惨だなぁ。学ばなきゃいけないのに学べず、重労働ばかりで、青春時代はなかった」

「悪いことすれば三代は尾を引くって言うけど、満蒙開拓団に行った友達からも苦労話は聞いている。綺麗ごとだけじゃない、70年経っても傷あとは癒えない」

お兄さんたちは満鉄（南満州鉄道）に行っていて、戦後引き揚げてきたそうです。

終戦時は実家で農業を手伝っていた山口さん。日本が負けるとは思ってもいなかったという。

「空しいよ、戦争は殺し合いだもの」
「戦争は家族をバラバラにする。それに、純粋な気持ちは誰にもあるのに、沢山殺した方がいいとか、考え方が凶暴になっていってしまう」
「いかに平和が尊いか…、隣の国とも仲良くしてさ」。そんなことを今、伝えたいと口にされる。

とてもお元気な山口さん。日ごろ心掛けていることもお聞きすると「前向きに生きていくっつうことかなぁ」。

戦時中は替え歌もいろいろあったそうで、「それを歌って鬱憤《うっぷん》を晴らしていたかなぁ。歌は元気になる。歌はいいねぇ」。

音の力、再確認です。

中学5年、動員先の名古屋に空襲

辰野町　矢島良幸さん

この辺りは昔、小さいけど宿場だった。矢島さんという姓が多く、「問屋です」と屋号で言わないと、どの家かわからないそう。そんな上伊那の北部、辰野町宮木で、学生時代の勤労動員のお話を聞かせて下さったのは、昭和2年（1927）7月生まれの矢島良幸さん。

「尋常小学校卒業後、周囲は皆、諏訪の中学に行く中、松本にいた叔父の勧めもあり松本中（現松本深志高校）へ進学した。最初の2年は叔父の家から通い、あと2年は自宅から。残り1年、中学5年目はというと、昭和19年8月から学徒動員で名古屋に行っていた。

中学時代は日曜日もなく、月月火水木金金。それは本当。私の19年4月の日記を調べてみると、授業が7日間で、あとは勤労奉仕。田んぼの排水工事や飛行場作業などに引っ張り出されていた」

そう、長野県下の中学5年生は当時、名古屋近辺に動員されたんです。矢島さんが通う松本中学であった壮行式は実に盛大で、県からお役人も来て「君たちは頑張って生産に従事してこい、兵隊と同じなんだ」と激励を受け、翌朝の鈍行列車で、全校生徒、教職員、家族に「万歳！万歳！」と出征兵士のように見送られたそうです。

以下、矢島さんの当時の回想。

8ヶ月間軍事工場で働き、飛行機の排気管作りを担当していた。その間に東海地震、そして空襲も何度となく経験した。中でも20年3月25日、日曜日の空襲は忘れられない。

午後11時半頃、気味の悪い空襲サイレン、しばらくして敵機が来襲し投弾、ガタガタと猛烈にガラス窓が揺れた。寮から見て西の方に焼夷弾、真昼のごとく火花が上がっていた。命がけで走り出し防空壕へ。恐ろしさのためかブルブルと震えていた。ゴウゴウという地響きとともに至近弾が炸裂。耳と目をおさえ、ただ身をかがめていた。

午前3時近くに敵機が退いたので、集まって点呼。全員無事だった。2階建ての寮の建物は残ったが、無傷の窓ガラスは一枚もなく、足の踏み場もないほどの破片。「ああ、命があってよかった」と思った。

翌日、先生方が「こんな所に生徒たちを置いておけない」と工場に交渉してくれた。そして撤退の命令。あの時の松本中の先生方は立派だった。そんな交渉も出来ずにそのまま働かされた学校もあった。

先生は「何もしてやれんけど、自分で切符を買って帰れ」と言った。翌27日、実家に帰ってくる時はみじめだった。そして3月31日、松本中は学校で卒業式を行えたが、動員されたまま現地で卒業式をした学校や、卒業証書だけ郵送した学校もあったようだった。

矢島さんは地元の国民学校の代用教員になった。中学を卒業したばかりで、わずか4歳ほど下の高等科の生徒を教えるのは大変だったという。

辰野町でも終戦直前の7月頃から数回空襲警報があり、蔵の白い壁を目立たないように黒く塗ったそうです。

「警報のたびに先生たちは奉安殿に集まり、天皇皇后の写真などを守っていた。そして、その奉安殿の中の写真を宮木から、今は車で10分ほどの川島国民学校へ疎開させていた。矛盾も矛盾、理屈もない。ただ疑いもなく命令に従っていただけ。今考えれば、ばかげた経験をした」

「終戦はラジオで聞いた。よくわからなかったが、どうも負けたらしいと、皆信じられないという様子だった。戦中、アッツ島で日本軍が玉砕した時、校長先生が全校生徒を集めて『おまえたち外を見よ、ほら真っ赤な雨が降っているではないか、血の雨が降っているではないか』と言っていたことを鮮明に覚えている。そういう教育を受けているし、絶対負けるとは思ってもいなかった」

矢島さんはもう一度学ぶために国学院大学へ進学する。上京して一番困ったのは食べる物。1週間、米粒が食べられないことも。「当時は駅に警官が立ち、荷物なども監視されていた。どうやって隠してきたか、母が米を3升ほど届けてくれたこともあった」
卒業し、横浜の中学で先生になった後、故郷に戻り、県内の高等学校6校に勤務。当時の横浜の生徒たちとは「矢島会」として今も付き合いが続いている。40年の教員人生で「わたしの原点」という。退職後は公民館長など町の活動などにも力を注いでこられた。ワイツゼッカー元ドイツ大統領の言葉「過去に目を閉ざす者は現在にも盲目になる」が今も基本になっているとのことです。

矢島さん、今の若者や社会に伝えたいことは何でしょう？
「戦争絶対反対！ そのためには、戦争というものは何なのかを知ること。いろいろな物事を知り、その上で行動してほしい。学んでほしい、知ってほしい。何も知らずに行動を起こすのはやめてほしい」。戦争の間、それほどよく考えることなく、ただ教育を信じ、命令の中で生きてきた。そんな経験をした矢島さんの重い言葉です。

この辰野町の城前通りには戦後、在日朝鮮人の方が祖国に帰る時に植えていったという桜並木もあり、春には綺麗に咲き誇り、来る人を楽しませてくれる。僕も一度、この並木のお祭りで満開の桜の下、歌わせてもらったことがあります。それぞれに歴史を知り、国際平和、友好を築き上げていきたいですね。

荒地の開墾、父への赤紙

栄村　高橋彦芳さん、広瀬　進さん

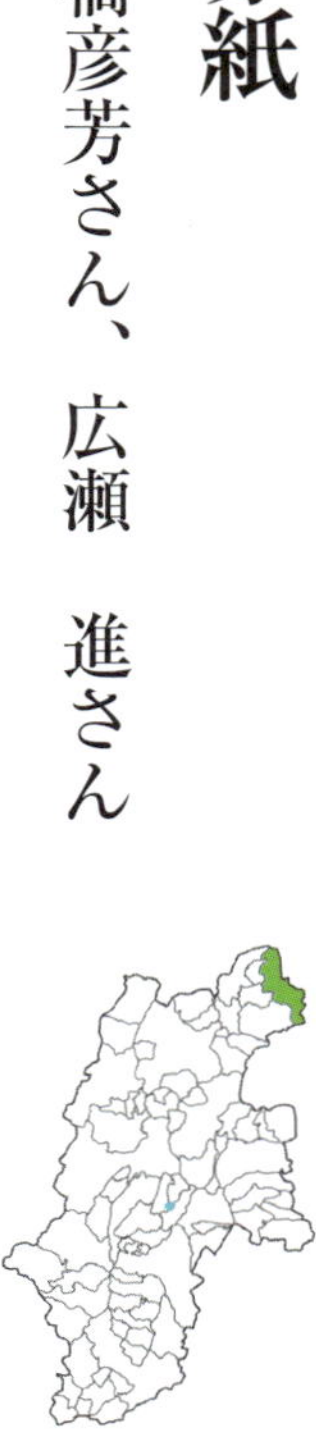

長野県の最北部、新潟との県境、そして日本有数の豪雪地帯。１９００人ほどが暮らす栄村におじゃましました。冬季、どのくらい雪が多いかというと、この村の森宮野原駅ではちょうど終戦の年、昭和20年（１９４５）２月12日に7メートル85センチの積雪を記録した。その昔は、雪が多すぎて２階から出入りしていたようです。そんな村で、小学校２年の時に終戦を迎えた広瀬進さん、終戦時17歳だった元村長の高橋彦芳さんに一緒にお話を伺いました。

広瀬進さん

高橋彦芳さん

実は村内では戦前戦中、森林開発や発電所建設工事が多くあり、経済的には活気があったとのこと（隣の飯山市と野沢温泉村にまたがる西大滝ダムは最大認可出力16万キロワットと、当

いいます。

増築ということで当時は全国から人が集まり、子どももいっぱいで小学校の教室も足りないほど。増築増築で、1クラス60人なんてこともあったそう。しかし、戦時中、農家は食べる物の苦労があったといいます。

「農地解放前は供出のほかに小作米も納めていたので大変だった」と振り返る広瀬さん。まだ当時幼いながらに戦時中のいろんなことを覚えていて語って下さいました。

父へ赤紙、つまり召集令状が来た時、母はお盆を持って受け取りに出た。役場の人の「おめでとうございます」という言葉に違和感を覚えていた。家族、親戚が出征する時は、皆で万歳！万歳！と祝った。

送り出す会で印象に残っているエピソードは、校長先生と一緒に会場にやってきた青少年義勇兵のこと。しきりに鼻水をすすっているその少年兵に「ともいち、鼻拭け」と校長先生が手ぬぐいを渡していた。まだ鼻水をたらすくらいの14～15歳の少年が兵隊に？と思った。しかし、広瀬さん自身も、小学校で予科練（海軍飛行予科練習生）の人を見た時は「制服がカッコ良くて憧れた」。

また、近所に住んで長生きした元気な「ばあちゃん」の思い出も。19年冬、雪のある中、当時まだ若かったそのばあちゃんが、黒い服を着て、白い布に包まれた木箱を抱いて村葬の会場に歩いていく姿。広瀬さんは今も鮮明に覚えているという。実は戦争でご主人を亡くしていたのだ。

終戦の日は暑い日だった。ラジオを聞き、近所のおじさんが泣き出したことも覚えている。「戦争に負けた…」と。

広瀬さんより9つ年上の高橋さんは、終戦の前年、下高井農林学校（現下高井農林高校）2年生、16歳の時、5月から8月にかけて勤労奉仕で北海道まで行っていた。そこで志願して兵隊に行った者も数人いたという。「自分たちの一つ上の人たちまでは志願兵が多かった」と記憶している。

そして、荒れ地を開墾するのは学生。今の飯山市の千曲川河川敷・菜の花畑も葦《アシ》の原だった。そこで下高井農林と飯山中学の生徒たちが荒れ地をおこした。

そんな中での思い出は、常にゲートルを巻いていなければいけないこと、学校では必ず奉安殿に最敬礼しなければいけないこと、男は人前で女としゃべるなんてダメだ！なんて上級生に怒鳴られたこと、そして、なんといっても戦時中は英語もダメだったこと…。

学校には配属将校がいて、教練という科目があり、軍事教育を叩き込まれた。そこで思い出されるのは教室の中、皆で銃の手入れをしていたら、一人の銃から、出るはずじゃない実弾が発射して級友の太ももに当たり、貫通銃創の重傷を負ってしまったこと。

高橋さんによると、戦中は年60円の授業料を納めていたようですが、授業らしい授業はなかったとのこと。

少し遡っては、支那事変（日中戦争）で隣の家のお兄さんが戦死し、それは大騒ぎになったので印象に残っている。太平洋戦争が終わるまでの間には、この栄村でも170人くらいは戦死しているという。

実は戦後50年を迎えた平成7年（１９９５）、村では住民の皆さんから多くの体験談を集めて冊子が作られていたのです。「ここに記録されている人も、元気なのはもう4、5人…。でも当時聞いておいて、こうして残せて良かったよ」と高橋さん。「今の若者にはもっと国のこと、憲法だってなんだって勉強してほしい」と願いを込める。

戦後上京した高橋さん。大学生の頃は貧しかったからアルバイトをしながらも、一生懸命学んだ。『にこよん』なんて言って。日当が２４０円の時代」。今、日本武道館がある所は、そうした学生にアルバイトを斡旋する場所だったとか。しかし、父が亡くなり、長男として家を守らなくてはいけないという責任感から帰郷。その後、村長まで務められた。

栄村で生まれ育ったお二人に一番のおすすめのスポットをお聞きすると、村の北、山の上にある「野々海《ののみ》池」を教えて下さいました。これも、田に水を引くために先人たちの手で苦労してつくられたもの。一度足を運んでみたいと思います。

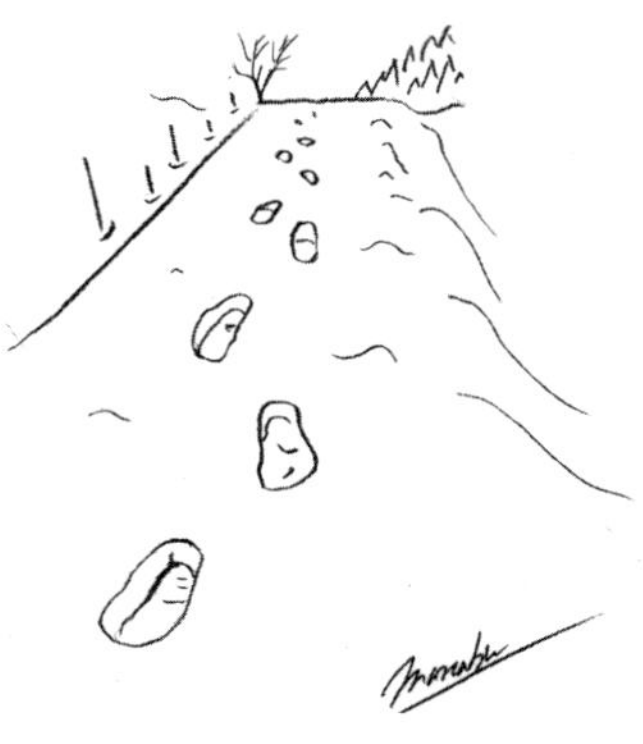

多くの犠牲の上に今がある

小海町　小山弥八さん

長野県東部、4800人ほどが暮らす南佐久の小海町。その昔、八ヶ岳が水蒸気爆発を起こした時に土石流で千曲川が堰き止められこの辺り一帯にいくつもの湖沼が出現し（現在残っているのが松原湖沼群）、その時呼んでいた湖の名前が地名で残っているとか。そんな小海町でお話を聞かせて下さったのは、明治から続く老舗を守り続ける、大正14年（1925）生まれの小山弥八さん。

6人きょうだいの4番目として小海村宿渡《しゅくど》で育つ。小学校3年までは近くの分校へ通ったが、4年からは5キロくらい離れた学校へ歩いて通った。野沢中学（現野沢北高校）に進学するとさらに遠くなり、汽車通学でも毎朝4時半頃には家を出た。「兄がそうでしたが、部活に入ると帰りは夜10時過ぎになり、それは大変な毎日。そんな環境でも父は、成績が悪いと勉学の必要がないと言い、兄は本などを外へ放り出されたこともありました」

卒業後、山梨工業専門学校（現山梨大学）に進学。在学中の昭和18年（1943）に学徒動員。同級生のほとんどは川崎にあった東芝の工場へ行く中、小山さんは陸軍航空技官見習いとして、立川にあった航空技術研究所に入り、羽のマークの付いた学生服を着て通った。主に航空エンジンの改良研

究の工場で、大部屋に50人ほどで寝起きし、朝4時半頃のラッパで起こされ半日訓練、半日技術やエンジンの勉強など。東大からも何人か来ていた。

食べ物はそれほど苦労しなかったが、空襲は何度か経験し、そのたび防空壕へ。「20年3月の東京大空襲では空が真っ赤に染まり、B29の威力に皆が悔し涙だった」。8月15日、玉音放送で終戦。すぐに立川から甲府を経由し小海に帰ってきた。

ご兄弟はというと、農家を継ぐため農蚕学校を出た長男は、召集されて近衛兵として国内にいた後、戦局激化とともにビルマ（現ミャンマー）に行き、多くの兵士が戦死したインパール作戦にも参戦。マラリアにも感染したそうだが無事帰国した。地獄の惨状については多くを語らなかった。

お父さんに本を投げ出されたこともあった2番目の兄は、師範学校を出て東京浅草の学校で教えていたが召集され、海軍へ。士官候補生として魚雷艇隊に入隊。昭和19年、小笠原諸島の父島へ派遣される。魚雷艇とは爆弾を積んで一人で海中を運転していって敵艦にぶつかる。帰るってことは考えない特攻作戦だ。出撃もしたが途中で機械トラブルか、魚雷艇が止まってしまった。結局ほかの艇にひかれて基地に戻り、命が助かったという。

上の弟は野沢中4年で陸軍士官学校に受かり、20年はじめに陸軍中尉として満州へ派遣。終戦後すぐ引き揚げ、大学へ入りなおした。

「終戦から早くも70年を越えて今、私が本当に無念に思うのは、軍の上層部がなぜもう少し早くこの戦争に終止符を打てなかったか、ということ」と小山さん。「戦争によって犠牲になられた方々（310万人ともいわれる）に、今の生活が出来ることに感謝の念を持ち続けたいと思います」

昔の貴重な写真や日記も見せていただきました。戦中戦後それぞれに考えさせられる人生があったのですね。「戦争に関心がない世代の人が、こうして話を聞き出して後世に伝えるということは、素晴らしい決断だと私は思う」。そんなありがたい言葉もかけて下さいました。


実は小山さんのおじい様は明治時代に上田の十九銀行（当時）に勤めて実家に戻った。とても先見の明があった方のようで、大正時代に繭を保管し乾燥させる3階建ての建物を作り農家の収入を何倍にも上げたり、教育の場を作ったり、村に医者がいなかったので関東から連れてきて住まわせたり、はたまた皆の娯楽のため映画館もつくられたりしたとのこと。小海駅の建設でも中心となり、周りに飲食店などをつくって賑やかにすることも計画、実行されたそうです。

昔の写真を見ると、町の変貌がわかる。これからも平和を築いていくために過去から学ぶことはたくさんあります。時代と共に変わっていくもの、変わらないもの、その中でも忘れてはいけないこと。あらためて考えさせられます。

学校に来た先輩から「お前たちも」

南相木村　小池清美さん

道路の信号機は一つしかない、千人ほどが暮らす南相木村。山が好きで、30年ほど前に名古屋からこの村に移り住んだという小池清美さんは、昭和5年（1930）生まれ。終戦の時は福岡県の炭坑のまち、田川の旧制中学3年生だった。

「当時、一日の半分は軍隊教育。さすがに鉄砲はないから、それに代わるような物を持って走らされたり、とにかく体力づくりでした。そして、勤労動員で軍需工場にも行きました」。地元の三井鉱山へ行って働いたそうです。

先輩の中には予科練（海軍飛行予科練習生）などに進んだ人もいて、学校に顔を出すことがあった。「その時は『お前たちも行かなきゃいかんぞ！』と宣伝に来る。だからみんなその気になっていました」

そして終戦。父が兵隊に行ったが、無事に帰ってきた。海軍の空母隼鷹《じゅんよう》に乗っていたらしい。海戦で何回か激しい攻撃を受けたが、その度に助かっていたという。助かって帰ってきたことに責任を感じていたのか、お酒を飲むとよく荒れていた。それが悲しかった。奥さんのレイ子さんは熊本で生まれ、戦時中は広島の東部、瀬戸内海に面した三原市に住んでいたそうです。終戦の年は小学5年生。広島に原爆が落とされたあの8月6日に見た光景も記憶している。

「夏休み中の出校日で、朝7時半過ぎだったか、学校への道すがら爆音がして、かなり上空を飛行機が2機飛んでいくのが見えた。でも、警戒警報が鳴らなかったから大丈夫かなぁ、と思って歩いていました」。後になって、そのうちの1機が「ピカドン（原爆）を落とした」と知らされたという。

この辺りは子どもの数も少なく、伝統行事もなくなってきて寂しいと話す小池さん。でも、歩いたり、絵を描いたりしているそうで、そのせいか年齢よりとてもお若く感じる。

そんな小池さんに、若者に伝えたいことを聞いてみると「人のために何かをやるという気持ちを持ってほしい。そして、誇りを忘れないで」と。

「どんなに寒くても雪の下から新しい芽が出てきますからね。あれは感激。人間もこうでなくてはいけないんだなと思います。悪いことばかりじゃない、自然の中で学びますね」

コーヒーやケーキとともに大切な言葉をいただき、ありがとうございます。

強烈だった敗戦の衝撃と虚無感

松川町　中　繁彦さん

庭に秋桜《コスモス》がゆれる頃、下伊那・松川町のご自宅で迎えてくれたのが中繁彦さん。満蒙開拓団の死の逃避行をまとめた「沈まぬ夕陽―満蒙開拓の今を生きる中島多鶴」の著者でもある。中島さんがご縁で、僕も同じタイトルの曲「沈まぬ夕陽」をリリースさせていただいている。ただ、中さんには何度とお会いしていたのに、ご本人の戦中体験は聞いたことがなかった。77市町村をまわる中で、お話を伺っておきたい一人でした。

戦時中の満州には関東軍が一時およそ50万人いて、食糧増産のため送られていった開拓団。また、ソ連が攻めて来る時の防波堤になるためと送られた。その場所を見れば、国境付近も多い。そして終戦直前、ソ連が侵攻、関東軍は橋を落としながら逃げてしまう。残された開拓団が病人や老人、子どもを乗せ大八車で渡ろうにも渡れない。そこで置き去りにするしかなかった。そんなことも実際にあった。

「そう、国はいつも都合のいいことばかり、いよいよ困ってきて最後は大学生にも目をつけて学徒動員もさせたんだよね」という中さんも、当時、徹底した軍事教育を受けていた。昭和6年（1931）

7月生まれ。学校では歴代天皇の名前を覚えたり、教育勅語を覚えたり。予科練（海軍飛行予科練習生）の七つボタンに憧れ、「男と生まれたからには天皇陛下のために命を捧げる」という気になっていた。太平洋戦争開戦の時も、いよいよ日本もアメリカやイギリスを相手に戦いだして「すごいなぁ」と思ったという。その後も日本が負けそうだと思ったことは「全然ない」。ラジオの放送も「勝った、勝った」で、最後は神風が吹くから安心しろ、必ず勝つという流れだった。

18年、学生の徴兵猶予が停止され、徴兵年齢が20歳から19歳へ引き下げられた。最終的には17歳にまで。兄は3人いたが皆軍人、召集令状が来て1人は関東軍で、1人は海軍、1人はマレーシアへ送られた。お宮へ集まって村長だか地区の組長が挨拶をして、万歳で送り出す。そこで覚えているのは、兄がおふくろの所に行って「もう死ぬ覚悟。生きて帰れないと思うので、長い間お世話になりました」と挨拶したら、おふくろが「何を言う！」と怒った。兄はそのまま涙をぬぐって行った。その後、おふくろがどこに行ったかと思えば、お墓に行って亡き父に手を合わせていた。

私は当時まだ小学6年生。兄が皆出征してしまい、おふくろと2人だけ。実家は下條のお寺だったが住職がいない。3年生の頃から小坊主の私は、袈裟を着けて付いてまわっていた。釣鐘も供出された。

終戦の時は中学2年生。8月15日、実家のラジオが壊れていたので、よその家に聞きに行った。天皇陛下さまが自らお話しする声が聞けるなんてなかったことだったので「きっと勝ったんだぞ」なんて思いだった。

千葉の医学生も疎開してきていたので一緒に聞いた。自分には何言っているかわからない。すると大学生がすっと消えていった。後を追ってみると外で泣いていた。「負けた、悔しい」と。それを聞いて「えっー!冗談じゃないか?」という気持ちになり、それから、もうどうすればいいのか、何を信じてきたのか…という虚無感、今でいえばノイローゼや鬱のような状態になった。そこで哲学などに凝っていく。哀愁のこもったような石川啄木の歌集で救われた。そして夢中になって本などを読みだした。

国営の砂防工事に働きにいくと、1日150円もらえた。

出征した兄は3人とも命だけはあり帰ってきた。関東軍で騎兵隊だった兄は馬が撃たれ、「身代わりになってくれた、馬に悪い」と言っていた。

その後、中さんは代用教員になったことがきっかけで、資格を取り、教員として長く教育現場で活躍する。たくさんの戦争体験の取材もされている中さんに、あらためて、開拓団の悲劇を生んだ豊丘の話、泰阜の話、はたまた米の闇買いや昭和19年に茨城で起きたという首なし事件の真相まで、戦中のいろいろなお話を聞きました。戦前と戦後で大きく違うのは、人権がしっかり保障されているかどうかということ。戦前のように警察や憲兵の絶対権力が冤罪や取り調べの拷問を起こすということはなくなっている。これからもずっとそうだと願いたい。どんな時代であれ正々堂々と良心を胸に真実に向き合っていきたいですね。いろいろなお話に、学びの時間をありがとうございました。

戦後わかった戦争の実体

小布施町　**桜井佐七さん**

栗と葛飾北斎、花で全国的にも有名な観光地の一つとなった、上高井郡小布施町。老舗の栗菓子屋さんを続ける桜井佐七さんは終戦時18歳でした。実はイベントなどいろんなところでお世話になり、講演にも声をかけていただく地元の大先輩。あらためて当時の話をお聞きしました。

「兵隊としての戦争体験はないけれども」と語る桜井さんも、旧制中学時代は徹底的な軍国主義の教育を受けていた。学校でも海軍の予科練（飛行予科練習生）や陸軍の特幹（特別幹部候補生）に進むことが奨励され、級友の何人もそちらに進んでいた。うち6人が帰らなかったという。

—終戦時のことを教えて下さい。

勤労奉仕では農村の手伝いに行き、その後も勤労動員で富山の軍需工場で働いた。昭和20年（1945）には塩尻の日本光学の工場で飛行機の部品を作っていた。

8月13日、寝泊まりしている場所にも蚊が出ていたので、教官が「誰か自宅から蚊帳を持ってくるように」と指示。それを受けて私は14日、特別切符で塩尻から小布施へ向かった。長野駅で汽車を降りると、前の日に空襲があったため、リヤカーに家財道具などを載せて移動する人で駅周辺はごった返し、小布施の自宅に戻れたのは夜だった。

翌15日、蚊帳を持って塩尻に帰ろうとしたが、玉音放送があるというので、皆かしこまってラジオの前で聞いた。その時、母が「私は今度の戦争は勝てない、負けると思っていたよ」と言った。それを聞いて、頭にきて「そういう非国民な人間がいたから日本は負けたんだ」と、食ってかかったことを恥ずかしながら覚えている。

当時は国防婦人会、愛国婦人会などがあり、竹槍《やり》訓練も行われていて、アメリカ軍が上陸してきたら、女性もアメリカ兵に竹槍で立ち向かえという、国のため、天皇陛下のため、最後の一人になっても戦う一億総玉砕という時代だった。

敗戦後、桜井さんは学校を卒業したものの、家業が未だ出来なかったので、数学の教師として学校に勤めたといいます。

国のためなら命も惜しくない。そういう戦前戦中の教育から、当時の若者はみんなそう思っていたが、戦後になり、戦争の実体がだんだんわかってきた。そこから「争いはしちゃいけない、平和を守らなきゃいけない」という気持ちになり、反戦・平和運動に参加するようになったそうです。

何百年も続く栗菓子屋は戦争の間、どうしていたのだろう？

「砂糖がなければ菓子はできません。父は国の統制で砂糖が手に入らなくなると商売どころではなく、須坂の軍需工場に勤めていました。戦後ようやく砂糖が手に入るようになるまで6年くらいは休んでいました」とのことです。

このような戦時体験をし、平和活動もされている桜井さん。今、伝えたいことはどんなことでしょうか？

「なぜ日本は勝てる見込みのまったくない戦争を3年8ヶ月も戦ったのか」

「戦時中のことなんて、もう関係ないと思うかもしれないが、戦争の恐ろしさ、惨めさを知っている者からすると、今、世の中の流れが戦前に戻りつつあるように感じる」

「過去の歴史、日本の歴史を学びなおしてもらいたい。歴史を顧みない人はまた同じ過ちをする」

今を生きている私たちが、過去の歴史からしっかり学び、平和な未来を築いていかなくてはいけませんね。桜井さん、これからも若者に叱咤激励をお願いします。

ダムの秘話、原爆の火のこと

清水まなぶ

長野県内を歩いていると、多くのダムを目にします。綺麗なダム湖に目を奪われ、思わず写真を一枚なんていうこともありました。下伊那・天龍村の平岡ダムもその一つ。村を訪れた時に建設当時の様子も聞かせていただきましたが、このダム建設にも悲しい過去がありました。

折しも太平洋戦争中、敵対する連合国軍の捕虜や中国・朝鮮半島の人々も建設に当たった。強制的に連行された方も多く、終戦までに110名以上の方が命を落とし、毎日のように焼き場から煙が上がっていたそうです。しかし、当時も村人との多少の交流があり、その後、慰霊碑が建立され、収容されていた方たちが戦後何人も来村されている。つらく悲しい時代があったにもかかわらず、心温まる友好の話もあったのですね。

その他に、各地のダム建設によって集落がなくなった話

もあちこちで聞かせていただきました。ダム湖の美しさの奥には様々な物語がありました。

そしてもう一つ、県内には何カ所かで原爆の火が灯っていることを知っていましたか?

茅野市を訪れた時に案内していただいたのが、茅野市運動公園の入り口に灯る原爆の火。これは昭和20年8月6日、広島に投下された原爆の残り火。肉親を捜していた福岡県星野村の方が倉庫にくすぶる火をカイロに移して持ち帰り、以来その火は村で保存されていたとのこと。そこから分火してもらい、非核平和のシンボルとして戦後50年の時から茅野市の平和の塔で燃え続けています。

毎年8月6日には平和式典が行われ、参列もさせていただきました。ちょうどそこで、この火を茅野市から福岡までもらいに行った方にもお会いし、お話を聞かせていただくことも出来ました。

実は県内、伊那市の常円寺境内でも分火された火が戦後45年の1990年から灯り、他に松本市、山ノ内町など6カ所(現在消灯含む)に原爆の火が灯っていました。国内では45カ所以上、海外でも2カ所で灯されているようです。そこまで、いろんなところで灯り続けているとは知りませんでした。

知らないといえば、今、小中高校と学校講演にも数多く声を掛けていただきますが、そこで8月6日や9日、15日は何があった日かわかりますか?という問いに反応がないことが多いように思います。同時に、太平洋戦争が終わった年は?という問いにも。戦後70年以上も経つと、長い年月と共に惨事も風化してきているのだろうか? 関心がなく、話を聞いていても記憶に残ってないのだろうか？

思いのこもった原爆の火も、知ろうとしなければ大人でさえその存在に気付かずにいる。様々な大事なものも興味を持てるように誰かがしっかり伝えなければ忘れられていくのは当たり前なのかもしれません。

教科書には何行か取り上げられている過去の戦争、日本中が悲しみのどん底にあった戦争でさえ同じ。身近な所でも様々な被害や悲しみがあったことは忘れられ、遠い所であった昔のこととして、どこか他人事になってしまっていないだろうか？　自分たちには関係なく知らなくてもいいことになってしまっていないだろうか？

各地いたる所で過去の悲しみを忘れないように、平和を願い灯り続けている原爆の火。伝え続けなくてはいけない大切なものに出逢い、あらためて黙とうを捧げると共に、活動の背中を押していただいているような希望の灯りにも感じました。

これからも皆で、平和な未来への道を照らし続けていきましょう。

回想プロジェクト講演会アドレス　https://www.facebook.com/kaisou1945

第8章 幼い日の影

今思う戦中戦後

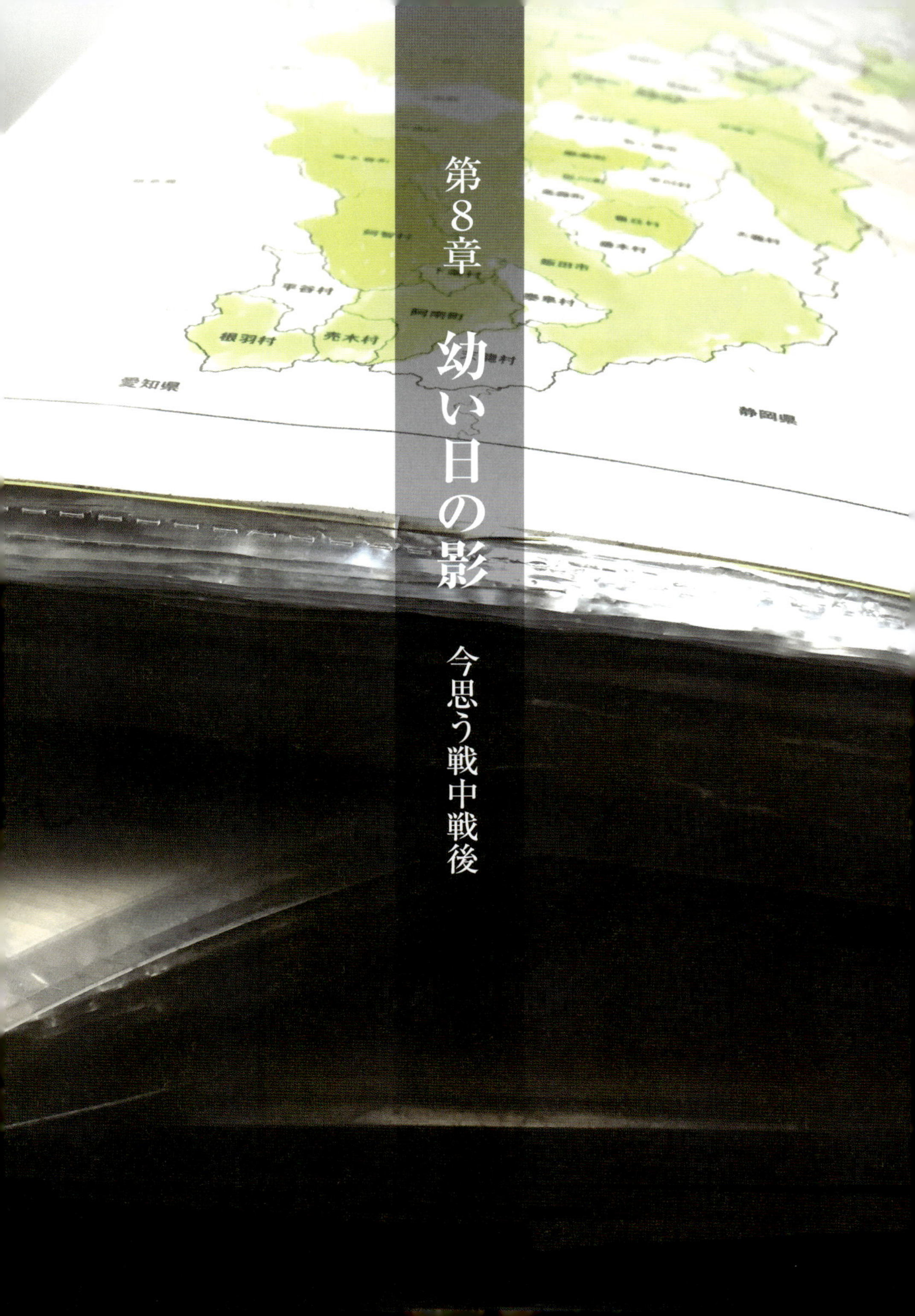

中国から帰還「母のおかげ」

木島平村　**岡田秀子さん**

奥信濃の、４８００人ほどが暮らす木島平村。幼い頃、木島平スキー場へよく連れて行ってもらった思い出があります。昭和15年（１９４０）６月生まれの岡田秀子さんにお話を聞きました。終戦の時は５歳になったばかりでした。

両親が、長野県全域から集まった黒台信濃村開拓団の団員として満州に移り住んでいた。20年８月、ソ連軍の爆撃機の空襲を受け、家・畑はそのまま、家畜も置き去りにして、わずかな身の回り品をリュックに詰め込み、母が手綱を取る荷馬車で母と子ども３人で乗り出したことを覚えているそうです。

父はその数ヶ月前に現地召集されていて不在。まだ27歳だった母が、５歳の私、３歳と、生まれて半年ほどの妹を抱えての避難生活が始まりました。

家を出て数日後、ひどい雨が続き、馬の蹄《ひづめ》が傷んで歩けなくなったので馬車は捨てました。そこからは荷物を持って1日20キロくらい、畑の中、河の中、野原、鉄道、山の中を夜も何日も歩き回ったようです。爆撃機が通るたびにコウリャン畑や草の陰に身を隠しての逃避行が続きました。

数日して捕虜となり、収容所生活に。その後は毒薬を呑《の》んで自決する人、自分の子どもを殺す人、飢えや病気で死んでいく人…。一番下の妹も栄養失調で亡くなりました。

それから、すぐ下の妹を中国人に預け、母とともにほかの中国人の家に住み込み、働かせてもらいました。その冬に母が重いリュウマチにかかり寝込んでしまった時も中国人は手厚く看護してくれました。おかげで春には元気になり、2人で収容所へ戻ることができました。

昭和21年9月、引き揚げの時、預けた先の家がなかなか返してくれなかった妹を引き取り、貨物船に乗り込んで佐世保に上陸。母、妹と3人で、今の野沢温泉村の父の生家へ身を寄せました。小学校3年生の夏、生きているとは思わなかった父が、抑留先のシベリアから無事帰ってきました。

敗戦から1年余り、中国の土や残留孤児にもならず日本に帰るまで生き延びられたのは、知恵を絞って勇気を出してくれた母のおかげです。そんな母も79年の天寿を全うし旅立ちました。

岡田さんは今、戦争の事実を戦争体験のない世代に伝える「平和のバトン」になれたらと願い、機会があれば語り部もされている。こういう歴史を、戦争を知らない方たちにも知ってほしい、そして子どもたちにはぜひ多くのことを学び、真実を見極め、一人一人の心の中に「平和の礎」を築いていってほしいと。岡田さん、これからもいろいろな場所で伝え続けていって下さい。

村長の父が取った「責任」

豊丘村 **胡桃沢健さん**

下伊那郡の豊丘村は昭和30年（1955）に河野《かわの》村と神稲《くましろ》村が合併し、今はおよそ6700人が暮らす。その豊丘村で農作業の忙しい中、お話を聞かせて下さったのは、胡桃沢健さん。終戦当時はまだ小学1年生。戦後の厳しい生活は今も忘れられないそうです。そして、村から送り出した開拓団の結末を知らされ、村長として苦悩したお父さんのこともお聞きしました。

「戦前は裕福な家庭でした。土地や畑も多く、戦時中はラジオも家にあり、終戦の日は近所の人が皆、家に集まってきました」。玉音放送を聞き、涙する人が多かったといいます。

「自分はまだ子どもで、何のことかピンときていませんでした」

しかし、そこからが大変な苦労の始まりだった。

「ずるさがない父は収穫物を供出して自分が食べられなくな

り、栄養失調にもなってしまいました」

そして、村から満州に送り出した開拓団が、待てど暮らせど帰ってこない。実は、開拓団の女性や幼い子供、高齢者たちは、青壮年男性たちが根こそぎ召集された後、敗戦を境に大混乱となった満州で、逃避行の途中に集団自決していたのだ。

「その河野村開拓団のことを心配し、父は責任を感じていました」。後に見つかる日記などから、その心模様がわかったようですが、お父さんは、村長として皆を送り出してしまったという責任感から、昭和21年7月、自宅で自決したのです。当時41歳。

胡桃沢さんの、その日の記憶。「着物姿の横たわった父の遺体を見た時、2つ上の姉が母に言ったのです。『おかあちゃん、しっかりしてね』と」

「母は、愚痴も人の悪口も言わなかった」と胡桃沢さん。そんな母が晩年、東京で看護師をしていた妹に口にしたこととは―

実は、父が一家全員で心中しようとしていたのだということ。そして、母はそれを拒んだということ。私財はすべて開拓団の関係者に分けるという遺書まで用意したこと。

胡桃沢さんは言う。「父も地域を豊かにするためにと思い、戦前戦中、軍国主義や国の方針に従っていったのではないか…」。その父が責任を取ったことには、悲しい一面と、責任を取りホッとするという両方の思いがある、とも。

戦後、胡桃沢さんは、まだ小学生でも長男として家を守らなければいけないので、農業をしながらの生活になる。食糧難で大変だった。この辺りの名産の桃は昭和25年頃から栽培が始まったそうです。

「政治に無関心では、いつかそれが自分に返ってくる。後で『こんなはずじゃなかった』と言っても始まらない。しっかり関心を持って学んでほしい」。若い人たちのために、そんなメッセージを託して下さいました。

なくした緑色のワンピース

原村　平出昭恵さん

八ヶ岳の裾野、星空が綺麗な原村に訪ねたのは、平出《ひらいで》昭恵さん。お父さんが原村の出身で、満州へ渡り食糧事務所の仕事をしていた関係で、当時の奉天（現瀋陽）で生まれ育った。現地では中国人の従業員もおり、父母の人柄のおかげなのか、とてもよくしてもらっていたという。まだ幼かった敗戦時の思い出を語って下さいました。

終戦までは何不自由もなく、お米も食べていた。いつの頃だったか、父にも召集令状が来た。昭和20年（1945）8月9日以降、ロシア兵が入ってきて「怖かったなー」というのは幼心にも覚えている。

7歳だった1年後の夏、5歳の弟、3歳の妹とともに母に連れられ、引き揚げの長旅に。走り出しても今にも止まりそうな貨物列車には、停車の度に現地の人から石を投げつけられ、ケガをする人もいた。怖さのあまり声も出なかったし食べることも出来なかった。
その後、今度は長い船旅に。1日に2度くらいおにぎりが渡され、泣き泣き食べた。そして、毎朝のように小さな箱が海に浮かんだ。栄養失調や生まれたばかりの赤ちゃんの亡骸を葬っていたのだった。

何十日目かに「日本が見えたぞー」の声が。その時はみんな船の甲板に上がり、お祭り騒ぎのようだった。初めての日本。舞鶴港に到着。手続きで何日か過ごしてから列車に乗り、父の郷里を目指した。青柳の駅にたどり着いたのは、すっかり秋の気配を感じる10月だった。改札を出ると、髭をはやした大好きな父が出迎えてくれた。戦地に行った父は終戦前に運よく内地へ帰っていた。
そこで大変なことに気づく。長い道中、自分の唯一の荷物だったリュックサックを汽車に置き忘れてしまった。その中には一番大事にしていたお気に入りの緑色のワンピースが1枚入っていたのに…。次の茅野駅などに連絡しても見つからず、それから3日は泣いていた。大声で涙も枯れ果てるほど。柄、生地の肌触りもいまだに焼き付いている。

帰国後は「それこそ貧乏のどん底」。5年生になった時、一家で村内の上里地区へ入植した。お風呂もドラム缶に薪。電気も通じてなく、ランプ生活。学校から帰れば、まずランプのホヤみがき。「お友達の家にはみんな電気が入っているのに、なぜ私の家だけ?」と、涙しながらガラスに息を吹きかけたのも忘れられない。

そんな平出さん、近年になって、中国残留孤児のニュースが流れるたびに、満州で別れた友達はその後どうなったのか?と胸が痛むという。これほどまでの悲しみを残した戦争、多くの若い命が散っていったのも事実。

「世界中を哀しみ色にする戦争は絶対ダメ!」と力強く語る平出さん。「今は(自由に)歌えるし、字も絵も描ける時代になっているけど、戦争でドンパチやっていると、それどこじゃないでしょ。とにかく平和がいい」。その思いを繋ぐために毎年、地元の有志の方々と平和を願うキャンドルの集いも行っているそうです。ぜひ一緒に伝えていければと思います。

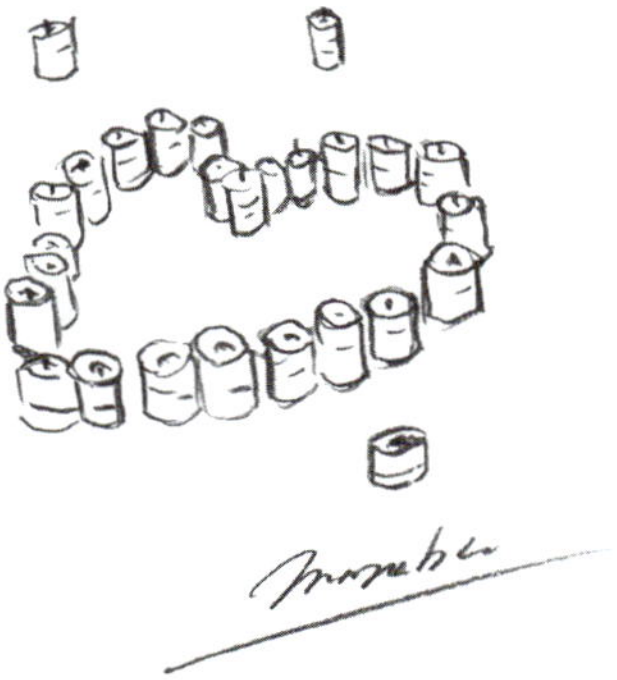

氷点下30度に耐えた真冬の満州

南箕輪村　**仲野洋男さん**

1万5千人余りが住み、長野県内で最も人口の多い村、また日本の村で唯一、国立大学（信州大学農学部）が存在する上伊那郡の南箕輪村。お話を聞かせて下さった仲野洋男さんは、昭和14年（1939）年2月生まれ。ご出身は、桜でも全国的に有名な伊那市高遠です。

戦時中、まだ幼かった仲野さんは、両親はじめ家族7人で満州の北安に移った。3階建てのレンガ造りの家に暮らし、父親は車の修理工場で働いていたそうです。

終戦を迎えた時でまだ小学1年。そんな幼いながらに一番印象に残っていることは、満州の草原。ため池で泳いだり、父が川にダイナマイトを持って行って投げ込み、破裂させて魚を取ったこと。

「背負えないほど魚を捕まえたり、鶴を撃って

食べたりしたことを覚えている。ただ、終戦までは戦争というものを感じたこともなく、近くに住む満人（中国人）にいじわるをするほど日本人も、えばって（威張って）いた」

「それが敗戦で一変。引き揚げとなり、乗り込んだ列車の中はぎゅうぎゅう詰め。列車が止まるたびに、物盗り、強奪に遭ったりした。50人ほどでの逃避行だった。父は車の整備が出来たので、ロスケ（当時のソ連兵）に使われていた」

「今思えば、冬の寒さにもよく耐えられたなぁと…。冬はマイナス30度にも下がり、修理工場の屋根裏からスズメが凍死して落ちてくるくらいだったから」

終戦から約1年後、仲野さんは家族と舞鶴に引き揚げ、ふるさとの高遠へ。着いた時はまだ配給制。好きに何でも買える時代ではなかった。その後、少しずつ生活も安定していくが、1円もあれば、釣り竿を買って、飴を買って遊びに行った思い出があるという。

そんな少年時代を過ごしてきた仲野さんから見る今の時代は「モノが溢れているから、若者は幸せすぎるかな」と映る。「贅沢すぎるから、ありがたみに気づいてほしい」と。それでも「昔から変わらないこの景色が、ふるさとの良い所です」と語って下さいました。

学校の窓から見える風景も、いつまでも変わらず、美しくあってほしいですね。

温泉街を焼き尽くした大火

高山村　関谷忠好さん、小林公子さん

長野県北部、群馬県にも隣接する上高井郡高山村。およそ7200人が暮らし、健康長寿、アンチエイジングの里としても知られています。お話を聞かせてくれたのは、観光地でもある山田温泉でお店を営む関谷忠好さんと小林公子さん。関谷さんが昭和5年（1930）5月生まれ、小林さんが13年の元日生まれ。お二人、年は少し離れていますがご近所さん。同じ小学校に通った幼なじみです。

戦時中、小林さんが幼いながらにはっきり覚えているのは、長野空襲があった20年8月13日、ちょうど村の真上を爆撃機が何機も通過していった。そして少し高台に登って、爆撃の様子を目にしたこと。「しばらくは、あれがB29かと思っていた。みんなもそう言っていたけど、違ったんだね」

この時、須坂中学（現須坂高校）の生徒だった関谷さんは学

校裏の桑畑にいた。当時は勉強というより毎日勤労奉仕。スキー場を開墾してジャガイモやらなんやらを作っていたという。兄が19年に召集され、ボルネオで戦死。敗戦の翌年頃だったか、戦友が伝えに来てくれたという。

この村は直接空襲を受けてはいないが、戦争の間接的被害と言えば…実は、かつて文人たちもよく訪れたこの温泉街は戦時中、大火事でほとんどの旅館が焼失してしまったという過去がある。20年5月30日深夜。戦火を逃れて東京から疎開してきていた池袋第五国民学校の児童約３００人と先生たちが宿泊していた旅館から火が出た。そして8人が亡くなっているのだ。たまたま関谷さんの誕生日。お二人の記憶によると、それこそ街中の旅館が焼けるほどの火事で、明治大正からのお店も焼け、残ったのは土蔵が3つくらいと薬師堂に金比羅様だけ。それは大変だったという。

だから、明治時代から続いているお店でも、建物はその時以降の建築とのこと。今は薬師堂脇に観音像が建てられている。また、当時焼け残ったしだれ桜が牛窪神社で生き長らえ、「延命桜」としても親しまれている。

この時に印象に残っているのは、8人が犠牲になっているにもかかわらず、軍の命令で焼け跡から供出のために釘などの鉄製品を生徒たちが拾い集めたこと。「お国のため」だった。

「想像つかないかもしれないけど、今は家畜にあげるようなものまで当時は食べていた。今思えば、それが戦争だったなぁ」と小林さん。

敗戦から5年ほどたっても、温泉街はまだ満足に生活が出来るほどでもなく、やっと建物が建ち、元の姿に戻るかどうかくらい。関谷さんは25年、創設されたばかりの今の自衛隊の前身、警察予備隊に入る。「給料が良かったから」。当時、大卒銀行員の初任給が3千円ほどのところ4500円ももらえるということで、生活していくためだった。

「気持ちは複雑でした。兄を戦争で亡くしているのに。アメリカ兵から学んで鉄砲を撃つ訓練もかなりしました」。そして、新潟の高田から父母に仕送り。その後、温泉街へ徐々にお客さんが戻ってきたということもあり、2年で退職し、家業を継ぐ。本当の復興は「昭和30年過ぎだった」と振り返る。

大火を経て今も残る薬師堂

学生時代、木炭車に乗って通学した思い出もある関谷さん。「坂道で大勢乗っていると上らなくなる。（乗務員が）ちょっとお客さん降りてくれるかー、なんてこともあった（笑）」不便だった当時にくらべ「今は天国。でも、ただ、お金、お金の世の中になってしまった」。近頃、村では熊が人里に出て困っている。どこも鉄線だらけ。環境サイクルを変えず、昔からの炭焼きなどが行われていれば、今のように動物が来るようなことはなかったのか…。

そんなふるさとの魅力を聞くと、「滝もあるし、紅葉も綺麗だし、環境がいい、こんないい所ないよ」と口をそろえるお二人。紅葉が始まったら、温泉に入りに来たいと思います。

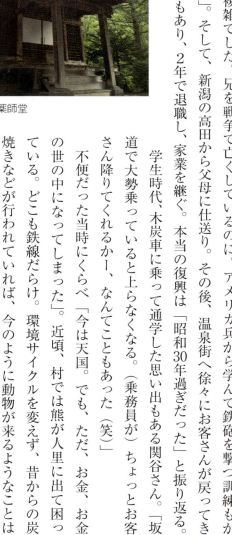

雑草が子どものおやつだった

小川村　鎌倉晨弥さん、森　久さん

左が森さん、右が鎌倉さん

縄文おやきや本州のへそ（重心地）でも有名な、２６００人ほどが暮らす上水内郡小川村。終戦時に小学生だった元村長の鎌倉晨弥さんと、森久さんのお二人に当時のことについてお話を聞きました。

鎌倉さんのご自宅におじゃまするると、戦時中の古い写真を見せて下さいました。生まれは昭和10年（１９３５）1月。早速ですが、終戦の時のこと覚えていらっしゃいますか？

「ちょうど父のお兄さんの葬儀をやっている時、お勝手にあったラジオから流れてきたのが玉音放送だった」。放送はガーガーピーピーで聞き取りづらかったようですが、周りの大人たちが「どうやら負けたらしいぞ」と言っていたのが強烈に印象に残っているそうです。

「みんな日本が勝てると思っていたし、自分も兵隊に行きたいと思っていたし、パイロットに憧れていたので半信半疑、そんなことありっこない、と。戦慄が走った」

16年12月の太平洋戦争が始まった日も、もちろん覚えている。それから地域の成人男性は順次兵隊になり、出征の時は沿道に並び、楽隊の後についてバス停まで見送ったことも。

森さんは昭和8年12月生まれ。日本が負けたと聞いた日は、「これで苦しみがなくなるな、なんて思った」という。苦しみは「なんと言っても一番は食料不足、食べ物がなかったんだから」。生きていくのに必死で、芋のつるでも何でも食べた。

学校で先生が言ったことをまだ覚えている。「雑草でもなんでも食え」。でも毒草はいけないから、まずウサギに食わしてみて、食べたら大丈夫だ、と。「雑草が当時、子どものおやつ」

鶏の卵は高級品だったから、手に入るとお金に換えたり、病人にあげたりしたので、自分たちは食べられなかった。当然、米のご飯も食べられない。「学校でも弁当泥棒があったくらい。だいたい誰の仕業だかわかっていたけど、言わなかったなぁ」。トウモロコシの粉が配給になり、そんな物を食べていた。

「そう、集落にバスが着く時間には、毎回4、5人はリュックを背負って降りて来て、『穀類が欲しい』なんて言いながら農家を一軒ずつ回っていたこともあった。でも、こっちも売るものがないから、雑談しただけで別れたりが何年も続いたよ」

雨が降れば長靴がとられてしまうほどの土壌、そんな土地でも隙間があれば何でも植えた。そして、せっかく育った作物が盗まれてしまうことも。「『耕し天に至る。以って民は貧なるを知るべし』なんて、終戦後に帰ってきた人が俺に教えてくれた」

上空を飛んでいくグラマン機も印象に残る。電球の周りに蛇腹式のカバーや風呂敷をかぶせたりして窓から光が漏れないようにした。「今考えれば、こんな山の中に空襲しっこないのに」。空襲と言えば長野空襲の音は聞こえたようで、「高射砲だと思うんだけど、親父と畑で仕事している時にドカンドカンと鳴っていた」と森さん。目と耳の鼓膜をやられないように手でおさえる、そんな訓練もした。

終戦の前の年、木刀を作らされたこともあった。材木はないから山へ行って木を探し、綺麗に磨いて作る。何故かと言えば、アメリカ兵が落下傘で下りてくる、それを叩き殺せと教育されていたから。だから、戦後、アメリカ兵がジープに乗ってこの村に来た時は驚いた。

鎌倉さんが学校でぞうきんがけをしていると、アメリカ兵は靴を履いたまま校舎内に入ってきて職員室へ。「恐ろしいだし、おっかねえだし、初めて見た外国人、でかいし、怖いけど見たいし」。銃の処分と刀狩りもあった。

戦後と言えば、チョコレートを持って帰ってきた兵隊さんがいて、隣近所に挨拶回りで配ってくれて、初めて食べて美味しかったことも覚えている。

そんな経験を振り返りながら思うのは、「藁《わら》布団で寝ていた当時か

目と耳を守るためのやり方を再現する鎌倉さん

らすれば、今は平和なんてもんじゃない。家もホテルのようで、平和ボケになっていないかと心配になる」というお二人。そして「無関心、自分勝手。貧富の差以上に、人情が薄れていないかと心配だ」とも。

「昔は食べ物がなければ、あげたりもらったり。子どもがいたずらした時は、いけないものはいけないと、近所の人がよその家の子でも怒り、親の所に言いに来て、子どもを近所中みんなで悪い方に行かせなかったもんだが、この辺でも、もうそんな関係は少ない」「リンゴを育てる時に学んだけど、生育のためには枝を切るように、伸ばし放題じゃだめだと思う」

熱く語っていただいたお二人が住む小川村は、平成の大合併でも長野市と合併せずに自立の道を歩んでいますが、昭和30年までは南小川と北小川に分かれていた。そして、長野市の歴史研究家、大日方悦夫先生のお話を聞いて知ったのですが、戦時中は南北どちらの村長も、当時の国策であった満蒙開拓の分村を断っていたそうです。視察の結果、「村民は満州には送らない」と決断をして。しかし、当時とすればとても勇気のいる決断。命をも狙われかねない、非国民扱い覚悟だったことでしょう。頭が下がります。

理想の未来を創り上げるためにそこから僕たちが学ぶことは？　まずは世の中や周りに流されることなく、しっかり自分の頭で考えて判断していく姿勢を身につけたいですね。その先を見る目が、豊かな地域や人を育むのでしょう。

貴重なお話ありがとうございました！　また綺麗な景色を眺めに寄らせていただきます。

帰途に見た原爆被害の広島

飯山市　西尾文子さん

菜の花畑やアスパラでも有名な飯山市。豪雪地帯で、道路の消雪パイプもおなじみですね。また、仏壇や和紙も伝統産業。そんな飯山で、昭和9年（1934）8月生まれの西尾文子さんにお話を聞きました。

小学生だった終戦当時は、お父さんが満鉄（南満州鉄道）に勤めていた関係で中国にいたという西尾さん。「三階建てで、屋上もある家でしたよ」。ずいぶん整備もされていたようで、それほど戦争の恐怖感はなかったといいます。

「日本は神の国。負けるわけがない」。父にそう教わっていたので「必ず勝つ」と思っていたという。しかし敗戦により、引き揚げることになる。「まだ私たちは恵まれていましたね。10月頃には帰れましたから」

博多港に着き、列車でふるさとへ。途中、広島を通った時は、

草木もなく、原爆の説明を受けたことを覚えている。

飯山へ帰ってきて「日本は狭い国だなぁ」と思った。そして「苗から米が出来ると初めて知った。（苗が）ニラかと思っていましたから（笑）」。

「今は極楽。孫に『戦争は、やだね！』なんて話をしていたから、私とじいちゃんが喧嘩している姿を見て『戦争になっちゃう』なんて言われたり」

そんな西尾さん、高校を卒業してバレエを始め、その後、教えたりもしていたようです。また、餃子作りが得意とのこと。中国にいた時の味を覚えていたのでしょうか。ご近所にも配るんだそうです。

千曲川沿いに広がる菜の花畑。「朧月夜《おぼろ》」にも歌われている風景、和みます。この景色、平和とともにいつまでも。

木材用の台車に乗せられた労働者

王滝村　大家幸雄さん

新緑もまぶしい5月の連休、霊峰御嶽と国有林の歴史とともに歩んできた村、木曽郡王滝村におじゃましました。面積の97％が山林という人口８００人ほどの村で、お話を聞かせていただいたのは大家幸雄さん、83歳。

戦時中は小学生。山菜採りに薪集めと、勤労奉仕での作業が多く、勉強した覚えはあまりないとのこと。印象に残っていることの一つとして、終戦を迎えた6年生の秋、警察と、反乱した中国人労働者の激しいもみ合いを目の当たりにした。

当時、今はなくなった森林鉄道の田島停車場前に住んでいた。外で友達と遊んでいると、材木運搬用の台車が着いた。台車の鉄棒には外国人労働者らしい4、5人が縛り付けられ、警察官が12～13人乗っていた。

労働者たちはそこで降ろされ、ジープ式の車数台に移されようとした時、激しく抵抗。「棍棒と綱を持った人たちが数人がかりで1人を倒したり、電柱やレールに縛り付けたりしていた」

「帰れ」と怒られたので、家に入り2階から眺めていると見つかり、また怒られた。電柱に縛り付けられた一人は指を締め上げられていた。子どもながらに「そこまでしなくても」と思うほどだったという。

あとで大家さんが知ったところでは、電力事業の通水トンネル掘削作業で強制労働をさせられていた中国人たちが、終戦で、わが国が勝利した、と言って農家をおどしたり、田のはぜに火をつけたりするなどの騒ぎを起こすようになり、村の要請もあって武装警察隊が出動したらしかった。一連の騒動は「王滝の支那事変」なんて語り継がれた出来事だったという。

戦後、大家さんは中学生になって修学旅行で名古屋に行き、初めて海を見た！　その感動は忘れられないそうです。「山で育っていますから」

そんな大家さんは王滝村のいろんな歴史も教えて下さいました。日本に数少ないスイスの教育者ペスタロッチの像があることや、「木曽のなー、なかのりさーん　木曽のおんたけ　ナンチャラホイ♪」で有名な木曽節のこと。いろいろ調べてゆくと発祥の地でもあるようです。

隣の木曽町から西へ王滝村に入っていくと、まず目を惹くのが牧尾ダム。昭和30年代の建設の時、村の約4分の1にあたる民家と多くの土地が水没してしまうため、反対運動もあったようです。しかし国家事業でもあり同意に。その結果、百数十戸が住み慣れた土地を離れた。今でも良かったのかど

うか…。

昭和59年（1984）には大規模な土砂崩落で29人の死者・行方不明者が出た長野県西部地震が発生しました。平成26年（2014）9月には、63人もの犠牲者と行方不明者が出てしまった御嶽山の噴火災害も記憶にあたらしい。

今は真っ青なダム湖の水も、噴火以前はもっと透き通っていたとか…。御嶽山の望めるスポーツ公園には噴火犠牲者への献花台があり、礼拝させていただきました。

大正、昭和、平成と、どことも合併せずに自立してきた王滝村。御嶽山に見守られ、いつまでも歴史を紡いでいってほしいです。

何でも食べ、貧しくも支え合う

平谷村　西川菊子さん

長野県で一番人口の少ない４４０人ほどの村が下伊那の平谷村。江戸から明治にかけては伊那街道の宿場で、海と山をつなぐ中馬街道の中継地として栄えたようです。その村で立ち寄ったお店でご紹介いただき、82歳の西川菊子さんにお話をお聞きしました。

7人きょうだいで育った西川さん。今では小学校も全校で20人くらいですが、当時は1学年1クラスながら50人くらい。「子どもの頃は何でも食べた。人間の食べるようなものじゃなくても食べた」。そして、遊びはビー玉やお手玉、メンコなんていうのも流行っていた。

きょうだいは年齢的に皆、軍隊には行ってないが、村の中では、家の表の道で万歳に送られて出征する兵隊さんを見送った。「亡くなって帰ってくると、お宮へ迎えに行くの」。1軒で3人が亡くなった家もあり、同級生にも1人、お父さんが戦死した方がいたそうです。

村に空襲はなかったが、飛行機が上空を通っていく時は怖かった。名古屋からたくさんの子どもが疎開してきていた。

終戦の時はまだ小学生。敗戦を聞いて、近所のおばあさんは「親が死んだより悲しい」と言って泣いていたのを覚えているという。

一番困ったのは、やはり食べ物。「芋のご飯は毎日。昔はこの辺りの農家も今の半分くらいしか米を作ってなかったんじゃないかな」。当時の楽しみは「そこらへ遊びに行くことだけ」。遠足は高嶺山《たかね》まで。ここは秋になると紅葉が綺麗だ。

学校へは弁当を持っていって、冬はストーブの下の箱に入れておく。「この時も、偉い人は真ん中で、私たちは端っこ。少し冷たいままだった」。貧しい時代。「弁当を持ってこれない人には半分やったりとかな。泣いとるんだもの」

いたずらも凄かったようだ。「(学年が)上の衆は女性の先生をいじめとった。蛇を捕ってきて机の中に入れたり」「喧嘩も多かったが、今のような恐ろしいいじめはせん」。先生に叩かれるのも当たり前。当時を振り返ると「今はみんなでわらっとる」。

そんな西川さん、今、若い人たちに伝えたいことは「まぁ、今の子たちに言ってもわからんら」と言いつつも「誠実に生きてほしい、悪いことやらんように」と。そして「今の子は幸せだよ」とも。突然の訪問にもかかわらず、小学校時代のいろんなお話、ありがとうございました。

両親の愛情を信じても、思想は

売木村　桧山美佐江さん

長野県の南端、５６０人ほどが暮らす売木村。そこでお話を聞かせてくれたのが、昭和９年（１９３４）10月に豊橋市小池町で生まれ、戦時中は空襲の中を逃げた記憶があるという桧山美佐江さん。

東京から疎開してきていた美しい同級生は焼夷弾の油をかぶってケロイドになっちゃった。軍用道路にするために国が買い取ってあった土地に落ちた弾が、女学校に行っていた金物屋の娘さんを直撃した。電信柱に木の葉のように肉片がぶら下がっていたのも見てしまった…と、いきなり生々しい体験を語って下さいました。

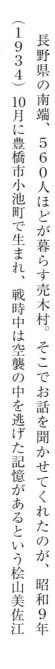

「私は10人きょうだいの3番目。一番上の兄（昭和3年生まれ）は名古屋の飛行機作るところ（三菱重工だったかな?）に行っていました。戦争にも『行く』って言っていたけど、体格が小さかったから行かないまま終戦。姉は女学校から豊川工廠《しょう》に動員され、空襲の時に一緒に手をつないで逃げた友達が、直撃を受けて亡くなるという経験をしています。

父も背が低く耳も遠かったので召集も徴用もされず。町内の防火の長のようなことをしていたので、20年6月だったか豊橋の空襲の時も最後まで逃げられなかったようでした。

わがままで好き勝手に過ごしていたように見えた父でしたが、後になって家の中から感謝状が出てきて、社会貢献もしていたのだと気づいた。厳しかった父にあまりよい印象はない。口が達者で元気がよく、正義感も強かった私は『なんで戦争に反対しなかったの？』と父にくってかかるような子でした」

桧山さんの実家は毛筆の製造業を営み、多い時は16人ほどが住み込みで働いていた。そんな家なのでレコードもラジオもあったそうです。終戦の時は11歳の小学5年生。そのラジオの前に座って、みんなで天皇の放送を聞いた。

「言っていること、わかりましたよ。というのは、新聞を読んでましたから。読めない字は飛ばしながらも、わからないことがあると父や姉、兄に聞くので。だから『嘘をつかれていた』ということを理解出来た。それから、国家というものは信じない。教師も。両親の愛情は信じるけど、意見、思想は信じない。

小学校の時、みぞれの中、冷たい線路わきに座らされた。どうやら天皇陛下が列車で通るらしく、頭を下げて顔を上げてはいけない、なんて信じられないことをさせられた。敗戦で教科書を黒く塗らされた時はショックだった。日本という国、大人が今まで言ってきたことは違っていた、こんなに教えてはいけないことがあったんだと」

黒い墨といえば、「学校で書道をやってはいけない、マッカーサーが来たから禁止されるぞ」、そう父が言っていたら、本当にそうなった。ＧＨＱ（連合国軍最高司令官総司令部）から数年間、書道が禁止された。これは実家の商売にも大打撃だった。筆が売れない。「お店で元気な人は戦争に行き、身体の不自由な方が４人ほど働いていたんだけど、もう細々だよね。みんな貧しいから帰る所もない」。それまでの財産、かんざしも着物も、真珠なんかも切り売りしながら生活したという。

小学生だった桧山さんも成長してゆく。恋をして、父の言うことを聞かなくなってからは、時折口ごたえした。「産めや増やせやでお父さんは10人子どもつくったからって、その子どもたちはみんな鉄砲の弾だよ。大将は死にやせん」などと。

一緒になることを父に反対されたというご主人とは、豊橋の頃、劇団に出入りするうちに知り合った。そして東京に行ったり帰ってきたり。いろいろあって、この売木に来たのは16年ほど前。小さな家を建て、農業をしながら暮らしてきたそうです。

そんな桧山さんから今の若者に伝えたいこと。

「一生懸命働け、そして食べていけ。それは自分が自分に課せられる仕事で。もう一つ、結婚しようがしまいが、子どもを産もうが産むまいが、それは自分の人生の考え方。だけど次の世の人のことも考える。それが大人」

「私はもういいけど、若者たちが少しでも幸せに過ごしてほしい。だから少し政治のことも考えてほしい。『変わらない』という考えを持ったら、ドンドン悪い方にいくから」

そう、なぜ売木村に来たのかも聞いてみた。すると15歳の時からの、ひそかな願望だったという。

「中学3年生の夏休み。貧乏だけど先生にも内緒で、友達皆でこの村の茶臼山に来てキャンプをした。朝もやの中で馬が何頭もたむろしている姿が何とも言えず、心に決めた。『よし、死ぬ時はこの神の国で死のう』と」

「私は神仏を信じない人だけど、その時、もやの中の向こうをつかみたいというか、無限、日本画の神のような国と感じた。とにかく馬の姿が美しかった。あの朝の景色が忘れられず、その当時の願望を実行に移したんです」

激動の中を過ごされてきて中学生の頃の夢を叶えたって、素敵ですね。そんな美しい茶臼山の朝の景色、見てみたくなります。

山のお寺　石の鐘はおろさない

信濃町　佐々木五七子さん

長野県の北、新潟県に隣接する信濃町は、およそ８７００人が暮らす。黒姫高原や野尻湖、そして小林一茶の生誕地としても有名です。そんな信濃町にあるお寺、称名寺《しょうみょうじ》は戦時中、金属類回収令によって梵鐘まで持っていかれてしまいました。代わりに吊るされたのが大きな石。そして「石の鐘のお寺」として、当時の姿を今も残しています。

生活の中のあらゆる金属類は根こそぎ回収された。大砲の弾など武器を作るために。門信徒の手で鐘が供出されたのは昭和17年（１９４２）10月。その日、鐘つき堂の前で着飾った大人たちが笑顔でカメラに向かう中、横を向いて膨れっ面した中学生の少女がいた。それが、今の住職、佐々木五七子《いなこ》さん。

失われた鐘の代わりに、鐘楼の重りとして門信徒によって石が吊るされた。その時の話を、佐々木さんに何度か聞かせていただきました。「なぜこんなことまでするのか」と、当時不思議に思ったといいます。時代に流されない当たり前の感覚。それは間違っていなかっただろうし、何度か「鐘を下げたら」という声が上がっても、石を吊り下げているのはそんな思いから。

この里に時を刻み、生活の中に溶け込んでいた故郷の鐘の音。父も母もつき、出征する兵隊もついていった。「あの鐘が戻ってこない限り、この田舎から出ていった兵隊さんたちが戻って来ない限り、石は下ろさないよ」。こんな小さな田舎の集落でも、帰って来ない人がいた。学校の先生も。

「どこまで行っても、戦争なんてするもんじゃない。あったかい心を持って相手のことを思う。心を配ること、思いやり、人のために尽くし、人によいことをするのが布施。喧嘩《けんか》相手じゃなくて仲良し。そう心で思っていれば、そうなっていくよ」「和こそ大事、心だよ。あんた、伝えてな、たのんだよ」

佐々木さんはそう言って、いつものようにお菓子の手土産を持たせ、本堂の外まで送ってくれました。その渡された役目と責任に、身が引き締まります。

石の鐘モノガタリ

枝垂れ桜 風に揺れ　時代が移りゆくも　故郷を見守っている　お寺の石
武器に変わった　鐘の代わりに　帰ってこない命の代わりに　ずっとずっと

鳴り続けている　石の鐘はこの場所で　怒りと涙と　平和への祈りを
心に響く永遠《とわ》の音　この里に響く鐘の音　鐘が鳴る

横を向いて膨れっ面　昭和17年 供出の日に
父 母も　兵隊さんも　みんな撞いた鐘
馬車に乗せられ　田んぼ道を　遠ざかる　あの日から　あの日からずっと

見届けている　石の鐘は時の中で　怒りと涙と　平和への祈りを
心に響く永遠《とわ》の音　この里に響く鐘の音　鐘が鳴る

耳を澄ましてここに立てば　聞こえてくるよ
遠く遠くまで響きわたった　懐かしい懐かしい その音

鳴り続けている　石の鐘はこの場所で　怒りと涙と　平和への祈りを
山を越え　海を越え　時を越え　心に響く永遠の音
忘れない　忘れない　故郷の鐘の音　鐘が鳴る

助け合いの心を失わないで

高森町　林　兵一さん

長野県全77市町村聞き取りの最後に訪れたのは、２０１６年10月23日、市田柿でも有名な下伊那の高森町。偶然にも77歳の林兵一さん。聞き取りの趣旨を説明すると「凄いこと始めたね」。兄と姉、妹の４人きょうだいで育った林さん。妹さんは、お父さんが戦地から帰ってきてから生まれました。

「戦時中は電球に風呂敷をかぶせて暗くして、空襲警報が鳴ると電気を消しじっとしていたこともあった。市田村（現高森町）の小学校1年生の時に終戦。すでにラジオが家にあって、玉音放送を聞いたのを覚えている」

「当時の先生は戦争から帰ってきて軍服を着たままの人が何人もいた。いつも竹の棒を持っていて、何か悪さをすると叩かれた。遊びといえば戦争ごっこや野球、そしてメンコや、陣地を取り合うくぎ打ち。天竜川が近く、泳ぎやスポーツは得意だったので『天竜のカッパ』なんて呼ばれていたね」

そう、天竜川下りは昔、市田からだったそうです。そして市田の灯篭流しも伝統。元はと言えば男女の交流の場だったようです。林さんによると「今でいう合コンのような。子どもの頃見たことがあったけど、それ以上だった（笑）」とか。

兵隊で中国に行っていたお父さんが帰ってきた時のことも覚えている。

「昔は隣近所で『お風呂焚《た》いたから来な』という、もらい風呂というのがあり、ちょうど家族で呼ばれて行っていて、その帰り道、お父さんが帰ってきたらしいという話を聞いて、慌てて帰った」

当時の生活を、林さんは「稲作農家だから男手もなくて母は苦労したと思う。父が帰ってきてくれて嬉しかったでしょう。自分はまだ子どもだったので、それほど苦労は感じなかった」と振り返る。

戦後で印象に残るのは、やはり昭和36年（1961）6月末から7月10日頃まで雨が降りっぱなしだった時の災害、通称「三六災害」だ。惣兵衛《そうべえ》堤防という江戸時代に大きな石を組んで作ったという頑丈で絶対崩れないといわれていた堤防があった。それが決壊し、家が流されてしまった。

「支流で流された家は何軒かあったが、天竜川で流されたのはうちだけ。当時はどこの家も柿を作っていたけど、この時に全部流れた」。今あるのはその後植えたもののとのことです。

最後に、今の若者や世の中に伝えたいことをお聞きします。

「昔は友達が川でおぼれた時も皆で助けた。そんな助け合いの精神が、昔の方がはるかにあった。

喧嘩はあってもその後仲直り、陰湿ないじめなどなかった。繋がりがあった。大人との接点もたくさんあった。豊かになった現代で子どもが自ら命を絶つなんて信じられない。助け合い精神を持ってほしい」

ほんとですね、敗戦から必死に立ち上がった日本。これだけモノが溢れ豊かな時代になったのに、自ら命を絶つ人が後を絶たず毎年数万人。しかも将来への希望を抱えた子どもたちまで、なぜ…。高度経済成長の影で何が失われてしまったのか。

自分にとって幸せとは何か？　何がしたいのか？

平和や自由とは何か？

心豊かに生きるためには、それぞれ一人一人が時代や周りに流されることなく物事の本質を見極め、それぞれがいろいろなことを知り、学び、考えていくことが大事なのかもしれませんね。

たくさんの学びを　ありがとうございました。

菜の花に聞いても応えは返らぬが
あの日はここで　来る日も来る日も農作業
食べる喜び　学べる喜び　夢のようなことだった
幸せ色はどんな色？
今年も季節はめぐります

ダムの下　沈んだ村の思い出が
今　美しく　水面にゆれる

踏まれても　なお立ち上がる麦の草
どんなに困難あったって
まだまだこれから　あきらめず
可能性は無限大
希望を照らし　今日もお天道様が昇ります

エピローグ

今回の聞き取りを通してたくさんの方に出逢え、また初めて足を運んだ地域もたくさんありました。北は飯山市、栄村から、南の根羽、売木、天龍村まで、その土地に伝わる伝統や名産、名所なども教えて下さった方も多く、どこの街にもそれぞれの魅力があり笑顔が溢れていました。

聞き取りの後、地元の観光名所を一緒に案内して下さる方も多く、ちょっとしたガイドツアーをしていただいたような気分になったこともありました。また、お話を聞かせていただく時は、お茶を出して下さり、手作りの漬物が並ぶ。そんなおもてなしに心あたたまりました。

長野県内全域という広範囲にわたる聞き取り、語ってくれた方をどうやって探したかといえば、知り合いに声を掛けるのはもちろん、取り組みを知った方から連絡をいただいたり、お話の後に他の市町村で体験を語っていただけそうな方を紹介してわざわざ電話して下さったり、一緒に連れて行って下さった方もいました。車で近隣の市町村まで一緒にドライブ、そんなこともありました。

「帰りは近くの駅で降ろしてもらえれば列車で帰るので」と言う方も。さすがに90歳を超える方を暗くなった駅で見送るのも心苦しく、家までお送りしましたが、年齢を感じさせない元気な方が多かった。たまたま寄った道の駅のような所で、居合わせた年配の方に挨拶をしたところ「あれ？テレビや新聞かなんかで見たことあるねぇ」「戦争の歌うたっている？」と活動を何となく知って下さっていて、お知り合いを紹介していただいたことや、移動中に初めて入ったラーメン店のマスターが近所の方を紹介してくれたこともありました。各方面からの紹介や偶然の出逢いが重なったりで、全市町村での聞き取りを終えることが出来ました。本当にありがとうございました。

人は一生のうち、何人と出逢っているのかはわかりませんが、一度限りという人も多いでしょう。また会えるようなつもりで別れても、次にいつ会えるかわからない。その中で、聞き取り後に各地で開く報告会に、お話を聞かせて下さった方がわざわざ足を運んでくれたことも何度かありました。再会出来たことを本当に嬉しく、ありがたく思いました。

ただ、残念なことに永遠の別れもやってきます。全市町村での聞き取りが終わり、年が明けた２０１７年2月22日深夜、東御市の小林保雄さんの息子さんから突然メールが入りました。「過日清水さんと話をした父が他界しました。平和の尊さを広げないと、と感じる時です」

時の流れとともに別れが来てしまうのは避けられませんが、やはりつらく悲しいです。こうして原稿をまとめるまでにも何人かの訃報が入りました。「最後のゼロ戦パイロット」と呼ばれた長野市の原田要さんもその一人。直接いただいた著書は今では宝物。満州で小学校の先生をされていた塩尻市の小野節さん、寄せ書きや奉公袋も見せて下さった青木村の堀内家幸さん、満州で森繁久彌さんとも一緒だったという飯綱町の戸田利房さん、小川村の森久さん、伊那市の溝口幸男さんと和男さんのご兄弟も、刊行を待たずに旅立たれてしまいました。皆さんが残してくれた最後の言葉、ラストメッセージをしっかり受け止めていかなければと強く思います。

季節は巡り、今年もまた桜の開花する春がやってきました。そして花咲く街は希望に溢れています。戦時中、桜の花びらのように儚くも散っていった何百万の方たち。僕の祖父の旅立ちも、そんな北信州の桜が満開に咲き乱れる4月の終わりだった。もう12年も前のこと。今でも僕に語ってくれた言葉が蘇る。それはこの1年半で聞き取りをさせていただいた方々の言葉や思いも一緒。ある方は「今まで家族にも言ってなかった話」と初めて語ってくれたエピソードや思いがあり、「つらすぎて思い出したくないけど…」とおそるおそる口を開いてくれた方、目の当たりにした光景や叫びを思い出しながら目がしらを押さえて話して下さった方もいました。

証言集としてまとめることを最初から決めて聞き取りを始めたわけでもなく（印象的な体験は、歌として表現はさせていただいています）、途中の報告会でのたくさんのリクエストの声があったことなどから具体的な刊行へと進んでいったのですが、あらためて内容確認作業をしたところ、僕の前で話はしたけど、内容を公にはしたくないという方や、この1年くらいで記憶が定かでなくなってしまった方、掲載の了解がとれなかった方、お顔を出すことをためらう方もいらっしゃいました。実際にそれこそが時間の経過とともに起こりうることだったり、それぞれの捉え方や考えの違いで、尊重すべき部分だとも思います。ということで、聞き取りをさせていただいた全ての方の体験が掲載されているわけではなく、了解や確認いただいた方の体験談のみであることをご了承下さい。紹介は出来ずとも語って下さった皆さんも、貴重なお話、そして語りの時間をありがとうございました。

ただ、今思うと、最初から出版ありきで話を聞いていれば、ここまでの話は出てこなかったのかもしれません。それほどまでに、当時の日常や内面、気持ちの動きなど、ありのままを語っていただいたように思います。僕が学生の頃、教科書で見て聞いていた戦争とのギャップというか、一人一人の感情や当時の空気感、体温、生々しい痛みまで伝わってきました。僕も聞きながら自然に涙が溢れたり、恐ろしさを感じたり、その当時を過ごしたかのような錯覚のようなものも感じました。

そっと自分の中だけにしまっておく過去もあるでしょう。特につらい話は思い出したくもないというのが人間の本音かと思いますが、見ず知らずの歌うたいの僕に語って下さり、ありがとうございました。

戦争という二度と起こしてはいけないものを今後、どうやって止めていくかは、まずその事実を知ること、平和な未来を築いていくには、平和ではなかった過去を知ることからだと思います。今回の聞き取りの中で僕もはじめて聞くような体験や見せていただいた資料もありますし、聞きに行かなければその過去に光は当たらなかったこともあったのでは？と考えると、今、実際に戦時体験をし、大変な時代を生き抜いてこられた方から直接お話を聞けたことはとても意味があることだったと思うと同時に、快くお話を聞かせていただけたことにも感謝致します。


純粋な子どもたちが当たり前に兵隊に憧れていた時代。教育者たちも、村や国のリーダーもそれを勧めた時代、誰もが疑わず、個ではなく国のために命を捧げた時代が確かにあった。「相手を殺さなければ、自分が殺される。見ず知らずの人を殺しに行く戦争。そのために駆り出される兵隊。有無をいわさず男子は皆行かされた」そんな教育の怖さ、正義や良心を見誤ったリーダーの恐ろしさがそこにはあります。

終戦から70年以上経った今でも悪夢にうなされるという戦場体験をした方、逃避行の時に我が子やきょうだいを助けられず未だに悔やんでいる方もいました。一人一人の中ではまだ戦争が続いていて、終わりはないのかもしれません。現実的にも残留孤児などの帰国者は、二世三世の世代になった今でも学校や職場での苦労が続いているという話も直接聞きました。

この記憶から目をそらすことなく、いつまでも語り継いでゆくことが、自分たち世代がするべき大切なことではないか。そして与えられた命、受け継がれた命、それを輝かせてこそ先人たちへの恩返しになるのではないだろうか。

今回の聞き取り以前からこれまで200人以上の方の体験を聞かせていただき気付いたことは、一つ太平洋戦争のことでも、その時の年齢や居た場所や立場によって受け取り方や感じ方、体験が異なるということ。だからこそ一人でも多くの方の生の声を聴いて、いろんな角度から俯瞰的に見なければ本質や真実を見誤る可能性もあるということ。これは現代社会に起きるニュースでもいえそうです。情報操作が当たり前だった時代からその怖さも学び、一人一人がしっかり物事の本質を見抜き考える力をつけていかなければなりません。

ただ、戦時中を過ごした方に共通するのは、民間の方はほとんど食べるものがなく苦労したこと、そして皆さんが口にしたことが「もう二度と戦争を起こしてはならん」ということでした。自分たちもう御免だが「子や孫たちにあんなことを味わわせたくない」ということが、語って下さった方の思いだと感じました。

大人を見て育つ子どもたちは、いつの時代も純粋です。そんな子どもたちに人間としてしっかりとした背中を見せてやれているだろうか？　特にインターネットなどの普及で必要以上の情報が瞬時に世界を駆け巡っています。温度感も質感も、本物か偽物かも分からない情報を正しく大人が子どもたちに伝える機会は少なくなってきたように思います。例えば勉強以外でも、故郷のこと、コミュニケーションのこと、いじめや良心、人間としての魅力や幸せのこと、夢のことから平和のことなど、ゆっくり伝える時間は十分取れているのだろうか？　いずれにせよ、平和な世の中でない限り、夢どころではありません。そんな一番大事な平和も、ただ願っているだけではだめで、一人一人みんなで築き上げていくもの。それには無関心になることなく、それぞれが平和について考え、声を上げていくことも大事なことだと思います。

本書が、全く戦争の記憶も想像もつかない世代へ、先人たちからのメッセージのバトンになってくれていれば幸いです。そして日本の、故郷の未来のため、平和な世界を築いてゆくためのヒントになってくれることを願います。最後に、貴重な体験を聞かせていただいた皆様、紹介や協力、応援をいただいた皆様、出版に尽力いただいた関係者の皆さん、本当にありがとうございました。そして本書完成前に旅立たれてしまった方々に心よりお悔やみ申し上げます。

関わっていただいた全ての皆さんへ「ありがとう」

信州から世界に響け　ＬＯＶＥ＆ＰＥＡＣＥ

２０１７年

清水まなぶ

清水まなぶ

シンガーソングライター。長野県長野市（旧・豊野町）で育ち、中学の頃よりバンドを組みステージに立つ。高校卒業後、上京。2000年、小室哲哉・木根尚登両氏のプロデュースにより自身作詞作曲の「サンキューニッポン」でデビュー。以後、CMソングやドラマ主題歌を手掛け、NHKドラマに出演。音楽を中心にテレビ、ラジオ番組出演、俳優、イベントプロデュースとマルチに活動を続ける。これまでＣＤ 15枚をリリース。愛、平和をテーマに歌い続ける。2007年、祖父の戦争体験を歌った「回想」を発表。戦時体験の聞き取り報告活動「回想プロジェクト」も始め、小中高校や企業、地域イベント、成人式などで歌と語りの講演を行っている。2012年よりレストランライブ「A CHAIN OF LOVE マンスリーギャザリング」を毎月開催。

ホームページ　https://www.manaboom.net/

文・写真・詩・イラスト
清水まなぶ

編　集　　伊藤　隆（信濃毎日新聞社）
装　丁　　近藤弓子

追いかけた77の記憶　信州全市町村 戦争体験聞き取りの旅

2017年10月23日　初版発行
2018年 2 月11日　第2刷発行

著　者　清水まなぶ
発　行　信濃毎日新聞社
〒380-8546　長野市南県町657番地
電話　026－236－3377　ファクス　026－236－3096（出版部）
https://shop.shinmai.co.jp.books/

印刷製本　大日本法令印刷株式会社

JASRAC出　1710617-802
ISBN 978-4-7840-7315-3 C0095